Partitura para Olvidar

Y otras pesadillas

Carlos Heredia Vargas

"El **miedo** vive dentro de todos nosotros, sólo hace falta **despertarlo**."

Advertencia del Autor:

Al lector que deambule por las calles de Villarce, se le aconseja leer los relatos en el orden aquí dispuesto. Todos y cada uno de ellos funcionan como historias independientes, sin embargo, usted encontrará que éstos guardan relación entre sí, de modo que un personaje incidental en alguno de estos cuentos puede convertirse en el protagonista unas páginas más adelante.

Dulces pesadillas.

"A partir de este punto, nadie te escuchará gritar."

Así reza un letrero de madera, a modo de advertencia, sobre el camino que guía a la Sierra del Labrador. La carretera está vieja y medio oculta entre montes de piedra; allí donde se extiende un bosque al que llaman el Corazón Roto, y que se reviste de una mortaja de torcidos árboles que en otoño parecieran arañar el cielo. A la sombra de este lugar, junto a un estanque cuyo nombre he olvidado, languidece el pueblo de Villarce, cuyos habitantes viven intermitentemente entre el horror y la locura que supone el estar malditos.

Muchos llegan cada año. Pocos se van.

Sean bienvenidos.

Esta noche las pesadillas **vuelven**.

En realidad, nunca se han marchado del todo.

Obertura:

Shhh...

Escucha el llanto del bosque que clama a lo lejos. Los niños muertos están cantando.

Shhh...

Gentilmente aguardan, gentilmente se levantan. Hay sangre en sus ropas, pero todos sonríen.

A veces puedo verlos cuando cierro los ojos; otras los siento respirar detrás de mi cuello.

Shhh...

Justo ahora se encuentran aquí. Nos invitan a bailar mientras lees estas líneas.

Y esta vez les he prometido que vendrías conmigo.

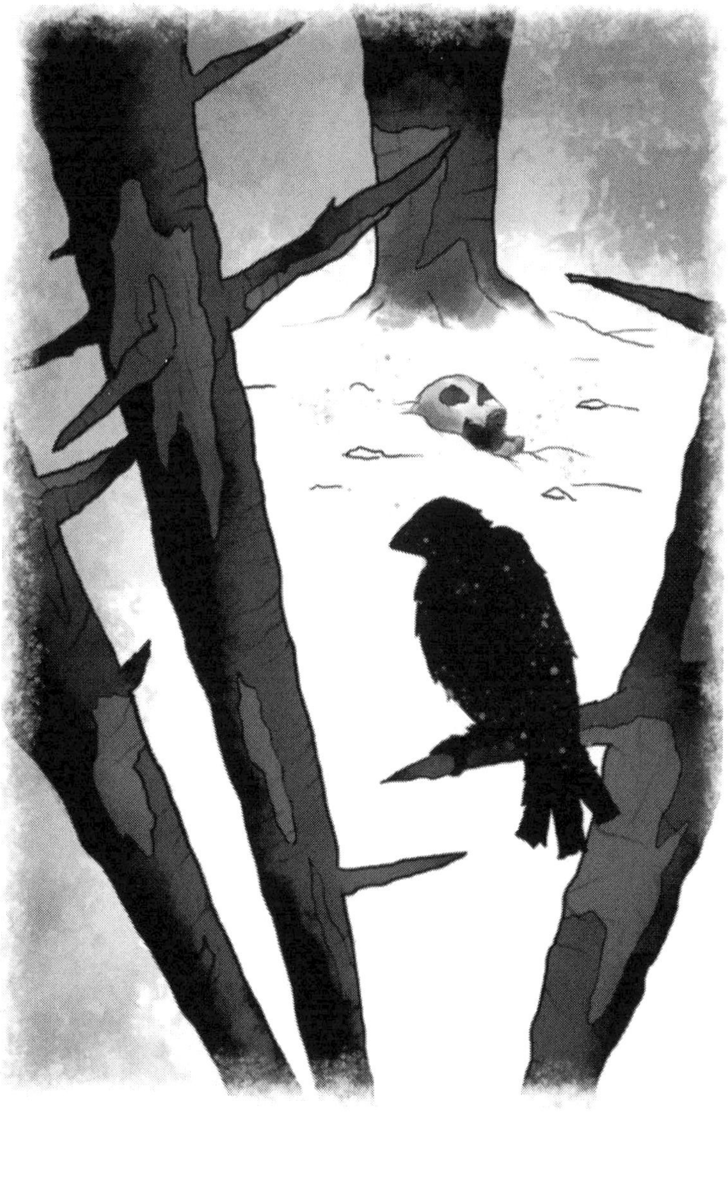

En la autopista

El cielo lloraba cuando Maura se internó en la carretera. Maniobraba bien el volante, pero reducía de más la velocidad al hallarse ante una curva. Había oído ya de suficientes accidentes ese año, y no pensaba sumarse a las estadísticas.
Miró por el retrovisor. Adam iba sentado junto a la ventana, mirando el paisaje nocturno a través de esa tonta máscara de plástico que se había empeñado en llevar. La careta reproducía una calavera.
Apenas iluminaban la autopista los faros del auto, cuyo motor protestaba cada vez que cambiaba de velocidad, y la lluvia parecía cobrar fuerza a medida que pasaban las horas.
—...Carajo.
—¿Dijiste algo, mamá? —preguntó el pequeño, desde el asiento trasero.
—No oíste nada. Es sólo la lluvia, que se pone más densa.
—Tal vez debimos esperar a que papá se levantara.
Maura dejó escapar un suspiro, de ésos que algo llevan guardado. Se lo había dicho ya al menos tres veces antes de meterlo en el auto, pero seguía sin entenderlo.
"Y no puedo culparle", pensó.
—No vamos a volver con tu padre. Él no se merece nuestro cariño.
Desde el reflejo le vio levantarse la careta y dejarla sobre su cabeza. Se veía tan triste.

El rumor de la lluvia acompasaba el ronroneo grave del motor del auto, y a ambos lados se alzaba toda suerte de árboles torcidos, que entre las débiles luces de la autopista, de un color rojo sodio, se inclinaban, torcidos, como si juntos reverenciasen a una deidad invisible.
—¿Quieres venir adelante conmigo? —le dijo.
El niño se había recostado en el asiento. La máscara le cubría otra vez el rostro.
—Adam, te hice una pregunta.
El pequeño ni siquiera se movió.
—¿...Adam?
—¡Mírame! —dijo de pronto—. Estoy muerto.
—¡No quiero que vuelvas a decir eso! —soltó, con mucha más brusquedad de la que habría querido—. ¿Me oyes? Y quítate ya esa máscara de una vez.
El pequeño volvió a levantarse la careta y apoyó la barbilla en una mano, echando un vistazo por la ventana, allá donde todo era una negrura rojiza.
"Me va a odiar por separarlo de su padre."
Volvió a disminuir la velocidad al avistar una curva adelante. Luego se preguntó si cometía un error.
"Quizá no debimos irnos —se dijo, pero un escozor inmediato en el brazo, allí donde las quemaduras de cigarro seguían recientes, le hizo razonar—. El error fue tardar tanto en alejarme de ese animal."
Más calmada consigo misma, se concentró en el camino, que descendía antes de otra curva, y entonces...
—¡Mira! —dijo Adam, señalando la carretera.
Allá delante, entre unos árboles que se doblaban bajo la lluvia, una chica alzaba una mano para pedir que la llevasen.

Sin siquiera pensárselo, Maura piso el acelerador.
—¿Qué haces? —preguntó el niño—. Necesita ayuda.
—No vamos a detenernos bajo la lluvia para subir a un desconocido al auto en plena noche.
Por el retrovisor vio a su pequeño llevarse un dedo a la barbilla, como meditando aquello.
—Tienes razón. —concedió, y volvió a ponerse la careta, hincándose en el sillón para mirar por el cristal trasero.
El alumbrado de luces rojas quedó atrás, y no hubo nada más a la vista que el camino, pobremente iluminado por los faros del auto. Maura suspiró. Empezaba a cansarse. De cuando en cuando cabeceaba un poco, pero se mordía el labio inferior con fuerza para mantenerse despierta.
Inspeccionó el tablero, todavía le quedaba medio tanque. Si se agotaba demasiado siempre podían encontrar un sitio para aparcar y pasar lo que quedaba de la noche.
—Escuchemos algo. —dijo, y encendió la radio.
El viejo aparato siempre fallaba y estaba lleno de estática. Sólo consiguió dar con dos estaciones que de hecho podían escucharse. En la primera sonaba una melodía de violín lenta. Por algún motivo le hizo sentir intranquila. La segunda tenía a un hombre en lo que parecía un show de entrevistas.
—...les llamaban los Días Grises —decía—, fueron tiempos extraños. Mucha gente quiso irse pero se quedó. Y luego de eso siguieron los trágicos eventos...
La marcha continuó monótona por la autopista. Cualquier punto al que mirase aparecía bañado de oscuridad y lluvia.

—...*yo también lo recuerdo* —apuntó alguien más en la radio—. *Mi vecina solía decir que algo vivía en ese bosque; algo que cantaba por las noches...*

Sin prestar mucha atención a lo que decían, Maura dejó que las voces del programa nocturno la mantuviesen despierta. El ronroneo incesante del motor y el rumor de la lluvia comenzaban a hartarla.

—*Son cambios repentinos; estás sentado, solo, leyendo un libro de relatos de horror, y de repente te das cuenta de que eres parte de la historia...*

La recepción era terrible. Las risas del público sonaban disonantes, y las voces de los hombres se confundían entre la estática, como si fuesen la misma.

—Mamá, ¿de qué habla el hombre en el radio?

—*...deberías prestar atención a tu alrededor. Estoy observándote mientras lees estas líneas...*

—No sé, hijo. De alguna película, tal vez. Ignóralos, me ayuda a mantenerme despierta.

—*Sí, hablo de ti. Vas cambiando de página; sabes que los personajes están en peligro pero ¿qué puedes hacer?*

Aunque no prestaba atención a la charla, comenzó a disgustarle. Fue a apagar el aparato, pero antes de llegar a hacerlo vio una figura allá delante, junto al asfalto. La chica tenía las ropas blancas empapadas, y alzando una mano bajo la lluvia pedía que la llevasen.

Un escalofrío helado trepó por su columna.

—¡Mira! —exclamó Adam—. ¿No es la misma chica?

—Claro que no —soltó, acelerando de nueva cuenta—. ¿Cómo va a ser la misma?

"Estoy demasiado cansada —se dijo. La lluvia arreciaba y apenas le dejaba ver el camino—. Necesitamos encontrar un sitio para aparcar."

15

—¿*Sabes que creo?* —inquirió una de las voces en la radio—. *Creo que esos dos no saldrán vivos del auto.*

—Ya basta —dijo Maura, y giró la perilla del aparato para apagarlo, pero la luz en la pantalla siguió encendida, y las voces continuaron.

—*...sí, je je, van a estrellarse de un momento a otro...*

—*Silencio, pueden escucharte.*

—¿Qué le pasa a la radio? ¿Se murió otra vez?

—Eso creo. —respondió ella, golpeando el maldito aparato con la mano, pero lo único que sirvió fue bajar el volumen. La perilla no ahogó por completo el sonido, pero al menos las voces en el radio eran ahora sólo un murmullo.

"Cualquier sitio será bueno para aparcar y dormir unas horas", pensó.

En el asiento trasero, Adam volvía a hincarse para mirar el camino que dejaban atrás.

—Siéntate bien, ¿quieres? Y ponte el cinturón.

—¡Carajo!

—¿Qué es lo que has dicho?

—¿Es palabra mala?

—Sí, lo es. No tienes por qué repetir todo lo que...

—¡Mira, mira! —gritó—. ¡Ahí está otra vez!

Maura ahogó un grito. No lo estaba imaginando. La misma chica hacía señales bajo la lluvia, y cuando pasaron junto a ella, casi pudo jurar que les sonreía.

—¡Mamá! ¿La viste? ¿La viste? ¡Eran iguales!

—¿Quieres ponerte el cinturón de una vez? —le espetó, maniobrando el volante en un punto en que la autopista empezaba a angostarse.

—No puedo, creo que ya no sirve...

Algo le hizo interrumpirse.

Maura echó otro vistazo al retrovisor. Adam permanecía quieto, mirando por la ventana trasera.

—¿Adam...? —decía, cuando éste soltó un grito agudo.

—¡¡...MAMÁ!! ¡VIENE DETRÁS! ¡¡ESTÁ CORRIENDO!!

Sólo un instante le bastó para ver a la sombra blanca cruzar tras ellos, antes de sentir el golpe en el techo del auto. Maura gritó y pisó el freno por instinto, justo cuando la próxima curva se abría para recibirlos.

El auto giró, derrapando con estrépito sobre el asfalto y se volcó. Por una fracción de segundo todo perdió sentido, y el arriba se volvió el abajo. El vehículo cayó de cabeza antes de estrellarse de lleno contra la valla de contención que separaba la autopista de un barranco. Los cristales de todas las ventanas estallaron en añicos, y la mujer quedó colgada por el cinturón de seguridad.

A pesar de que el vehículo se había detenido por fin, el mundo entero giraba ante los ojos de Maura, que dejó su vista clavada en un señalamiento de madera que pronunció mecánicamente.

—V... Vi... Villarce. —leyó de cabeza.

El mundo entero pareció nublarse, mientras las voces en la radio reían con fuerza.

ELÝSIA

Su nombre es Elýsia, y su alimento son los huesos. Roe y tritura los pequeños cuerpos que sus padres le llevan a diario. Pero un día se cansan, y deciden que es mejor encerrarla.
"Es un monstruo", oye a su padre decir.
"Deja que la alimente una vez más...", pide su madre, pero no vuelven a bajar
Su nombre es Elýsia, y su alimento se ha acabado. Llora y suplica; los padres que antes la cuidaban la han abandonado a morir. Pero un día escucha a una rata en su celda.
"¿Has venido a rescatarme?", pregunta la niña.
El silencio y un chillido son su respuesta; atrapa al roedor antes que pueda escapar.
Su nombre es Elýsia, y tiene hambre otra vez.
Grita y agoniza; la rata no bastó para calmar su apetito. Pero comprende que aún quedan huesos en la habitación.
"Sólo un mordisco", piensa, y se lleva el pie a la boca.
El dolor de los dientes en su propia carne es terrible, pero vale la pena sentir el estómago lleno.
Su nombre es Elýsia, y no le quedan piernas para andar.
Sangra y se arrastra; el suelo es ahora rojo, y quiere comer un poco más. Pero el dolor es mucho y su tiempo se agota.
"Huesos...", pronuncia, como una maldición.
Su cabeza cae de lado y su boca se abre. Los afilados dientes no morderán nunca más.

Nadie llega aquí sin invitación.

El viento se ríe, como si algo supiera, ~~gente~~ y les llama de una forma en que se encuentran mudándose aquí a lo poco; como por arte de lo que algunos llaman coincidencia.

Y entonces es tarde, porque son ahora parte de este lugar. Ahora le pertenecen a ~~people~~ sus calles y sus caminos; son parte de su gente; de sus pesadillas; y de sus gritos.

Quisiera haberlo visto antes.

Extracto de los diarios de Tomás Arconte,
fundador de Villarce.

La-mujer-que-llora

En el pueblo de Villarce hay un camino inclinado que va hacia el norte, donde todavía alcanzan a avistarse los árboles que forman el Corazón Roto. El sendero fue empedrado en tiempos de la Revolución, y desciende entre árboles torcidos que parecieran reverenciar a una deidad invisible. Allí donde termina, a un tiro de piedra de la autopista, se alza la estatua de una mujer que está llorando.

La escultura es más alta que un hombre maduro, está rodeada por una valla de hierro sobre un cerco de piedra, y en sus brazos parece arrullar a un bebé que no está allí, pues la figura fue esculpida en recuerdo a las madres que han perdido a un hijo.

Si puede darse crédito a lo que se cuenta, el artesano responsable de la obra quería construir una fuente, motivo por el cual los ojos de la mujer son huecos. Pero el hombre abandonó un día el proyecto sin dar razones, dejando inconclusa la figura, y de sus ojos nunca manó agua.

La mayoría de los habitantes del pueblo pasan junto a la escultura sólo cuando deben hacerlo, pero nadie usa a la-mujer-que-llora como un punto de referencia, o un lugar de reunión; y de ser posible evitan incluso mirarle el rostro.

La verdad sea dicha, si había alguien en todo Villarce que no tenía miedo de la enorme mujer de piedra, era el pequeño Ronni; cuya edad no llegaba a los diez otoños, y cuya altura rondaría apenas la de un niño de siete.

Ronni no sentía miedo de aquella mujer, porque lo que en realidad sentía desprecio.

—Eh, creo que tu madre está llorando —le decían algunos chicos al verlo pasar; crueles como sólo pueden ser los niños con otros—. ¿Por qué no vas a consolarla?

—Oye, Ronni —añadían otros—. ¿Lo viste? Un perro se ha meado en las faldas de tu madre.

A todo esto respondía el chico con disimulada indiferencia, guardándose siempre las maldiciones que pensaba, impotente desde sus adentros, y les odiaba en silencio.

La madre de Ronni había muerto al darle a luz, y sin un padre que respondiese por él, el viejo Rolan Pott se había hecho con su cuidado. El hombre, ya entrado en años y mal curtido por la vida, tenía seis terrenos de maíz cultivados al norte de Villarce, además de una esposa joven y dos hijas: Moselin era bonita e inteligente, mientras que Endira era gorda y fea.

El pequeño solía pasar las tardes jugando con su balón de trapo junto a los campos de Pott, donde podía estar solo. Pero cada vez que otro niño lo veía, no perdía oportunidad de mencionar a la mujer aquella de los ojos huecos.

"¿Por qué alguien tendría una madre tan fea?", se preguntaba. La única vez que se había acercado a ella, casi por casualidad, se había perdido un instante en su rostro desconsolado. Y esos ojos... "¡bendito el Cielo!", pensaba. Aquellos ojos que miraban al bebé inexistente en sus brazos parecían pozos sin fin.

Desde entonces sintió repulsión por ella, y por todos aquellos que la llamaran su madre.

Cierta mañana en que hacía un encargo al viejo Pott, Ronni tomó la calle que llamaban la Rambla del Gato, que era todo lo opuesto a un atajo hacia la panadería, su destino. Pero así pasaba lejos del camino que guiaba hacia la autopista.

No hacía mucho, los adultos habían encontrado allí un auto cabeza abajo, los cristales hechos pedazos y dos rastros de sangre en diferentes puntos. A Ronni se le erizaba la piel de pensar qué podía haber sido de las personas que viajaban allí, y prefería pensar en otra cosa. Por algún motivo, tenía la sensación de que todo lo malo se hallaba alrededor del pueblo.

Llevaba con el pie su balón de trapo mientras avanzaba, con el dinero para el pan en una mano; y de cuando en cuando soltaba balonazos a las casas que sabía estaban abandonadas a un costado de la Rambla del Gato.

Un año atrás había cometido el error de romper una ventana al calcular mal su patada; el cristal se hizo añicos y su balón cayó dentro. Se detestó por ser un cobarde, pero todos sabían que una casa deshabitada en Villarce era sinónimo de precaución. Prefirió entonces echar a correr y hacerse otro balón.

Éste era más bonito y estaba mejor hecho. Y ahora su habilidad con el pie también había mejorado.

Una vez entregado el dinero, el panadero Gaitán puso el encargo en una bolsa de papel y se la entregó. Ronni volvía sobre sus pasos, pero el cielo se había nublado de repente, tomando ese color gris tan común en los cuentos y tan extraño en la vida real.

Si llovía y el pan se mojaba, el viejo Pott lo castigaría sin pensárselo. Por tanto cogió el balón junto a la bolsa de pan y apretó el paso por la Calle Mayor, que guiaba directo a casa.

Vio a la Viuda Bernal meter toda su ropa en casa antes que echase a volar con el viento, que soplaba y aullaba como si algo supiera. El Carpintero Garrido entraba sus sillas recién barnizadas en el taller, y gritaba a su hijo, dondequiera que estuviese, para que volviera.

La Calle Mayor atravesaba el pueblo de norte a sur, de modo que uno siempre se encontraba con alguien allí, y Ronni no tardó en toparse justo con el grupo de niños que solía evitar.

—Eh, ahí viene el hijo de la vieja aquella —dijo uno, a quien los demás llamaban Rojo, y que era el hijo del carpintero. Los demás se echaron a reír, igual que siempre—. ¿A dónde vas? —añadió, viendo que seguía su camino.

Junto a Rojo se hallaban casi todos los que conocía. Estaban Álec y Anna, que eran hijos de la Viuda Bernal. Estaba Matías, que sonaba como una mula al reírse, y también André y Emil, cuyo hermanito había desaparecido el año pasado.

Se hallaban junto al empedrado que Ronni conocía muy bien. Siguió su camino, pero Rojo se acercó y le cerró el paso.

Si sólo hubiera sido más alto que ellos podría golpearlos, pensaba. En especial a Rojo, que era el peor de todos, y que había obtenido el mote a causa de su cabellera, igual a una llamarada rebelde.

—Eh, sólo bromeaba. —le dijo, sonriendo, y exhibiendo un labio roto por algún puñetazo.

Todos sabían que el carpintero Garrido los golpeaba a él y a su mujer con frecuencia, pero cada vez que el chico aparecía con algún nuevo moratón, éste alardeaba diciendo que se había metido en una pelea.

Ronni llegó a suponer que, de tener una vida distinta, quizá no sería tan imbécil. Pero las cosas eran lo que eran, y no podían cambiarse.

—Espera —dijo uno de ellos, cuando éste intentaba esquivar a Rojo y seguir la marcha—. Juega con nosotros.

Sin sentirse dueño de sus extremidades, el chico se frenó en seco. Aquello sí que era nuevo.

—Ustedes nunca quieren jugar conmigo. —habló, por fin, volviéndose hacia ellos.

El que había hablado era André, que era el menos desagradable, pero a fin de cuentas uno de ellos.

—Bueno, hoy es diferente —dijo Matías—, queremos que te quedes.

Ronni retrocedió un paso, sin creerles.

Rojo se cruzó de brazos.

—Anda, que es verdad. Nunca te invitamos porque siempre terminas lloriqueando, pero son sólo juegos.

"¡No les creo ni la mitad!", quiso decirles, pero pronto tuvo a ambos lados a Emil y Matías, que le dieron un empujoncito para situarlo en medio de todos.

—No deberían decir mentiras.

—Mi padre dice que la gente es crédula y ridícula por igual. —aventuró el chico pelirrojo.

—Lo que Rojo quiere decir es que lo siente. —intervino Anna, y su hermano asintió.

Ronni les miró con desconfianza. No parecían ir a atacarlo, pero sentía que le asechaban.

—Está bien —soltó, buscando una escapatoria—. Vendré a jugar mañana.

Giró sobre sus talones para marcharse, pero Rojo le cerró el paso.

—Que sea hoy, armaremos dos equipos.

—Pero somos siete. —repuso, contando con el dedo.

—Eso no importa.

Los demás le secundaron con aprobación.

—Otro día. —repitió, tratando de sonar más seguro.
—Bueno, si te irás, préstanos tu balón.
Ronni miró al cielo. La lluvia estaba casi encima de ellos.
—Ya va a llover, miren.
—Y ¿qué es la vida sin emoción? —resopló Rojo, riendo.
—Anda, quédate. —insistió Anna.
—O déjanos el balón. —añadió Matías.
Miró el balón en sus manos. Le había puesto mucho empeño en hacerlo luego de perder el primero. No quería perderlo. Pero era seguro que no lo dejarían marchar sin él.
—...Bueno —pronunció, inseguro. Quizá valía la pena llegar tarde con el Viejo Pott a cambio de jugar por una vez con ellos—. Juguemos, pues.
Juntaron dos pares de piedras de entre los matorrales junto al camino, y las dispusieron para armar las porterías. Emil, André y Rojo formaron su equipo contra Álec, Matías, Anna y Ronni.
El chico sentía un cosquilleo extraño cada vez que le pasaban el balón. En realidad estaban jugando con él.
Matías era bueno para maniobrar el balón, y Rojo tiraba patadas tan audaces que todos salían de su camino cuando estaba por lanzar. Fue en una de estas ocasiones que el chico pelirrojo se volvió directamente hacia el sendero empedrado, que descendía hacia la autopista, y sin más, pateó el balón con todas sus fuerzas.
Ronni vio volar al balón de trapo allá lejos, para caer sendero abajo, y un coro de risas estalló entre los niños.
—Eres un imbécil. —oyó decir a André, mientras se lanzaba en carrera sendero abajo para

alcanzar su balón. Como un auto le pasara por encima no quedaría nada de él.

—¿Y qué esperabas que hiciera? —soltó Rojo.

Su risa se perdía a lo lejos con el viento. Ni siquiera pensó Ronni en la lluvia, o el encargo del Viejo Pott. Corrió cuanto le permitieron las piernas, maldiciéndolos como nunca antes.

Allá abajo, el balón rodaba y rebotaba velozmente.

"¡Ojalá estuvieran muertos!", pensó, apretando los puños mientras corría.

Un trueno alzó su voz en lo alto, y tal como si alguien hubiese abierto un grifo allá en el cielo, la lluvia empezó a caer estrepitosamente, y pronto se vio empapado.

El camino descendía sinuoso. Estuvo cerca de resbalar, pero mantuvo el equilibrio, aunque aquello fue suficiente para hacerle perder de vista el balón.

El empedrado se abría entre matorrales y esqueléticos árboles allí donde se alzaba la-mujer-que-llora en su zoco. Al principio no vio ni rastro de su objetivo. El llanto de la lluvia cobró fuerza, y de repente se encontraba viendo todo a través de un manto gris.

"¡Imbécil!", se reprendió. ¿Cómo había confiado en ese montón de idiotas?

Quizá de haber recordado la bolsa de pan, se habría apresurado a volver, pero lo cierto es que poco le importaba ya seguir mojándose, y regresó camino arriba sin mucha prisa. Pero al volver la vista, cayó en cuenta de que el balón estaba allí mismo, dentro de la jardinera formada por los barrotes de hierro, al pie de la estatua.

Bajó de nuevo, casi sin ánimos. Brincó la valla para tomar el balón, pero una vez frente a la enorme

mole de piedra, clavó la vista en su rostro por puro instinto.
La mujer llevaba la cabeza cubierta por alguna clase de harapo que era parte de la talla de roca. Sus facciones, deformadas por la expresión de llanto eran tan reales. Quizá habría sido una mujer bonita, pero aquellos ojos huecos le hacían ver como un demonio que está llorando.
Ya con el balón en las manos, a Ronni se le ocurrió pensar que, de no ser por la estúpida estatua, quizá los demás niños lo tratarían como a uno de ellos.
— ¡Te odio! —le dijo, tirándole una patada a las faldas de piedra, y llevándose con esto una punzada de dolor en los dedos del pie—. ¡Y no te tengo miedo como el resto! —añadió, forzándose a mirarle la cara fijamente.
Si sólo hubiese creído la mitad de sus palabras.
Le lanzó una nueva patada, ya no tan fuerte.
"Un día —pensó—, cuando sea grande, yo te derribaré."
Se dio la vuelta, listo para salir de allí, cuando una voz en el aire aullante le cortó la respiración.
—...*Hijo*.
Dando un respingo se volvió de nuevo hacia la estatua. Casi estaba seguro de haber oído algo. Sonaba como una voz hecha de lluvia y viento.
Aun empapado y helado, se estremeció de golpe.
— ¿...Qué? —preguntó, titubeando, y de inmediato se sintió un tonto hablándole al viento, o lo que diablos fuere.
El rumor de la lluvia continuó. Fue hasta ese instante que recordó el encargo del Viejo Pott.
Ahora sí estaría bien muerto al volver a casa.
Se dio la vuelta, resignado, y dio un paso para brincar de vuelta la valla.
—*Hijo...* —se oyó decir a la lluvia—, *mi niño...*

Ronni dio un gritito involuntario. Era real, no se había equivocado. El instinto le hizo volverse hacia quien parecía llamarle, pero aferró una mano a la valla de hierro.

"Vete de aquí", le urgió una voz de alarma en su interior. Se sintió temblar por el susto, pero se dijo que no era nada. Alzó un pie sobre la valla, listo para salir de allí, cuando sintió a la mano de piedra aferrar su hombro.

El balón cayó al suelo. El grito de Ronni fue tan agudo que incluso al compás de un trueno consiguió escucharse. La estatua se movía. Lo estaba aferrando con manos tan duras que no fue capaz de moverse, levantándolo en vilo hasta situarlo a la altura de su rostro, y allí, desde sus ojos huecos, ella lo observó.

Perdió el aliento. Quiso soltarse, pedir ayuda, pero sólo consiguió forcejear inútilmente.

La-mujer-que-llora lo tomó en sus brazos, como si fuese a arrullarlo; y conforme las extremidades de piedra lo aferraban, el pequeño iba sintiendo a sus huesos quebrarse.

—...*Mira lo que me han hecho*. —aulló la voz que sonaba a lluvia.

Ronni gritó, peleando por zafarse del abrazo, y mirando con horror cómo la-mujer-que-llora le acercaba el rostro al suyo, como si fuese a besarlo.

Entonces pudo escuchar el llanto. Era el llanto de la mujer. De los ojos huecos comenzó a manar agua, igual a dos ríos de lágrimas. El niño dio una sacudida violenta y las manos lo aprisionaron más, rompiéndole otra costilla.

El terrible llanto se prolongaba, subiendo y bajando como en una canción. Quiso gritar una última vez, sin ser capaz de entender el horror, pero el agua le llenaba la nariz y la boca, impidiéndole respirar.

Lo último que Ronni vio antes de ahogarse fue a la estatua esbozar una sonrisa. La mujer tenía consigo a su bebé.

El más allá

Los médicos trataron de reanimarme tres veces; todas en vano. Les escucho anotar la muerte de mi fallecimiento, y enseguida comentan a dónde irán a cenar para ver el juego de esa noche.
    Siento a mi cuerpo desprenderse de una energía que me era desconocida hasta ahora, y que sin embargo, parecía haber estado allí todo el tiempo.
    Están moviendo mi camilla por un corredor, o al menos es lo que percibo, ya que, pese a ser incapaz de mover un músculo, conservo en cierta medida mis sentidos.
    Ni siquiera puedo derramar una lágrima.
    Escucho a mi mujer dar un grito cuando le dan la noticia; luego viene el llanto. Llama a las pocas personas que me eran cercanas para darles el aviso, y después me ponen en lo que sólo puedo describir como un contenedor helado.
    Aún trato de moverme, de entender. Pero a todo esto confieso que este miedo, este horror que ataca lo que sea que aún no se ha consumido de mi cordura, no es nada comparado con la duda.
    "¿Esto es todo? ¿Esto es morir?"
    La noche transcurre con insoportable lentitud. Ni siquiera soy capaz de dormir. Me debato minuto a minuto en una lucha entre mover un dedo siquiera y hallarle algo de lógica a esto; y paso cada instante esperando despertar en otro lugar, lejos de este espacio, fuera de mi cuerpo.
    Alguien abre la puerta del contenedor en que me guardan, me sacan y disponen en una nueva camilla. Ahora abren mi cuerpo; sin duda se trata del

forense. Está vaciando todo lo que una vez hubo dentro de mí sin que sienta una pizca de dolor. Sólo, de algún modo, tengo consciencia de lo que pasa.

Trato de luchar con todas mis fuerzas por dar alguna señal de vida frente a él; por hacer el más leve gesto que indique que sigo aquí todavía.

Todo es en vano.

El funeral es ofensivamente sencillo. En palabras de mi mujer a un viejo amigo, asistieron menos personas que a mi último cumpleaños.

"¡Vaya desperdicio de vida!"

Alcanzo a percibir un par de llantos, pero seguro se tratan de otras personas, derramando lágrimas llenas de un dolor real por algún otro fallecido. Es sólo hasta que escucho la tapa de mi ataúd cerrarse conmigo dentro, que caigo en cuenta de lo que sigue.

Lucho por moverme una última vez. Quiero llorar y pedir auxilio a gritos. Es tan extraño haber dejado de respirar.

"¡Sigo con vida! —grito—. ¡¿Es que nadie me oye?! ¡¡No me entierren, por favor!!"

Comienza el descenso.

"¿Es esto posible? ¿Esto va a ser todo?"

Escucho el peso de la tierra caer sobre la tapa del féretro. Me parece que mi esposa vuelve a llorar.

"¡Aquí estoy! ¡Sigo aquí todavía! ¡Soy yo!"

Los sonidos se van apagando con lentitud, y el ataúd baja, baja, baja.

"¡NO! —vuelvo a gritar—. ¡Alguien! ¡Por piedad! ¡¿Es esto el infierno?!"

El más terrible silencio que haya experimentado se va apoderando de mi alrededor. Mis gritos internos se convierten en berridos. Mis suplicas en maldiciones discordantes. Toda palabra dicha por mí es ahora un solo alarido constante que se prolonga y sube hasta que...

"*Eh, cállate de una vez*", dice una voz, no muy lejos de mí.

Intento hablar como lo habría hecho en vida, pero la rigidez en lo que queda de mi cuerpo es absoluta.

"¿Hola? —digo en mis pensamientos—. ¡¿Puedes oírme?!"

"*Sí* —responde—, *pero ellos no, así que deja de molestar.*"

"¡No entiendo! ¿Qué está pasando?"

"*Bien, pues has muerto, y ahora, supongo, terminan de enterrarte.*"

"¡¿Quién eres?!", pregunto a la desesperada.

"*No creo que mi nombre sea relevante. Sólo morí también. Accidente de tránsito. El malnacido se pasó la luz roja. Ocurrió hace un par de años, creo. El tiempo es difícil de llevar aquí abajo, aunque después de unos meses tus sentidos se agudizan; si mi oído no me falla, te han enterrado a sólo unos metros a mi derecha...*"

"¡No puedo quedarme! ¡No así! ¿Por qué seguimos aquí?"

"*Bueno, ¿y a dónde pensabas ir? ¿Al cielo? ¿Al infierno...?*"

"¡¡A donde sea!!"

"*Ya, ya. Es duro al principio, lo sé. No respirar, no moverte ni un centímetro. Ya te acostumbrarás...*"

"¡¡NO!! ¡No! ¡No puedo! ¡No puedo quedarme así! ¡Esto no puede ser todo! ¡Que alguien me ayude! ¡Quiero despertar! ¡¡Por favor!!"

Una risa empieza a escucharse más allá.

"*El nuevo ya colapsó* —dice—, *normalmente les lleva más tiempo quebrarse.*"

Entonces comienzo a identificar más voces alrededor, cerca, y lejos.

"¿Por qué diablos no pedí que me cremaran? —suspira alguien—. *Quizá así me habría ido a otro sitio.*"

"*...le di todo en vida —se queja una mujer—, mis mejores años. ¿Y él qué hace? Matarme. Y luego se larga con esa pelirroja bustona de mierda...*"

Más allá, un hombre canta, y todavía más lejos, dos voces discuten entre sí:

"*...no, no, y no. Yo vi esa película, pedazo de ignorante. El alguacil se muere al final.*"

"*¿...Estás mal de la cabeza? Ése es un error común si no viste la escena post créditos...*"

"¡Por favor! ¡Piedad! ¡Sáquenme de aquí! ¡Sigo con vida!"

"Todos seguimos con vida, chico —dice la voz de otra mujer—. *Al menos hasta que enfrentamos la realidad.*"

Entonces me quedo callado. Ya no intento moverme. Quiero morir; morirme de verdad.

"*Eh, chico nuevo, ¿estás bien? ¿Te has muerto allí o qué?*"

Un coro de carcajadas estalla en todas direcciones, pero la primera de todas las voces les hace callar.

"*Basta ya, muchachos. Basta, que todos pasamos por lo mismo. Anda, amigo, relájate un poco. No es tan malo como parece aquí abajo. Toma un tiempo pero uno se acostumbra. Piensa en esto como un descanso ¿eh? Ya no hay que trabajar, ni pagar deudas, ni soportar hambre o cansancio. Eso, eso es, calmado. Ya verás que todo estará bien; te presentaré con los demás, nos contarás cómo es que has muerto, y todos nos llevaremos muy bien.*"

Sueño

Anoche soñé que la policía encontraba mi cadáver, enterrado cuidadosamente en mitad del jardín de mi vecino.

Pero aquello fue sólo un sueño. Y los sueños no sirven para nada.

Me voy a quedar enterrado aquí para toda la eternidad.

Partitura para Olvidar

Cuando Tom Garza fue a revisar su muñeca para ver la hora se percató de que había olvidado su reloj.

Todo le pasaba a él. Siempre a él.

Le tiró una patada a la primera piedra que vio cuando un auto pasó veloz por la autopista, esperando darle en el parabrisas. Pero falló. La noche olía a fracaso.

Arrastraba los pies con la mirada baja y las manos en los bolsillos, tal como había hecho el último medio kilómetro, mientras pensaba en lo terrible que había sido aquel año de clases. De haber sido capaz de olvidarlo, estaría disfrutando de su verano, y no preguntándose cómo diablos iba a pasar tanto tiempo libre.

Como una respuesta, a su lado pasó a toda marcha una motoneta, con dos chicos montados en ella que gritaban:

—¡A la feria! ¡A la feria!

—A la feria, entonces. —se dijo, aunque sin ánimo. Se suponía que estaba castigado, pero podía volver antes que su madre regresara del trabajo, y ni cuenta se daría.

Tanteó sus bolsillos. Del primero sacó una navaja suiza que su padre le había regalado antes de marcharse. Tenía sus iniciales en el mango y un filo soberbio. Le dio un giro en la mano como un experto, la besó y la devolvió a su lugar.

Nunca salía sin ella.

En el otro bolsillo tintineaban varias monedas. Calculó que tenía suficiente para distraerse un rato. Le gustaba ir a las ferias cuando era pequeño; antes. Cuando sus padres todavía se querían y lo llevaban a él y a su odioso hermanito que nunca dejaba de hacerle preguntas molestas.

A lo poco sopesó la posibilidad de ver a Naty en la feria. Aquello sería incluso peor que quedarse en casa, pero desde allí se avistaban ya las luces del lugar. Dejó la carretera, que se perdía hacia los montes en un trayecto infinito, y entró.

No había dado dos pasos, luego de pagar su entrada, cuando tropezó con una piedra que no había visto.

Oyó risas a lo lejos, y estuvo seguro de haberse sonrojado. Todo le pasaba a él. Ese año también había roto sus anteojos, y su madre le dijo que no habría nuevos hasta tener dinero.

Maldijo su suerte y su mala visión, y apretó el paso.

La feria se había instalado a casi dos kilómetros del pueblo, formando un descomunal laberinto de tenderetes y carpas coloridas que exhibían distintas atracciones y juegos, cada uno con sus propias luces y su propia música.

Sin duda más de la mitad de Villarce se hallaba allí. Y para empeorar su desgracia, no tardó en avistar a varios chicos de su escuela.

Casi al instante se arrepintió de haber ido. A simple vista pudo ver que era el único que había ido solo.

Fue al primer puesto de comida, y comprobó que todo era mucho más costoso de lo que había previsto, de modo que el dinero le alcanzaría sólo para una o quizá dos atracciones que valieran la pena, aunque poco llamó su atención.

Las exhibiciones y espectáculos eran lastimeros.

Duró un rato andando sin rumbo entre las personas, que reían y charlaban como si todo fuese perfecto. Se estaba planteando volver a casa, cuando en un camino de tierra se encontró de frente con Naty. Estaba justo como la veía en su mente cada vez que cerraba los ojos: sonriendo, feliz, bellísima, y por supuesto, tomada de la mano del imbécil que había conocido la semana pasada.

Tom se dio la vuelta y se coló en una fila que guiaba a la Casa de los Espejos, pero la gente que estaba formada lo sacó de allí a empujones y protestas.

Viéndose de nuevo expuesto en el callejón de carpas, su vista se encontró por pura física con los ojos de ella, que al verlo le sonrió, agitando una mano para saludarlo.

Sin atreverse a devolver el gesto, se dio la vuelta y apresuró el paso por otra ruta.

—¡Típico! —soltó, lanzando una patada a la tierra.

"¿Por qué?", se preguntó, sintiendo un hueco en el pecho.

Naty se reía con aquel idiota como antes se reía con él, y lo tomaba de la mano como antes tomaba la suya. Y por si poco fuera, al saludarlo sonrió del mismo modo en que, una semana atrás, había hecho para decirle:

—Quedemos como amigos.

"...Quedemos —pronunció para sus adentros, casi con asco—. Cinco meses quedaron en *quedemos*."

—Así de fácil. —soltó en voz alta.

Esa tarde había vuelto a casa sin estar consciente de nada. Justo como esos zombis de la televisión.

Todo le pasaba a él. Siempre a él.

¡Cómo le gustaría no acordarse de nada! ¡Nada bueno venía de recordar! Dos años de amistad, cinco meses de noviazgo. Todo tirado al caño en una tarde sin explicaciones.

Se detuvo a mirar el cielo, rogando que algo cayera de allá arriba y aplastase la feria con todos allí. Lo que fuera estaría bien; un meteorito, un elefante en llamas. Cualquier cosa...

—Eh, avanza. —le dijo de pronto un hombre.

Contrariado, Tom se volvió hacia delante, cayendo en cuenta de que se había formado en una fila que se movía unos metros. Avanzó, aturdido, metro y medio para situarse tras una mujer que apestaba a perfume rancio.

No se había percatado de en qué momento fue a formarse en la línea, y cuando asomó la cabeza a un lado para ver adónde se dirigía, no se encontró con más que una pobre carpa de franjas blancas y rojas que se erguía achatada y torcida, tal como si un gigante se hubiese apoyado en ella.

Calculó al menos veinte personas delante de él, y al volver la mirada atrás, vio más gente formándose por igual.

—¿De nuevo? —dijo el hombre tras él—. De prisa, chico.

Tom volvió a avanzar. Allá delante había un letrero sobre la entrada a la carpa, pero sin sus anteojos no fue capaz de leerlo desde allí.

La fila se movía despacio, pero sin pausa. Estuvo a punto de salirse una docena de veces. Pero cada vez que se planteaba irse de allí, las personas volvían a avanzar, mientras detrás la línea crecía y crecía.

Se iba haciendo más tarde. Por puro instinto fue a ver la hora, pero se sintió estúpido al recordar que no llevaba reloj. Se volvió para preguntarle al hombre tras él, pero la fila volvió a moverse y se apresuró para no perder el paso. Sin duda su madre se pondría a gritarle si llegaba tarde, igual que había hecho cuando rompió sus anteojos.

Pero ¿a quién le importaba? Ese verano iba a ser terrible de todas formas, y apenas comenzaba. Echó un vistazo. Quedaban solamente ocho personas delante de él, y aunque aún no era capaz de leer el letrero, notó que todos entraban de a uno, para luego salir por un hueco trasero en la carpa.

Nadie duraba allí dentro más de un par de minutos, pero ¿qué podía haber de bueno en una carpa tan fea?

Unos momentos después, vio a un hombre salir de allí. Parecía alegre y algo atontado. Dio unos pasos torpes y luego se alejó hacia los límites de la feria.

Quedaban ya unas seis personas delante. Tom echó un vistazo atrás de nueva cuenta. La fila seguía creciendo sin detenerse, y justo allí, a un tiro de piedra, estaba Naty, abrazada a ese imbécil a quien a penas conocía, que tenía la cara cubierta de acné, y reía con estruendo al tiempo que mostraba unos dientes caballunos y chuecos; pero ella parecía sencillamente la chica más feliz del mundo a su lado.

Quiso gritarle lo que sentía; que no podía andar por allí jugando con las personas. Deseó pararse ante ellos y decirles algo tan cruel, tan horrible y tan pérfido que no pudiesen hacer sino temblar.

La sola expresión del hombre tras él, le bastó para hacerlo reaccionar, y se movió a toda prisa para alcanzar su puesto. Era el segundo, sólo faltaba la mujer del perfume rancio.

Ya con el letrero de la carpa a sólo unos pasos, pudo leer, pese a su mala visión: "OLVIDA TUS PENAS."

Desde adentro se percibía una luz tenue, y se escuchaba un rumor apagado, como de cuchicheos divertidos.

Cuando una chica salió por detrás de la tienda, y le tocó el turno a la mujer, Tom sintió un cosquilleo nervioso. Acarició la navaja en su bolsillo, casi como si fuera un amuleto. Daba igual qué hubiera dentro; un vidente charlatán, o un acto de magia. Cualquier cosa era mejor que no hacer nada.

Se quedó allí plantado, aguardando su turno con las manos en los bolsillos, y creyendo que oía algo de música dentro, cuando...

"¡...No!"

Su mano encontró un agujero en el viejo forro de la tela de su chaqueta. El dinero había desaparecido.

—No, no, no, no...

Miró en todas partes, buscando alrededor y allá atrás, donde se extendía la fila, pero nadie aparentaba haber encontrado dinero.

Aún tenía la navaja de su padre, gracias al Cielo, pero eso era todo. Rebuscó en su ropa, los bolsillos traseros del pantalón, nuevamente en su chaqueta.

Nada.

A él. Todo lo pasaba a él, siempre. ¡Siempre!

Estaba por salir de la fila, resignado; sintiéndose estúpido y avergonzado, cuando la mujer salió del otro lado de la carpa, y el tipo tras él le dio un empujón para que entrara.

—Bienvenido. —dijo el hombre en el interior de la tienda, de pie en una esquina.

Tom se quedó mirándole, perplejo.

La figura ante él era alta, muy alta; se veía desaliñado y terriblemente delgado. Vestía con unas anticuadas prendas que en otros tiempos habrían sido el elegante traje de gala de un gran señor; y en la cabeza llevaba a juego un vetusto y polvoriento sombrero de copa, remendado aquí y allá.

—Hola. —respondió él, sin poder desviar la mirada.

El pálido hombre parecía ser sólo piel y huesos, de suerte que los enormes pómulos y la mandíbula le daban un aspecto cadavérico, pero éste esbozaba la más amplia sonrisa que Tom hubiera visto jamás.

—Bienvenido. —repitió, dando un salto adelante para luego saludarlo, sacudiéndole la mano con energía.

Aquel hombre asemejaba más a un insecto gigante y esquelético que a un ser humano, abriendo bien unos ojos tan hundidos y de aspecto enfermizo, que de pronto el chico se sintió mal por mirarlo tan fijamente.

—Has venido aquí para olvidar tus penas —le dijo, soltándole por fin la mano—. ¡Maravilloso! ¡Maravilloso!

Hablaba deprisa y con nerviosismo, como luchando por contener una carcajada, u ocultar un secreto que por dentro lo partía de risa.

—¡Comencemos! —anunció.

—Lo siento —se apresuró a decir Tom, recordando de pronto la más reciente de sus desdichas—, pero no tengo dinero. Lo perdí.

—Sólo una moneda —declaró el hombre, alzando un dedo y ensanchando la sonrisa—. Nada más, nada menos.

—Perdone, pero no tengo ni una.

Bajo esta patética excusa, Tom dio media vuelta para salir, cuando los dedos del hombre se posaron en su hombro.

—Date vuelta —le dijo, y el chico obedeció—. Esto servirá.

Dicho aquello, arrancó con sencilla facilidad uno de los botones de su chaqueta.

—Casi como una moneda ¿no? —añadió, guardando el botón en un bolsillo del viejísimo saco, y riendo, nervioso.

Tom se preguntó cómo podía no haber escuchado más que susurros fuera de la tienda, cuando la voz del demacrado hombre era altísima.

—...Está bien. —musitó, encogiéndose de hombros.

—No está bien —apresuró éste, haciendo crujir los huesos de sus dedos, todos a la vez—. Primero debes firmar.

Del interior del saco, que olía a humedad y tierra, extrajo una amarillenta hoja, y se la tendió junto a una pluma.

Tom leyó con rapidez:

—*Yo, cliente de este feriante, acepto en plena cordura y con firme voluntad que deseo olvidar...*

Por encima de la hoja, sus ojos se encontraron con los del hombre; profundos y hundidos, llenos de excitación.

Sin duda se tomaba en serio su papel. Y ¿qué más daba? Después de aquel año terrible ¿qué había de malo en olvidar?

No había acabado de trazar su firma cuando el hombre le arrancó la hoja de las manos para guardarla de vuelta en su saco.

—¡Maravilloso! —exclamó, y le dio un empujón—. Ahora silencio.

Tom cayó sentado en una silla en la que ni siquiera había reparado al entrar, así como en un estuche de violín y un atril con partituras que, sencillamente, ya estaban allí.

El hombre levantó una polvareda al abrir el estuche, de donde extrajo un penoso y viejo violín de madera apolillada.

—¡Ah! —exclamó, suspirando al leer la primera hoja ante él—. Partitura para Olvidar, en Re menor.

La música llegó lenta, calmada en principio, como un rumor sencillo que poco a poco iba cobrando forma y textura. Y la melodía sonaba lánguida y melancólica. Notas se prolongaban o cortaban sin previo aviso de acuerdo al ritmo en que el violinista iba moviendo el arco, digitando cada armonía con dedos rápidos y hábiles.

El rondó se acentuó como bailando hacia un crescendo que prometía la grandeza. Las notas, antes tristes, ahora se extendían alegres, fundiéndose a su alrededor, rebotando en las paredes de la carpa y revoloteando aquí y allá como si estuviesen dotadas de consciencia.

La melodía era rápida, apasionada. Y el violinista se inclinaba a uno y otro lado sin dejar de tocar, como la marioneta de un titiritero ebrio.

El chico empezó a ver en su mente las escenas de sus recuerdos como parte de una película vieja; una película en retroceso. Allí estaban Naty y el imbécil que la acompañaba... los reproches de su madre... su padre al marcharse... su odioso hermanito preguntándole todo... peleas en la escuela... burlas... todo... todo se marchaba.

Tom sonrió. No quería que terminase la canción. Cerró los ojos y se sintió más ligero; libre de problemas, libre de malos recuerdos y memorias inútiles. La música parecía tan lejana, y sin embargo, más viva. Y lejos, allá de donde provenía la maravillosa voz de cuerdas, el violinista reía, reía, reía.

"Más... más. Que no acabe."

Pero en ese instante terminó. De golpe. Sin llegar siquiera a una conclusión que le hiciera justicia.

Para cuando Tom abrió los ojos, aturdido por el final tan abrupto, el hombre guardaba ya su instrumento en el estuche. Ya no era más el violinista.

Sin saber bien qué hacer, se puso de pie, y enseguida sintió las manos del hombre, guiándolo fuera de la tienda, donde el tiempo parecía no haber transcurrido.

Giró un momento y avistó la fila de las personas que se disponían a entrar también, y al principio no supo a dónde dirigirse. Le bastó ver el cielo para darse cuenta de lo tarde que debía ser ya. Aunque desorientado al principio, se dirigió a la salida de la feria.

"Qué estafa —pensó—. Yo esperaba más."

No pudo recordar cuánto le había pagado al charlatán aquél por el acto de circo, pero se contentó con volver a casa. Al día siguiente habría algo por hacer. ¿Escuela quizás? No, eran vacaciones de verano,

Tropezó con algunas personas en su camino de regreso, y al salir de la feria se encontró de frente con la autopista.

"Y ahora...", meditó.

¿A dónde iba?

A casa, por supuesto.

Caminó carretera abajo, y de pronto no estuvo seguro.

¿No era carretera arriba?

Todo se veía diferente de noche, siempre le pasaba. Dudoso, se quedó un rato allí, de pie. Se volvió hacia la feria, donde muchos se marchaban ya. Algunas de las luces comenzaban a apagarse, al igual que la música y los juegos.

De pronto relacionó su desconcierto con el mismo efecto que produce el alcohol. Estás consciente, sabes lo que pasa, y lo entiendes, pero simplemente no te importa.

Pero no recordaba haber bebido. ¿O lo había hecho?

"Ni idea."

Tras mirar mejor el terreno se sintió estúpido al no haber sabido qué rumbo tomar. Así caminaba cuando miró su muñeca, en busca de su reloj. Pero no lo llevaba puesto.

¡¿En dónde estaba su reloj?!

"¡Lo tenía hacía un minuto!", pensó.

Se giró para volver sobre sus pasos y encontrarlo, buscando entre los matorrales, aunque no conseguía ver gran cosa. Su vista era pésima, ¿por qué no podía ver bien?

Comenzó a asustarse. Se dio la vuelta y tomó el camino que había escogido minutos atrás.

"Concéntrate —se dijo—. Algo debió hacerte daño."

Con más seguridad que antes se encaminó carretera arriba, convencido, pero pronto volvió a detenerse, dudando. Entonces prestó su atención a una mujer que miraba a un lado y a otro de la autopista, confundida.

—¿Hola? —dijo, acercándose por puro instinto.

Quizá ella no supiera decirle cómo volver a casa, pero parecía tan desorientada como él.

—Hola —respondió ella—. De casualidad no sabrás dónde dejé mi auto ¿cierto?

Tom sacudió la cabeza, arrugando la nariz al percibir un rancio aroma a perfume dulzón y viejo.

—Lo dejé justo aquí —sollozó, cubriéndose el rostro con las manos—, pero no puedo encontrarlo, y ahora todo en lo que pienso es en ese violinista de sombrero.

"¡El violinista!" Eso era.

Recordaba al hombre, pero ¿dónde lo había visto?

Fue a preguntarle a la mujer, pero ésta ya se alejaba, dando pasos inseguros hacia las luces, ya escasas de la feria. Echó a andar tras ella. Tenía que preguntarle...

Una pregunta, por supuesto, pero ¿cuál? La vio dirigirse hacia las carpas pero él tomó carrera y llegó antes. Aquella feria lucía familiar. Y sintiendo un repentino impulso, casi como una corazonada, echó a andar hacia los tenderetes más alejados del terreno.

Miró su muñeca para ver la hora, pero se dio cuenta de que no llevaba reloj. ¿Acaso lo había perdido?

Sus pasos lo llevaron, sin saber cómo, hasta una carpa vieja y descolorida, ya cerrada y sin luz, igual a las demás. Allá atrás había una veintena de remolques y camiones donde, con toda seguridad, se iban retirando los feriantes.

Tom avanzó hacia el remolque que tenía más cerca. Estaba por llamar a la puerta cuando oyó pasos acercarse. Alarmándose sin saber bien por qué, se apartó a un costado para ocultarse y observar.

Un hombre se acercaba con paso errante, justo como él hacía sólo segundos, y llamó a la puerta del carro. Ésta se abrió, y alguien le dejó entrar.

Tom buscó un sitio desde dónde espiar, pero la ventana más cercana estaba demasiado alta. Se pegó a la lámina del remolque y aguzó el oído.

—...Dime —pronunció una voz conocida, áspera y aguda, y que parecía contener una risa—, ¿cómo te llamas?

Luego de una pausa, se oyó hablar al recién llegado:

—Yo... yo no me acuerdo. —respondió, y lanzó un grito de terror, como cayendo en cuenta de aquello.

—Puedes irte, entonces —rio la voz del anfitrión—. Ve a perderte, olvida y muere como mejor te plazca.

Tom se apresuró a acercarse a la entrada del carro. Vio salir de allí al mismo hombre, con nada más que una sombra de eterna duda en el rostro. Tras él, por el hueco de la puerta, el violinista le observaba.

—Tú tampoco recuerdas ¿eh? —dijo, sonriéndole, y quitándose el sombrero para hacer una teatral reverencia.

Tom palideció.

"¡Muévete! —se dijo—. ¡Huye de aquí!"

Se apresuró de vuelta hacia un grupo de tiendas sin luz y carpas cerradas. Estuvo a punto de tropezar con unos feriantes que cargaban cajas y lonas, y enseguida vio pasar a su lado a un hombre al que habría jurado haber visto antes, y que se dirigía hacia el remolque del hombre de sombrero.

—Eh —lo llamó—, ¡alto! ¡Regrese!

Éste le ignoró. Tom echó a andar hacia él para darle alcance, pero de repente no pudo recordar para qué.

—...No, no, no, ¡no!

Un grupo de árboles se alzaba lejos de allí. Echó a correr hacia ellos, y cayó tendido al suelo, abrazándose a un tronco.

"Piensa..., piensa..., ¿qué hago?"

En su mente, que se iba alejando de él, lo único que seguía volviendo cada vez era la imagen del violinista, sonriente. ¿Acaso él podría ayudarlo?

"No", se dijo al instante. Había algo malo en ese hombre.

Pensó en la escuela, y los chicos de su clase. Ni siquiera pudo recordar a un solo amigo.

Pero nada era tan malo como para querer olvidar.

En su mente vio a su madre, su querida madre. No quería olvidarla. Quería volver con ella, obedecerla en todo. Pensó en su hermanito, siempre sonriente, preguntándole todo.

—¿Qué he hecho? —pronunció con horror.

Ya no sabía dónde estaba. ¿Qué hacía allí en el suelo abrazado al árbol? El violinista seguía apareciendo en su cabeza, tocando esa bella canción. Quizá eso podía ser de utilidad, quizá él...
"¡No! No vayas con él, ¡no vayas con él!"
—¿Con quién? —preguntó en voz alta, pero no pudo recordar a quién le hablaba.
El terror se apoderó de él. Estaba perdiéndose. Se perdía a sí mismo.
"¡Escríbelo! —se dijo—. ¡Escríbelo pronto!"
Empezó a trazar una letra en la tierra con su dedo, pero estaba demasiado oscuro para ver cuál era. Ni siquiera él entendió qué quería decir.
Buscó en su ropa y sus bolsillos con desesperación. Había un agujero en uno de ellos, pero ¿por qué?
Siguió palpando en su ropa hasta encontrar una navaja. Dos letras figuraban talladas en el mango. Jamás en su vida la había visto. ¿Cómo había llegado allí?
Quizás el violinista lo sabía. Sí, eso tenía sentido.
Se puso en pie, ahora más seguro, y dirigió sus pasos hacia los remolques. Estaban lejos, pero al menos sabía ya hacia dónde se dirigía. Algo inteligente, por fin...
"¡¡No!! —rogó una voz en su interior, y ésta le resultó extrañamente familiar—. ¡Con el violinista no! ¡Recuerda! ¡Recuerda quién eres! ¡No vayas con él! ¡Escríbelo!"
Sintiendo al temor volver, extendió el brazo izquierdo, y con la navaja trazó un surco en su piel, abriéndola en un fino corte, y después otro, y otro más. La sangre le corrió hasta el codo con rapidez, pero el miedo fue más grande que el dolor.

"¡No vayas con él!", le gritó la voz en su interior, quienquiera que fuese.

Fue moviendo la hoja de la navaja sobre su piel, con el miedo y el dolor recorriéndole. Escribió primero la N, después la O, una tras otra.

—...*No vayas.* —dijo, leyendo los cortes llenos de sangre en su antebrazo.

Le faltaba poco. Lo sabía.

Frunciendo el ceño, sin saber bien qué estaba haciendo, levantó la navaja nuevamente para continuar y tocó con la punta su piel, donde debería ir la siguiente letra.

Entonces se quedó mirando en silencio las heridas en su brazo sangrante.

Confundido, dudó.

¿Qué era lo que estaba escribiendo?

Reflejo

Despertó como cualquier día. Cada detalle parecía natural. Sin embargo, cuando fue a mirarse al espejo, contempló con horror la criatura en la que se había convertido, capaz de mil atrocidades, y ni un asomo de piedad.

Presa del pánico corrió a esconderse bajo la cama.

"Esto es terrible", pensó, temblando de miedo.

Se había transformado en un ser humano.

Alguien llama

Durante el funeral de mi mujer pedí a los asistentes que se retirasen para tener un momento a solas con ella.
—¿Cuándo va a salir mamá de allí? —preguntó mi hijo.
El dolor casi me arrancó las palabras.
—No saldrá. —la pena me obstruía la garganta.
—Escucho un ruido. —dijo él, tomando mi mano.
—Ya no volverá. —pronuncié con dificultad.
—Pero se oye algo. —insistió—. ¿No lo oyes?
Estaba por hablar cuando también pude oírlo. Era como si alguien llamase con los nudillos desde dentro del ataúd.
"Imposible", pensé, acercándome al féretro.
Los golpes eran leves, tímidos al principio; pero se acentuaban conforme mis pasos me llevaban a ella. Sin más, abrí el ataúd.
Allí estaba ella. Tiesa. Muerta.
"Estoy volviéndome loco."
Al mirar me hallé solo en la habitación.
—¿Hijo? —llamé, pero nadie respondió.
"Ah, es verdad", me dije, recordando entonces el día en que mi pequeño murió. Le dije a mi mujer que podía oír golpecitos desde el interior de su féretro, y poco después comencé a verlo junto a mí, hablándome como si todavía viviera.
Luego ella se quitó la vida a causa de la pena.
¿Empezaré a verla también dentro de poco?

El pozo

Garrido el Carpintero desapareció una mañana de abril en que no había sol. El hombre arrastraba los pies por el camino empedrado que en Villarce llaman la Rambla Rota, mientras se le ocurría pensar que todas las casas que encarecían el camino parecían hilvanadas entre sí.

El hombre llevaba un cubo de madera para el agua en una mano, y una botella de cerveza en la otra. La calle aparecía solitaria bajo ese amanecer estéril de sol y un cielo gris, casi como de piedra, que anunciaba una próxima lluvia.

No había llovido mucho en lo que iba del año.

En esto pensaba mientras dirigía sus pasos hacia un monte cubierto de hierba, por un terreno cultivado de maíz que se alejaba de los grupos de casas. Algunas de las farolas del alumbrado de la carretera seguían encendidas todavía, recortadas sus luces, color rojo sodio, allá entre la neblina.

Fue esquivando árboles torcidos que se alzaban en su camino mientras subía el monte, y allí arriba, junto al pozo, vio a una mujer que lucía nerviosa.

—Algo sucede —decía para sí misma—. Algo pasa aquí.

La reconoció como la Viuda Bernal, cuyo marido se había ahorcado un año atrás, aunque algunos juraban que había sido ella quién le llevó a hacer aquello.

"Quizá ambas versiones eran ciertas", pensó.

Sin prestarle atención se acercó a zancadas al pozo. Había tres de ellos en todo Villarce, pero aquél era el más cercano a su casa. Sabía que muchos lo evitaban debido a rumores, pero la gente solía ser siempre crédula y ridícula a la vez.

—Ten cuidado —advirtió la mujer, y la vio alejarse de vuelta al pueblo—. Algo ha tirado de la cuerda hacia dentro cuando trataba de sacar agua.

Aquello sí que le hizo detenerse. Los rumores iban cobrando originalidad de tanto en tanto. No era un secreto que en el pueblo habían sucedido una o dos cosas extrañas. Él mismo había escuchado la campana de la iglesia sonar algunas noches, cuando todos sabían que tanto el campanario como el templo habían sido cerrados el día en que el sacristán se lanzó de cabeza abajo desde la torre.

—Sin embargo... —musitó, acercándose al pozo.

Tampoco era un secreto que a aquella mujer le faltaran uno o dos tornillos. Como fuera no necesitaba que gente chiflada le distrajera de sus cosas.

"Además —dijo a sus adentros—, si la vieja ha dejado su cubo en el fondo y lo recupero, tendré dos."

Dio un largo trago a la cerveza hasta terminarla, y arrojó la botella hacia el prado. Soltó un eructo. El pozo era ancho, y tenía un soporte de palosanto por encima para acarrear el agua a modo de polea. Ató el cabo de la cuerda y dejó caer el cubo hasta el fondo.

Era una caída larga. Tardó en escuchar el sonido de agua, como si el condenado pozo estuviese ya quedándose vacío.

Soltó un escupitajo. Como eso sucediera tendría que ir hasta el otro lado del pueblo, casi donde se alzaba el Corazón; y no le gustaba nada ese bosque.

—No quiera el Cielo que tengamos que acercarnos allí —musitó para sí mismo, indolente, mientras sacudía un poco la cuerda para que el cubo se llenase—. Ese bosque está lleno de brujas, dicen.

Cuando tiró de la soga comprobó que el peso era el adecuado. Tiró sin demasiadas dificultades, y al cabo de un momento tuvo a su alcance el cubo lleno de agua.

"Nada allá abajo tirando de la cuerda", dijo para sus adentros. Luego echó un vistazo dentro, pero a la poca luz de esa mañana pálida no consiguió avistar el cubo de la mujer.

Se encogió de hombros. Nada mal le haría, pensaba, un segundo cubo. Nunca se podía tener madera de sobra.

Volvió sobre sus pasos, y ya en casa vació el balde a la olla donde tenía listo el arroz para cocinar; pero iba a necesitar más agua para la noche.

En su regreso al pozo se topó con el oficial Alméyra, de la Policía de Caminos, que en los últimos días había estado haciendo preguntas en el pueblo sobre un accidente. El auto se había volcado, decían, pero no había quedado más rastro del conductor y su acompañante que manchas de sangre.

A Garrido le desagradaba el oficial. Le miraba siempre como si hubiese cometido un crimen; pero nunca se molestaba en visitar a los Narváez o los Alcázar, que presumían en el pueblo de tener rifles y munición suficientes para matar a cada animal del Corazón Roto tres veces.

Al ver la botella vacía que había arrojado al prado se reprochó no haber llevado otra para el camino.

Ató el cubo a la soga y lo dejó caer dentro del pozo. Cuando calculó que se había llenado empezó a tirar con fuerza, pero éste era endemoniadamente pesado.

Echó un vistazo al agujero, haciendo una mueca.

¿Acaso había atrapado algo allí abajo?

Tiró un poco más y la cuerda empezó a ceder. Quizá se había enganchado con el cubo de la Viuda. La tarea se fue complicando con cada tirón que daba, hasta que la cuerda quedó tensa por completo, inmóvil.

—Pero ¿qué mierda...?

Se aproximó nuevamente al agujero para ver si alcanzaba a descubrir qué la atascaba, pero apenas dejó de aplicar tensión, el cubo cayó de vuelta hasta el fondo con rapidez.

—Carajo. —exclamó. Ahora tendría que empezar de nuevo.

Calculó el peso, pero antes de tirar echó un vistazo.

Sin duda le quedaba poco tiempo de vida a ese pozo. Como fuera tendría más suerte en sacar agua de allí que el próximo en intentarlo. La que quedaba era sólo suya.

Inspeccionó el hueco de negrura un par de veces más. Nada parecía obstruir el ascenso, aunque poco era lo que podía verse más allá de unos metros. Reinició entonces la tarea de tirar del cabo, pero el balde parecía adquirir más peso a medida que jalaba, con todas sus fuerzas.

"¡Maldita seas!"

Algo allá abajo volvía a detener el avance de la cuerda, esta vez con más resistencia, logrando que seguir halando fuera imposible.

Dio un jadeo y puso todo su esfuerzo en contrapeso para sacar de allí el malnacido cubo de agua, pero la cuerda se hallaba tan tensa que parecía haber sido atada a algo por el otro extremo. Iba a soltar el cabo nuevamente, cuando cayó en cuenta de que la mayor parte de la cuerda estaba ya fuera del pozo. Incluso si ésta se había atascado con algo, podría alcanzar el cubo desde allí, y quizá ver qué la detenía.

Cargando toda su fuerza en la cuerda, se aproximó hasta el agujero, sin dejar que ésta cediera ni un palmo hacia el fondo. Se inclinó sobre el pozo y miró allí dentro.

La cuerda caía hacia el fondo a una corta distancia de la superficie, tal como había pensado; y en el extremo se hallaba el cubo, apenas lleno hasta la mitad.

—Ya... te tengo... maldita. —se quejó con esfuerzo, dando un último tirón para atar la parte suelta a la base de madera.

Apenas consiguió darle un par de vueltas antes de poder hacer el nudo. Era inaudito, pensó, que la cuerda estuviese tan tensa cuando ya era capaz de avistar el cubo.

Sujetó la cuerda en el punto donde había dejado el nudo inacabado, y se inclinó de nueva cuenta hacia el agujero.

Se inclinó para tomar el cubo, cuando algo lo hizo detenerse. Incrédulo, vio allí dos manos pálidas y con dedos terriblemente largos aferrar el borde de madera.

El susto le obligó a apartarse al momento, pero se golpeó de lleno la cabeza contra el soporte del pozo y se inclinó dentro del agujero. Por puro instinto intentó sujetarse de la soga, liberando la presión. Entonces el par de manos tiró del cubo con tal fuerza hacia el fondo.

Le tomó apenas un instante precipitarse hacia dentro.

Ni siquiera tuvo ocasión de gritar. Se golpeó tres veces en la piedra del pozo mientras caía antes de estrellarse contra el fondo, y su vista se nubló.

La luz allí abajo era escasa. El agua apenas tenía profundidad. Algo allí olía a podrido.

De principio tardó en entender qué había pasado, pero un estallido de dolor en los huesos le dio la certeza de haberse fracturado ambas piernas.

Intentó moverse, y escuchó el crujir de varios huesos a la vez, arrancándole un grito que alzó un eco cavernoso.

Soltó un chillido, sintiendo que iba a desmayarse por la agonía. Pero cuando se dio la vuelta para apoyar la espalda contra la piedra, olvidó todo dolor en un instante.

No estaba solo allí dentro.

Ante él se hallaba sentado, apacible, un ser cuya piel era blanca y húmeda como la de un pez, cubierta de brillantes y viscosas venillas azules que recorrían sus extremidades, dotadas éstas de varios codos y articulaciones, y en su rostro... si es que aquello lo era, había un solo, deforme y bulboso agujero por el que parecía susurrar, respirar, y observar al mismo tiempo.

Quiso gritar, pero aquella visión le dejó sin voz. La criatura le miró con atención desde aquel hueco húmedo que se contraía, emitiendo un silbido quedo y tranquilo.

Garrido temblaba sin control. Cerró los ojos con fuerza, convenciéndose de que el golpe le había provocado demencia, pero al abrirlos, el ser seguía allí.

La razón le obligó a darse vuelta, a apartarse de aquella figura, pero no pudo hacer más que levantar la vista para rezar, pero no fue capaz de recordar ninguna oración.

Allá a lo lejos, a casi doce metros de altura, el enorme círculo de luz blanca que era el cielo matutino, recortado contra la piedra del pozo, lucía como algo imposible.

Se dio cuenta de que lloraba, presa del pánico. Quiso bajar la mirada para convencerse de que aquello no estaba allí realmente, pero no fue capaz.

Temblando, como estaba, ni siquiera prestó atención a sus piernas destrozadas.

"Sal de aquí —rogó la voz de su consciencia—. Escapa. Huye."

Garrido alzó una mano, sintiendo una descarga de dolor en los huesos rotos.

"Pide ayuda. Alguien vendrá. Alguien vendrá. Alguien..."

Apenas había abierto la boca, sabor a sangre, para aullar por auxilio, cuando la criatura se movilizó hacia él.

Los ecos en la piedra nacidos del horror le llegaron tan ajenos que no pudo creer que era él quien gritaba. Los enormes brazos del monstruo se retorcieron para girarlo y aprisionarlo por la espalda, dejándole de cara a la piedra.

Aturdido, Garrido intentó pelear, pero el ser contrajo sus incontables articulaciones para abrazarlo con más fuerza, inmovilizándole los huesos que le quedaban sanos.

Intentó gritar, pero la incredulidad se lo impidió.

"Estoy soñando... —se dijo, al tiempo que el abrazo de aquella cosa le quebraba una costilla—, Esto no es real."

Entonces sintió con pánico cómo la criatura acercaba aquel rostro-agujero a su oído, desde atrás, para decir:

—*Shhhhh...*

El horrible sonido se repitió, como pidiendo silencio.

Garrido recuperó la voz y soltó un gemido agudo, pero el monstruo le cubrió la boca con una mano viscosa y pestilente, mientras el abrazo se hacía más fuerte.

Se sacudió con todas sus fuerzas, pero el poder con que lo estrujaba era absurdo. Intentó morderlo, y sintió el sabor de una sangre muy distinta en su boca, pero la criatura se limitó a repetir el sonido.

Loco de horror y dolor, Garrido sufrió una convulsión violenta, preparado para ser devorado por la criatura; preparado para que terminase de romperle los huesos y lo devorase de una jodida vez.

Pero el momento no llegó.

—*Shhhhh... shhhhh...* —repetía el ser, apretando la mano con que le cubría la boca, mientras con la otra le acariciaba el cabello, como si de un amante enfermo se tratase.

Los huesos, hechos astillas, se le encajaban por dentro, y las lágrimas le corrían por el rostro mientras rogaba que aquello terminase. Rogó porque un ataque al corazón lo arrancase de la pesadilla, que un colapso le quitase la vida, pero nada de esto se cumplió.

El abrazo se hacía más fuerte. Garrido intentaba gemir todavía por auxilio, pero la mano que le acallaba fue apretando más, hasta romperle dientes y quijada.

Y cuando creyó que finalmente moriría a causa del horror y la locura, el abrazo continuó, y continuó, y continuó.

ARCHIVOS DE VILLARCE

Registros hallados en las oficinas de
Bernardo Garza, notario del pueblo.

No es mucho lo que se sabe hoy de la ordenación de este pueblo, cuyo nombre, comentan algunos, imaginan siempre escrito en tinta roja, de un tono muy parecido al de la sangre.

Se sabe que fue en tiempos previos a la Revolución cuando Tomás, último descendiente de la familia Arconte, cobró cuanto sus difuntos padres le habían dejado en herencia, y se hizo con las escrituras de cincuenta y dos acres de tierra que componen montes cubiertos de vegetación, un estanque, y un bosque que los nativos gitanos llamaban el Corazón.

Entre los muchos testimonios que se han recopilado con el correr de los años, se cuenta que Tomás Arconte hizo crecer este pueblo desde sus cimientos. La Revolución estaba en puerta, y con la gente cayendo en algo más que la pobreza extrema, éste trajo campesinos de cada rincón del país a trabajar la tierra, para luego venderles —a buen precio, se cuenta— parcelas donde pudieran construir sus hogares.

Dicen que no había más de doscientos habitantes en Villarce cuando Don Tomás, lleno de vida y ánimos por vivirla, se casó con Claudia Valtéz, que venía también de una acaudalada familia.

A lo poco, Doña Claudia quedó embarazada, de una niña, decían, aunque presa de muy mala salud. Don Tomás no permitía que nadie, excepto los doctores, se acercaran a ella; y para cuando la bebé nació, cuantos tuvieron la osadía de contarlo, dijeron que ésta había llegado al mundo con una rara enfermedad que aún no tenía ni nombre.

Pero el buen Tomás Arconte no perdió el ánimo, y siempre trató, hasta donde se recuerda, justamente a todos sus empleados y cuantos le conocían.

La Criatura, fruto de aquel matrimonio, sería todavía pequeña cuando uno de los trabajadores encontró un pozo excavado al norte del Corazón. La entrada aparecía cubierta por tablas y piedras de muchos años atrás; y cuando las retiraron, dieron con el túnel de una vieja mina, donde, se cuenta, hallaron oro.

"Hemos llegado a este lugar por una razón —decía Don Arconte a su gente—. Ustedes estarán ligados a mí y a este oro. Que mi suerte sea también la de ustedes, y que todos tengamos el mismo destino."

Así habló Tomás Arconte, y durante los siguientes dos meses fue posible extraer oro casi a diario de la mina; el pueblo se expandió y su gente comenzó a prosperar, cosechando los frutos de una vida de trabajo.

Pero la suerte no podía ser eterna, y el oro tampoco.

Dicen que cuando los trabajadores comenzaron a volver con las manos vacías, Don Tomás mandó excavar nuevos túneles dentro de la mina, y sus alrededores. Se trabajaron nuevos pozos y yacimientos, pero los hombres que trabajaban los pasajes no eran mineros de experiencia, y una mañana se reportó un derrumbe que mató a no menos de dieciocho

Más personas llegaron a vivir a Villarce en los próximos meses, y distintas muertes se registraron. Muertes extrañas. Campesinos aparecían muertos en lugares donde no debían encontrarse, y mujeres desaparecían por días para luego ser halladas sin vida en sus propias camas.

No fue hasta cuatro años después de la ordenación del pueblo, en plenos días de la Revolución, que un trabajador dijo al pueblo las palabras: "Estamos malditos, y malditos seremos siempre si no nos marchamos."

El rumor de que la suerte de Arconte se había tornado en desgracia, y con ella arrastraba a todos en Villarce, cuyos habitantes contaban ya casi quinientas personas, no tardó en esparcirse.

Pero durante los próximos meses las muertes cesaron, y todo pareció cobrar algo de calma.

Fue entonces que los niños comenzaron a desaparecer.

Frío

Sandra detestaba aquella casa más de lo que se detestaba a sí misma. Alguien la había levantado en piedra basta sobre el camino que en Villarce llamaban la Rambla Rota, cerca del roble donde decían que Tomás Arconte, fundador del pueblo, se había ahorcado.

"Un día nos iremos de aquí", se decía cada día; pero al cabo de poco dejaba de creerlo.

Su esposo Don Hernán Varedia y ella habían llegado allí hacía doce años, cuando creían que se amarían para siempre, y cuando el pequeño Matías tenía sólo un año de edad. Nadie arrendaba la casa, sino que la vendían; y a un precio tan absurdo que, estaba segura, ni siquiera el solo terreno valdría tan poco.

De cuando en cuando recordaba que le parecía extraño que aquella fuese la única casa en todo Villarce construida en pura piedra; oscura, y cubierta de musgos claros y espesos por fuera. Era fría, húmeda, pero lo suficientemente grande para haberlos albergado a los tres y a dos familias más.

Sandra solía tener la sensación de que se habían equivocado al llegar allí, pero pronto fue tiempo de llevar a Matías a la escuela. Hernán obtuvo un empleo como conductor de autobuses entre ése y los pueblos vecinos, y ella tuvo que resignarse a quedarse allí.

"Un día nos iremos de esta casa —se repetía, aunque guardaba ese pensamiento para sí misma, pues su esposo estaba simplemente encantado con el lugar—. Y no es que sea fea, es que algo tiene."

Y era cierto. Las paredes eran irregulares, el techo bajo, y las grietas formadas por cada roca que levantaba los muros parecían delinear figuras extrañas.

"Y ese frío", suspiraba, esperanzada en el sueño febril de que algún día, quizá cuando Matías terminara la escuela y su esposo se jubilara, podrían encontrar algo más cálido.

Siempre hizo frío allí dentro, pero el horror; el horror real, llegaría después.

Comenzó como una fiebre simple, causada, sin duda, por la cantidad de moho que seguro reinaba entre las pequeñas fisuras de figuras extrañas, aquí y allá.

—Quiero salir —se quejaba Matías, frunciendo el ceño en un puchero digno de sus once años, aunque idéntico a los que hacía su padre—. Ya me siento mejor.

—Ni una palabra de salir —le reprendió ella, volviendo a ponerle la mano sobre la frente a su hijo—, no hasta que te baje la fiebre.

— ¡Pero Rojo ha encontrado una cucaracha gigante! —insistió—. Y me dijo que sólo me la mostrará si voy...

—Basta ya. Ni siquiera me gusta que te acerques a ese niño. Bien sabes que lo mismo piensa tu padre.

Al oír esto, el chico se dio la vuelta en la cama, y se limitó a ver la pared de piedra oscura y verdosa.

Se veía triste.

Sandra soltó un suspiro. Hernán no llegaría esa noche a casa, sino hasta la semana entrante, pues le tocaba doblar turno y tenía que pasar la noche en Villarna, o Puerto Gris, o alguno de los pueblos vecinos. Podía notar que Matías lo extrañaba, y ella también; pero ahora le importaba más verlo recobrar su tono de piel.

Estaba tan pálido.

—El problema es esta casa, señora —dijo el doctor Garquéz, después de hacerles una visita esa noche—. No quiero sonar poco sensible, pero prácticamente viven en el moho.

La mujer bajó la mirada, avergonzada.

—Mi marido adquirió esta casa a un precio muy bajo. No supimos el motivo hasta pasar aquí varios días. Pensamos que sólo era fría pero...

Echó un vistazo a la pared de la cocina; el color gris y oscuro se había ido tiñendo de un verde pálido y pastoso.

—Será mejor que saque al muchacho de aquí —musitó el doctor—, al menos para que tome baños de sol cada cuando. Puedo prescribirle unas vitaminas, pero nada le hará mejorar si sigue respirando el aire de este sitio.

El doctor Garquéz era un buen hombre. Había llegado al pueblo hacía ya unos meses, y siempre se mostraba dispuesto a ayudar en el pueblo. Era joven pero no parecía inexperto. Le entregó una nota con el nombre de distintas vitaminas, y se alejó, cojeando de un pie, como si estuviese herido.

"¿Se encontrará bien?", se preguntó Sandra, pero al cabo de poco olvidó aquello.

Quizá ahora tendrían un buen motivo para mudarse.

A partir de ese día, sacó a Matías cada mañana al jardín, que estaba cubierto de hiedra alta y flores silvestres, donde veía con frecuencia escarabajos de caparazones brillantes. Pero la fiebre no cedió, y pronto el niño empezó a sudar frío.

—Por todos los cielos... —le decía, harto cansada de preocupación y angustia—. Te sientes helado y sigues perdiendo color.

Respirando con dificultad, jadeando como si acabase de correr, dijo el niño:

—Tengo calor.

"¿Calor?", repitió ella en sus pensamientos, intentando hallarle lógica a ello.

A los dos días, sin haber mostrado mejora, Sandra le llevaba un té caliente a la habitación, cuando le encontró fuera de cama, en calzoncillos, y tendido en el suelo.

— ¡Matías! —exclamó, apurándose a dejar el té sobre una cómoda—, ¿es que te has caído de la cama?

El chiquillo sacudió la cabeza, bocarriba en el piso.

—El suelo está fresco. —sonrió.

—Ponte de pie de una vez. —le dijo, tomándole del brazo.

—...Pero está agradable. —se quejó.

— ¿Agradable? Si me estoy congelando.

Dicho esto, le llevó afuera, para que tomara el sol.

—El calor es peor aquí. No me gusta.

—No me interesa lo que te guste. Es calor precisamente lo que necesitas... —le reprendía, mientras volvía dentro para llevarle también el té, pero al tocar la taza, se quedó muda.

Estaba frío.

"Fiebre fría... —pensaba la mujer aquella noche—, piel sin color."

Intentaba recordar si había visto aquello antes, pero no dio con nada. Soltando un suspiro miró a su alrededor, como si fuese a encontrar la respuesta en aquellos odiosos muros de piedra irregular. De pronto le pareció encontrar algún rostro formado por las raras grietas entre el mueble de la televisión y la puerta de la cocina.

Hundió el rostro en las manos y se echó a llorar.

En los días siguientes le fue notando más rígido, tal como si al niño le doliese mover los miembros, o como si éstos le pesaran demasiado.

A la noche, cuando fue a avisarle que estaba lista la cena, lo encontró completamente desnudo, pegado de espaldas a la pared, tieso, y respirando con largas bocanadas de aire.

— ¿...Hijo? —le llamó, ya más cansada que asustada—. ¿Qué pasa?

Sin mover un músculo, el niño respondió:

—Se está bien aquí, mamá. Deberías probarlo.

Había algo rasposo en su voz. Sin duda no tardaría en enfermar de la garganta, y ¿qué harían entonces?

Conteniendo un llanto impulsivo, le estrechó en un abrazo, pero cuando intentó separarlo del muro, sintió cómo se resistía.

—Vamos, hijo... —musitó, separándole más.

Entonces Matías le respondió con un empujón tan fuerte que la hizo caer al suelo.

En cualquier otro momento, Sandra habría respondido a aquello abofeteándolo al instante, pero al ver al niño regresar de espaldas al muro, extendiendo los brazos, y suspirando con inmensa tranquilidad, quedó pasmada.

"Su piel está casi gris —pronunció para sus adentros—, casi como... como de piedra."

Pese a todo, pensó, si aquello le hacía sentir bien, quizá podía ayudarle a sanar.

Estaba equivocada.

Llegó el fin de semana, y Don Hernán Varedia terminó su turno de trabajo, obteniendo cuatro días de licencia para estar en casa. Era un hombre sencillo, y de aspiraciones simples, pero al que le pesaba saber que su esposa e hijo vivían los días en una casa tan fría y húmeda.

"Fue tan barata —se decía en ocasiones, recordando cómo le aseguró a su mujer que los problemas de dinero se acabarían con ello—. Fui un idiota."

Había pensado que si se mostraba animado por vivir allí, quizá Sandra y Matías se contagiarían un poco de ese ánimo. Pero era evidente que aquello no había funcionado.

"Seguro me detestan en silencio."

Tomó la misma ruta que conducía, ahora con uno de sus compañeros como chofer, y durmió la mayor parte del trayecto, soñando con una casa mejor construida, en un mejor lugar.

Despertó cuando cruzaban la Sierra del Labrador. A lo lejos se veía el letrero de "VILLARCE", junto al epígrafe de "A partir de este punto, nadie te escuchará gritar."

Todos sabían que aquello eran supersticiones de los gitanos que habían habitado en el pueblo décadas atrás. Pero cuando bajó del autobús y se halló de frente al letrero de madera, se preguntó por qué diablos habían escogido ese lugar para vivir.

—...Interesante. —dijo una voz tras él.

Hernán se volvió, sobresaltado. Había bajado también del camión un hombre joven; llevaba gafas y vestía un pulcro traje rojo, bastante inconveniente para la vida de pueblo.

—¿Disculpe?

—El mensaje —dijo el hombre, señalando el epígrafe al otro lado de la carretera—. Me parece muy interesante.

—Sí, bueno, una costumbre de mal gusto, si me pregunta.

Sin decir más, cruzó la carretera y se internó en el pueblo. Vio al oficial Alméyra junto a la Calle

Mayor, fumándose un cigarro y lanzando anillos de humo al viento.

Aceleró el paso.

—Eh, Hernán. —le llamó éste.

Alzó una mano para devolver el saludo.

—Hacía tiempo que no te veía, ¿cómo está tu familia?

—Voy camino a verlos —explicó, sin detener el paso—, tengo unos días de permiso.

El oficial Alméyra era un buen hombre, pero demasiado entrometido en los asuntos ajenos. Tan pronto le permitió la decencia, se alejó de allí, camino a casa.

El sendero que llamaban la Rambla Rota bajaba sobre el monte entre casas que parecían construidas casi unas sobre otras. Todas en mejor estado que la suya.

Suspiró. Al final del descenso sólo había terreno yermo. Como si la frialdad de la casa se extendiera hasta tocar sus alrededores poco a poco. ¿Qué le hizo aceptar aquel trato? ¿Ahorrarse unas monedas?

Desde allí, la casa lucía casi monstruosa.

Nadie salió a recibirlo. Ni siquiera Matías.

"Estará con sus amigos", pensó, aunque esperando que no pasara demasiado tiempo con ése al que los otros llamaban Rojo. Aquel chiquillo le daba mala espina.

Abrió la verja de madera que daba a la propiedad, que no aparentaba desde allí todo lo fría y húmeda que era. Apenas puso un pie dentro, le embargó el hedor de la humedad y el moho. Casi lo había olvidado.

—Ya llegué. —dijo, mientras echaba un vistazo al techo sobre el comedor, donde una nueva mancha verduzca comenzaba a formarse.

"Quizá podamos quitar algo de moho el fin de semana."

—Ya llegué. —repitió, dejando sus cosas en un sofá, cuando algo llamó su atención.

Había trastes sucios fuera de lugar, y una fina capa de polvo cubría el comedor, como si nadie se hubiese sentado allí en varios días.

— ¿Sandra? —llamó, extrañado.

Un leve susurro se oía al fondo del pasillo, proveniente del cuarto de Matías.

Algo en ese ruido le puso nervioso. Avanzó con prisa, y al abrir la puerta, lo primero que vio fue a su mujer, sentada en un rincón del suelo junto a la cama. Se mecía atrás y adelante, susurrando, con la mirada fija en la pared.

—...Sandra —soltó—. ¿Qué te pasó? Contesta.

El continuo vaivén de la mujer al mecerse le hacía golpearse la parte trasera de la cabeza contra la pared, donde una mancha de sangre seca era visible en la piedra.

— ¡Háblame! —rogó, apresurándose a poner una mano tras su cabeza para evitar que siguiera golpeándose—. ¡Contesta!

Pero ella repetía el susurro, y su vista permanecía clavada en el muro opuesto, en el que él no había reparado todavía.

— ¿Qué? —preguntó, creyendo captar algo en el susurro de Sandra.

— ¿De qué hablas? ¿Quién...?

No había terminado de hablar, cuando se volvió al otro lado del cuarto, siguiendo la dirección en que ella miraba.

Dio un grito involuntario y cayó de espaldas al suelo.

Ante él vio una figura, antes humana, apenas insinuada en la piedra, como una escultura tallada en el muro.

Aquello que una vez había sido su hijo estaba ahora unido de espaldas a la pared, y su piel parecía ser parte de la misma piedra, rígida y gris, cubierta de moho.

Desde allí los miraba Matías, inmóvil, como una estatua de ojos humanos.

Recobrando quizá un momento de cordura, el susurro de Sandra se hizo audible por primera vez:

—...Nos mira —pronunciaba, con un hilo de voz, y repetía—, nos mira... nos mira... nos mira...

Temblando bajo un escalofrío cruel, el hombre fijó su vista en los ojos del niño de piedra, que le devolvió la mirada con un semblante triste; vivo a pesar del cuerpo de roca fundido en el muro.

—¿H... hijo? —logró articular.

Pero el niño no pudo hacer si no observar, y parecía que la figura de su cuerpo, apenas insinuada en las grietas de la pared, se fuese perdiendo un poco gradualmente; siendo más parte del muro, y cada vez menos humana.

—...Nos mira —repetía la mujer, alzando un poco más la voz, y volviendo a golpearse la cabeza contra la piedra, dejando nuevos rastros de sangre, decía—, nos mira... ¡nos mira...! ¡Nos mira...! ¡¡Nos mira...!! ¡¡NOS MIRA...!!

Canción del bosque

¿Cuándo llegué aquí? El viento dice poco,
Sólo puedo ver más allá un estanque.
Y se escuchan mil risas de niños felices.
Todos descansan bajo el agua.

Ven a jugar, me dicen sus voces,
Aquí no hay dolor ni oscuridad,
Desde aquí cuidaré que nadie les moleste.
Todos descansan bajo el agua.

Intento irme, de prisa, de prisa,
De lejos me piden que regrese,
Me pregunto si también tú puedes verlos.
Todos descansan bajo el agua.

Va a anochecer, y no encuentro regreso,
El estanque está allí otra vez,
Empiezo a comprender que también me he ahogado.
Hoy descansamos bajo el agua.

La otra voz

—¿Cariño? —pronunció ella, desde arriba en la habitación del segundo piso—. ¿Vendrás a acostarte?

El hombre, en la sala de estar, ahogó un gemido de horror, tapándose la boca para obligarse a guardar silencio.

Entonces oyó claramente cómo los pasos de la mujer avanzaban por el corredor.

Se apresuró en silencio a esconderse en el armario bajo las escaleras. Los pasos se escucharon sobre su cabeza, descendiendo peldaño a peldaño.

—¿Cariño? —repitió la voz.

Estaba volviéndose loco.

Aquello sonaba igual a su esposa, pensó, haciéndose un ovillo en el suelo. Incluso hablaba igual que ella.

"Pero mi esposa lleva muerta dos días", pensó con horror.

—¿En dónde te has metido? —preguntó la impostora—. ¿Cariño? ¿Cariño...? ¿Cariño...?

La palabra se repitió una vez, y otra, y otra. Primero con lentitud; luego cobrando más rapidez.

Y conforme los pasos se acercaban hacia su escondite, la voz se tornó en algo hueco y rasposo. Ya no provenían de una mujer idéntica a su esposa, sino de una criatura muy diferente.

Los minutos corren

Sumido en sus pensamientos, el viejo escritor espera a que llegue la Muerte.
Ya hace demasiado que no escribe nada que valga la pena, y su inspiración falleció años atrás, junto a sus últimas páginas, todas ellas en blanco. Aguarda hundido en un sofá, estéril de historias; cuando de repente viene una idea a su cabeza, igual a un relámpago.
Es algo abstracto y amorfo al principio, pero a lo poco va cobrando pies y cabeza. Casi parece unirse con ese amasijo de ideas que un día creyó buenas, y que ahora parecen encajar de modo perfecto.
Una nueva historia, podría ser. Una buena, sí.
Quizá..., se dice, quizá la mejor de todas ellas.
La inspiración llega a su cabeza como una descarga. Se incorpora en el asiento y va directo a la máquina de escribir. Sus dedos acarician las teclas y sonríe
Esta historia será magnífica, piensa.
Pero algo lo detiene, y sintiendo un escalofrío dirige su mirada al reloj de pared que cuelga sobre su escritorio.
Los minutos corren.
Ya no le queda tiempo.

¡Estamos malditos!

~~Somos~~ Todos lo estamos, ~~y~~ y es mi culpa.

Nunca debí dejarle entrar a este mundo.

~~Nunca~~ Nunca debí ofrecerle las almas de toda esta gente.

Sólo puedo esperar que acepte mi alma como pago.

perdóneme, perdóneme.

Nota hallada junto al cuerpo de
Tomás Arconte.

La Huesa

Dicen que, durante el tiempo en que caminó sobre la tierra, la criatura fue llamada de distintas formas por los mortales. Le dieron nombres de espíritus; nombres de espectros y demonios; e incluso nombres humanos. Pero la forma en que la habían llamado al ser vista en ese viejo pueblo era por mucho más extraña.

La llamaban *la Huesa*.

Aquel nombre le gustaba. Lo había escuchado por primera vez de un niño pequeño, probablemente quien lo inventó. Les dijo a sus padres que *la Huesa* se había asomado por su ventana para espiarle mientras dormía. Éstos no le creyeron, por puesto. Los humanos adultos cometían siempre el mismo error inconsciente: desconfiar de la percepción de los niños.

Pero *la Huesa* sí que había estado allí esa noche, observando desde fuera, apoyando una mano febril en la ventana y esbozando una sonrisa.

Nunca olvidaría el grito del pequeño.

Los gritos de los niños eran lo más sublime y más hermoso que podía escucharse en el aire. Adoraba desaparecer ante sus aterrados ojos para luego observar, invisible, cómo los ciegos padres trataban de explicarle al pequeño que todo había sido una pesadilla.

"Eso soy —se decía, con cierto orgullo—, *una pesadilla."*

Luego empezó a escuchar a más niños llamarla de la misma manera; y a lo poco incluso los adultos pronunciaron su nombre. Lo usaban en principio para asustar a los pequeños que no querían ir a dormir, que desobedecían, o no querían cepillarse los dientes.

Así transcurrieron los años, y *la Huesa* se mostraba por instantes a los pequeños cuando estaban solos, hasta que decidió dejarse ver también por los adultos.

La noticia se esparció por el pueblo como la niebla al amanecer. Aquella noche, muchos eran los que se habían congregado en la cantina del pueblo. La criatura reía entre dientes al escucharles hablar, moviéndose invisible entre ellos y sonriendo cada vez que una nueva versión de su aparición volvía a cambiar para hacerse más pérfida.

— ¡La he visto ya dos veces! —exclamaba un hombre al que llamaban Rolan Pott—. Sus ojos sangraban y reía histérica.

Los presentes intercambiaron significativas miradas de angustia.

—Yo también la vi, Pott —aseguró el cantinero, que era manco de la mano derecha—. Es cierto lo que se dice, *la Huesa* luce de esa forma.

Un silencio, de aquellos que se escuchan en respeto a alguien que sabe muchas cosas, flotó tranquilo en la cantina.

—...Pues mi hijo la vio, y dice que parecía una hiena —apuntó, luego de un rato, una mujer regordeta—. Dice que imitaba mi voz y la de mi marido.

A esto siguieron nuevas exclamaciones de precavido asombro, pero *la Huesa* supo que aquella versión en particular era falsa. Había muchas cosas que podía hacer, pero hablar con los vivos no era una de ellas.

Así se mantuvo por un tiempo, disfrutando de su propia leyenda, que se iba forjando en las calles de Villarce con cada aparición. Algunos mentían y decían haberla visto; otros mentían para negarlo. Y ella reía con cierta astucia, hasta que una noche fijó su atención en cierta casa, edificada muy cerca del Corazón Roto.

No había muchos que se aventurasen a vivir cerca de allí. Aquel bosque estaba lleno de cosas peores que ella misma, pensó, con ironía.

Nunca había entrado en esa casa antes, pero al percibir dos aromas jóvenes en el interior, susurró para sí:

"Niños."

Buscó la ventana desde la cual dejarse ver. Todos tenían las cortinas echadas por dentro, pero aquello no suponía problema alguno para ella. Se aproximó al cristal del que se despedía en mayor medida el olor infantil, escuchó, y supo que un niño se hallaba dentro.

Casi estuvo a punto de reír, pero aguardó el momento perfecto. Posó una gran mano gris sobre el cristal, y las cortinas se apartaron con lentitud. Allí dentro jugaba un niño de cabello castaño con un grupo de coloridos bloques de madera, dando la espalda a la ventana.

Era apenas un bebé. *La Huesa* pegó su rostro al cristal, emitiendo un leve golpe. El pequeño se volvió enseguida, y sus miradas se encontraron.

Silencio.

Pero el pequeñito no soltó ningún grito, sino que sonrió, divertido. Ella sonrió también, pero el niño no hizo sino alzar un bloque rojo en su mano, como mostrándole lo que construía.

"No me teme", se dijo, sin ocultar su asombro, y sintiendo que la mueca infantil que el pequeño le dirigía no era sino hermosa.

Permanecieron así por instantes. Ahora con público, el pequeño construyó una torre de cuatro bloques de colores distintos, y luego extendió los brazos, como si aquella fuese su obra maestra y dijera: "¡Helo aquí!"

La criatura no pudo evitar soltar una risa, enternecida con la actuación del niño, hasta que otra niña apareció en la habitación, y al verla soltó un grito de horror tan agudo, que el pequeño brincó, espantado, y se echó a llorar.

— ¡¡Mamá!! —chilló la hermana mayor—. ¡Ahí está! ¡Es ella! ¡Es ella! ¡Es *la Huesa*!

Por algún motivo, cuando la criatura escuchó los gritos, no sintió placer alguno. Para cuando la madre de los niños entró presurosa en la habitación, ya no había nada que ver al otro lado del cristal.

Muchas vidas humanas había caminado *la Huesa* entre los mortales, y casi olvidaba cómo era sentir ternura por un infante.

"Ese niño... —pronunciaba para sí—, no me teme."

Algo había en él que la hizo sacudir por dentro. Algo le obligó a recordar días lejanos, felices.

Días viejos, de allá cuando estaba viva, quizás.

A partir de ese momento visitó la misma casa cada noche; aguardando el momento en que el pequeño jugara en su habitación, y dejándose ver únicamente cuando éste se hallaba solo.

"No me teme", seguía repitiéndose, incrédula, sin saberse capaz de ocultar sus sonrisas, devueltas siempre por el pequeñito que le mostraba un juguete nuevo en cada ocasión.

"Si pudieras hablar ya me tendrías miedo ¿verdad?"

En ocasiones entraba la madre, reprendiendo al niño por el desorden que había hecho, y de cuando en cuando dirigía desconcertadas miradas a la ventana, donde juraba haber cerrado las cortinas. *La Huesa* le miraba invisible, y pensaba:

"No amas a ese niño tanto como merece."

Cuando éste le señalaba a su madre el lugar donde había visto a la criatura, ésta respondía nerviosa:

—Allí no hay nada. Ya es hora de dormir.

Luego cerraba de golpe las cortinas; pero apenas se había marchado, la criatura volvía a posar una mano en el cristal para abrirlas nuevamente, y observar al pequeño mientras dormía.

"Necesitas una madre... —dijo—, *una madre que te ame de verdad."*

Durante las próximas noches, *la Huesa* se permitía golpear el cristal cuando la madre estaba allí. Desaparecía antes de que pudiera verla, pero permanecía escrutándola con la mirada; como diciendo: *"Sí, aquí estoy."*

Poco después dejó que la mujer viera cómo las cortinas se abrían solas ante sus ojos.

El pequeño, en los brazos de la mujer, rió, señalando la ventana.

—¿V... ves algo allí? —preguntó al bebé, con voz temblorosa, mientras *la Huesa* reía, invisible.

Pero aquella noche la mujer se llevó al pequeño a dormir en su habitación, junto a su esposo. *La Huesa* recorrió la casa hasta dar con la ventana que daba a este punto, pero habían bloqueado la visión con un montón de libros.

"Ridículo", pensó. Ya iba hartándose de aquello.

Pronto el niño tendría edad suficiente para decir a todos lo que veía, y entendería que esto no era un ser humano. Entonces comenzaría a temerle.

No podía dejar que eso sucediera.

Se deslizó hacia la puerta principal y posó la mano sobre la superficie de madera, escuchando al cerrojo girar por dentro para abrirse sin oponer resistencia.

"Pronto estarás conmigo", se dijo, entrando.

Los muros de la casa estaban llenos de fotografías familiares, pero *la Huesa* desvió la mirada de ellas en todo momento, obligándose a mantener sus propios recuerdos lo más alejados posible.

Se deslizó directamente hacia la habitación de los padres, pero un ruido de cristales rotos estalló a sus espaldas.

Al volverse encontró a la niña, que había dejado caer al suelo un vaso con agua, y ahora permanecía inmóvil.

La Huesa extendió los brazos hacia ella, sonriendo, y la pequeña recuperó la voz.

"Sí, grita."

El alarido de terror fue agudo y discordante, y la niña echó a correr hacia el pasillo que daba a las habitaciones, pero *la Huesa* esperó con paciencia a verlos salir.

— ¿Qué pasa? —gritó el padre allí dentro, aturdido.

— ¡!La Huesa está en la casa!! —chilló la pequeña—. ¡Aquí está! ¡No toca el suelo!

—...Otra de tus pesadillas. —se oyó protestar al padre.

Les escuchó levantarse de la cama, y la criatura se deslizó hacia la puerta para recibirlos.

—Te acompañaré a tu cuatro para que... que veas...

El hombre dejó inacabada la frase, hallándose de frente con la criatura. Tembló unos instantes, e intentó volverse hacia su hija, pero sólo un leve soplo de la criatura le hizo falta para hacer al hombre caer en la sala, desplomándose sin vida sobre el suelo.

La niña volvió a gritar, pero *la Huesa* la aferró por el cuello en un instante, levantándola en vilo hasta casi tocar el techo, y allí le arrancó la vida también.

Con un movimiento de su mano, la puerta de la habitación se deslizó hasta abrirse de par en par. Allí dentro, en un rincón, temblaba la madre, aferrando al niño contra su pecho.

Ojalá pudiera hablar con ella. Le habría dicho que cuidaría del pequeño, pero pronto resolvió que nada cambiaría el desenlace de esa noche.

La mujer soltó un gemido al perder el conocimiento, y luego dejó de respirar, haciendo un golpe sordo al precipitarse sobre el suelo. Pero *la Huesa* sostuvo en el aire al pequeñito para que no fuese a lastimarse, y sonriéndole, lo estrechó en sus brazos por primera vez.

"Ahora eres mío", pronunció, aunque el niño no pudiera oírle.

Acercó al pequeño a su rostro para besarle la frente, pero éste lloró al instante, con fuerza.

"Ya, ya. También yo perdí a mi familia ¿sabes?"

Lo meció en sus brazos para arrullarlo, pero el llanto del niño se transformó en un berrido desconsolado.

"Tranquilo, ya pasó, ya pasó."

A diferencia de los otros niños, los gritos que soltaba el pequeño no eran placenteros para ella. Muy por el contrario, comenzaron a molestarle.

"¿Qué te sucede? Antes me sonreías. Yo voy a cuidarte ahora."

Sin más, se volvió a ver a la mujer que yacía muerta en el suelo de la habitación. Era joven y de piel tersa. Cuando miró de nuevo al pequeño, observó sus propias manos, grises y muertas, más propias de un espectro o demonio que de una mujer.

Intentó contenerse, pero un nudo se formó en su garganta, y pronto rompió a llorar a la par del niño, cuyos berridos aumentaron, histéricos.

"Estoy muerta —dijo—, y te he arrebatado a tu familia."

Apartó la mirada hacia la ventana que la madre había cubierto con libros sobre una cómoda, y puso su mano sobre el rostro del niño. Poco a poco fue disminuyendo su llanto, hasta que ya no lloró más, ni tampoco respiró.

Ahora, inmóvil, el pequeño cuerpo ya no lucía tan bello como en un principio. Lo meció en sus brazos, intentando recordar sus risas la primera vez que se vieron; tarareando una canción de cuna cuya letra había olvidado.

Al final dejó el cuerpecillo junto al de su verdadera madre, y se marchó para no regresar.

Arañas

Cuando tenía siete años fui a acampar con mis padres y mi hermana mayor. Al ir a acostarme descubrí a una araña que se ocultaba en mi bolsa de dormir. Traté de aplastarla, pero ésta subió por mi mano y hasta mi hombro con rapidez. Antes que pudiera detenerla, me picó en el rostro, justo sobre la mejilla, en el hueso del pómulo.

Mi hermana me dijo que su picadura había implantado huevecillos en mí, y que pronto habría un nido de arañas en mi rostro.

Al volver, Papá y Mamá la castigaron por tratar de asustarme, y me dijeron que lo olvidara.

Dijeron que estaría bien.

Era cierto. Las crías de araña jamás emergieron de mi rostro; pero a veces puedo sentirlas, moviéndose bajo mi piel, reptando entre los músculos de mi cara.

En los últimos días he comenzado a escucharlas. Me hablan. Hoy me han pedido que las deje salir.

Valium

El nombre del gato es Valium; tiene un espeso pelaje gris con motas negras, y recién ha sido adoptado por una pequeña familia, cuyos integrantes humanos son una pareja adulta y una niña de rostro cubierto de pecas y que huele muy bien.

Éste es un buen hogar para Valium: es acogedor y seco, y le tratan bien. Le han dejado un mullido cojín que hace las veces de cama, tiene comida diariamente, e incluso una caja de arena para cuando... bueno, tiene que ir.

Los humanos adultos lo miman de vez en vez, mientras que la niña juega siempre con él. Cuando todos se van a dormir, escoge algún rincón, justo entre los brazos de la pequeña, o los pies de la mujer para descansar.

Al gato le agrada su nueva vida, sin embargo, hay algo que le desconcierta, e incluso le eriza la piel en ocasiones. Se trata de una criatura que se mueve y respira entre la familia sin que éstos puedan verlo; pero Valium sí que puede, y ha advertido su presencia dos veces ya.

No es que su nuevo hogar sea demasiado grande; a decir verdad, la criatura suele esconderse en las habitaciones que los padres o la niña han dejado vacías y a oscuras. Pero no importa que alguno de ellos vuelva y encienda la luz, porque éste les sonríe mientras que ellos no se percatan de que está ahí.

A Valium le han sido más que suficientes las dos ocasiones en que lo vio para hacerse una buena idea de cómo es.

"Monstruoso", diría, si los gatos pudiesen hablar.

Se mueve con mucha lentitud. Es mucho más grande que un humano adulto, motivo por el que siempre anda encorvado. Es flaco, muy flaco; y su piel es tan pálida que en ocasiones se confunde con los muros de yeso de las habitaciones.

Pero más allá de todos estos rasgos extraños, hay algo que hace helar la sangre del felino. Su rostro está siempre sonriente, y jamás cambia de expresión; como si llevase una máscara. Lo único en su cara que se mueve son sus ojos, mientras siguen en silencio a los miembros de la familia.

Cierta tarde en que la niña estaba sola en casa, o al menos tan sola como podía con sus padres fuera, ambos jugaban en su alcoba. Ésta movía con destreza un trozo de estambre mientras Valium, hipnotizado, intentaba atraparlo.

Por supuesto el gato podía haber alcanzado el cordel con sus garras en cualquier instante, pero le gustaba fingir que era más lento para no desanimar a la niña.

Continuaron el juego, saltando de cuando en cuando sobre la cama, cuando Valium algo pareció cambiar en el aire. Valium se detuvo en seco, advirtiendo una presencia fuera de la habitación.

Sin más, se volvió hacia la puerta, que estaba abierta. En el umbral vio a la criatura. La eterna sonrisa permanecía en su rostro, y los ojos, cubiertos de venillas rojas, les vigilaban.

—Eh, ¿qué pasa, chico? —dijo la niña. Valium sintió que se le erizaba el pelo, y se quedó muy quieto, mirando con fijeza el punto donde se hallaba el intruso—. ¿Qué miras?

Volvió a sacudir el estambre ante sus ojos, pero éste apenas si lo notó, sintiendo que el corazón le latía con fuerza.

"¿Qué quieres?", pensó, mostrándole los colmillos en un bufido.

La criatura debió permanecer allí por espacio de un minuto, mirándole a él, luego a la niña, y viceversa.

Luego se marchó.

El felino se sintió ser levantado por la niña, que lo alzó en brazos, situándolo de frente a su rostro cubierto de pecas.

—Sigamos. —le dijo, depositándolo de nuevo en la cama para reanudar el juego. Pero Valium echó otro vistazo al corredor fuera del cuarto antes de permitirse continuar.

Para el anochecer la pequeña se quedó dormida, mucho antes que sus padres volvieran. Entonces el gato supo que tenía una oportunidad de encontrar a aquella cosa.

Si la memoria gatuna no le fallaba, le había visto por primera vez bajo la cama de los padres, acostado bocarriba mientras movía ligeramente los dedos largos de sus manos, como si estuviese ansioso por tocarlos. Pero la segunda fue en la cocina, sentado junto a la estufa, abrazándose las piernas, como si jugase a ocultarse.

Pero ahora eran ya tres veces, y con pesar se dio cuenta de que la criatura sí que vivía allí con ellos, espiándolos sin que pudiesen sentirlo siquiera. Los humanos solían ser tontos y torpes de vista; aunque también de olfato y oído. Valium sabía que podía hallar al ser aquél, si se lo proponía, en sólo minutos.

Deambuló por la sala de estar como los gatos saben hacer, y de un salto cayó sobre el respaldo de un sillón, mismo al que el padre le había prohibido subirse. Desde allí observó con cuidado alrededor, intentando que no se le escapara el más mínimo detalle.

Nada.

Se preguntó, pues, si la criatura supondría algún peligro en particular para él, o solo para la familia. Como quiera no le habría importado que ésta intentase atraparlo, ya que parecía ser muy lenta; pero en definitiva le preocupaba que pudiese dañar a sus humanos, en especial a la niña; y no había forma de saber nada con suposiciones.

Recorrió la casa de arriba abajo sin éxito. Revisó los espacios más inhóspitos de cada habitación; también los recovecos que son tan inaccesibles para las personas y tan cotidianos para un gato.

Y nada.

De repente se sintió libre de abandonar la búsqueda. Quizá, se dijo, le había asustado con sus colmillos, y se había marchado ya. Además, pensó, le estaban entrando ganas de echarse a dormir un rato.

Iba de vuelta a su cojín en un rincón de la sala, cuando lo vio. Estaba en una esquina junto al comedor; de pie, pegado al muro de tal forma que su piel pálida le camuflaba, incluso ante los agudos ojos de Valium.

Ahí había estado desde el comienzo. Saber eso le hizo sentir un escalofrío, que erizó su pelaje.

Se acercó con cautela, bufando de nueva cuenta para ver si conseguía intimidarle. Fue entonces, cuando sus patas le acercaron un poco más, que se percató de algo importante.

"No tiene olor."

Allí había un buen motivo para perderle el rastro. Tendría que ser muy cauteloso al seguirlo.

Dio unos pasos más, intentando lucir amenazante. El ser pálido permanecía quieto en el rincón, sin mover un músculo, aunque sonriendo todavía. Su mirada permanecía fija en algún punto más allá del corredor.

El cuarto de la niña.

Valium supo que debía hacer algo. Tendría que seguirlo a cada instante, todos los días, para asegurarse de que la cosa aquella no dañase a la familia; o podía intentar algo justo ahora.

Sin más qué meditar, dio un salto y se lanzó como un rayo a morderle una pierna.

Sus dientes se clavaron en algo terriblemente duro.

"¡Qué extraño!", pensó. El tacto de su piel era exactamente igual al de los muros de la casa. Idéntico.

Le tiró un arañazo sin el menor éxito, y antes de poder reaccionar, la criatura lo tomó por el cuello, con una sola mano y una tremenda facilidad.

Valium soltó un suspiro desesperado. Trató de huir, frenético, lanzándole cuantos arañazos pudo al brazo, pero no le causó ningún daño.

Aquello era en verdad como arañar la pared.

La criatura lo levantó en vilo, cortándole la respiración, hasta situarlo frente a su rostro, siempre sonriente, escrutándolo con los venosos ojos enrojecidos.

¿Ése era el fin? ¿Así de simple y absurda sería su partida?

La puerta principal se abrió. Los humanos adultos entraron en casa, y la criatura dejó de hacer presión en el cuello de Valium, permitiéndole liberarse.

En un segundo corrió a toda velocidad hasta meterse en la cama junto con la pequeña, lanzando maullidos de terror.

—¿Qué le pasa a ese gato? —dijo el padre—. ¿Es que ahora nos teme?

—Tonterías —repuso la mujer—. Le ha asustado el sonido de la puerta, es todo.

—No es el único que tiene miedo.

—¿A qué te refieres?

La pareja se sentó en la sala; cerca, muy cerca de la criatura, que les observaba.

—Dicen que hallaron a otra mujer muerta.

La madre soltó un gemido de espanto.

—¿Otra? ¿No habían cesado ya las muertes?

—Dicen que encima del cuerpo encontraron un trozo de papel con un poema que, bueno, según cuentan, describe el modo en que murió.

—Válgame...

Valium podía escuchar las voces humanas, hablando distraídamente; pero no era capaz de dejar de temblar.

A partir de esa noche, no volvió a atacar a la criatura. Se mantuvo siempre alerta, aunque a una prudente distancia, para encontrarle, aunque le tomaba varios minutos e intentos dar con ella. Se dijo que acompañaría a la niña a todas partes, y se mantendría despierto durante las noches para vigilar las puertas.

"Tendrás que matarme para hacerles daño", pensaba, mirándole de frente cuando le veía moverse, yendo del baño a la cocina, o del comedor al cuarto de los padres, mientras dormían, para luego meterse en silencio bajo su cama.

Por algún motivo, cuando Valium clavaba su mirada, desafiante, en los ojos de la criatura, ésta detenía su avance. Quizá comenzaba a respetarle, o a conocerle. Pero sus ojos, inyectados en sangre, no dejaron de observarles en silencio, y su sonrisa, tiesa y perpetua, plantada en el rostro de yeso pálido, jamás se borró.

Shhh...

Álec da las buenas noches a su mamá, aunque no se molesta en decir una palabra a su hermana Ana, quien le ha roto el auto de carreras que su padre le dejó antes de irse. Se cepilla los dientes y se viste la pijama, mas no apaga la luz de su cuarto, pues cada vez que lo ha intentado la sombra que está en un rincón junto a la ventana cambia de forma.

La última vez, estaba seguro, había tomado una forma muy parecida a la de una silueta humana.

Ya le ha dicho a su madre lo que ve, pero le dice ya es casi un hombre, y no tiene por qué estar inventando cosas, mientras que Ana se ríe, y le dice que está loco.

Álec odia que le llamen loco. Así es como le decían a su padre cuando estaba vivo, y también lo detestaba.

Antes de meterse en la cama, se obliga a dar unos pasos hacia la sombra, que es proyectada por su misma lamparita de noche, y se forma con una esquina de su cama y el borde de un escritorio viejo. A simple vista parece inofensiva y ridícula, mayormente normal.

Se dice a sí mismo que es un valiente, y que nada malo ha pasado nunca por una sombra idiota. Se dice que no hay nada que temer, pero deja la luz encendida.

Por si acaso.

Se cubre con las cobijas hasta la barbilla, mientras desea con fuerza que la noche pase rápido y las sombras vuelvan a ser normales de nuevo. Pero algo distinto pasa esa noche, y la luz se apaga en toda la casa.

Álec da un respingo y se mete bajo las cobijas.

Escucha abajo a Mamá decir que algo debe haber fallado con un fusible, y Ana comenta que las demás casas sí tienen luz.

Por un hueco muy pequeño entre su refugio afelpado, el niño echa un vistazo. El lugar parece casi normal. Las luces de la calle llenan su habitación de un color rojo sodio que le hace imaginar que ha entrado a otra dimensión.

Entonces mira hacia donde suele hallarse la sombra, que debía haber desaparecido si todo está en penumbra, pero no está seguro, y cierra el orificio de la cobija.

Álec se da cuenta de que está temblando en la cama, pero toma aire, y se dice que ya no es pequeño; que es el hombre de la casa; que sus amigos se reirían de él hasta hacerse en los pantalones si supieran cómo se acobarda.

Retira las cobijas, apenas un poco para poder ver. La roja oscuridad lo es todo allí, pero está convencido —hasta donde él cree— de que si logra vencer ese miedo, ya no habrá nada que lo haga temblar.

Al principio no ve nada fuera de lo común, pero la negrura roja ha disfrazado a la sombra ante la vista de Álec; y para cuando la ve, ésta se encuentra ya al pie de su cama. Tiene forma humana otra vez, y está hecha de una oscuridad tan espesa que parece sólida.

"¡...Mamá!", quiere gritar, pero el miedo le paraliza. Ve entonces a la sombra alzar una larga mano y llevársela al rostro, donde levanta un dedo en señal de guardar silencio.

Es en este momento que el pequeño recupera el habla, sólo para lanzar un grito, pero la sombrase moviliza sobre él, y en un instante le cubre la boca, mientras con la otra mano repite la misma señal.

—*Shhh...* —se escucha desde algún punto en el rostro de la criatura.

Álec se pierde en algún punto de su cabeza donde cree estar más seguro, y allí se queda hasta que es de mañana.

Más allá de la puerta, el chico escucha a su madre llamarlos para bajar a desayunar. Ana se queja otra vez por tener que ir a la escuela.

Álec se levanta de la cama. Está sudando como su hubiese corrido durante horas, pero suelta un suspiro largo.

Aquella pesadilla ha sido horrible. La más horrible que ha tenido, está seguro.

Su madre vuelve a llamarlo, esta vez sólo a él. Seguro Ana se encuentra ya desayunando. Entonces el niño abre la boca para decir un *"ya voy"*, pero sus palabras son sólo aire que sale sin sonido desde su garganta.

Intenta llamar a su madre a gritos, pero se ha quedado mudo. Y nada sale de su boca excepto un leve y extraño silbido que suena como si algo más, alguna criatura, intentara hablar por él.

La niña en el ático

El polvo tiene olor a olvido. Los habitantes de las telarañas miran con ojos inquisitivos; y la niña del ático deambula por los rincones que son su prisión.

La pequeña tiene un vestido que solía ser bonito, pero la sangre dejó feas manchas que no ha podido quitar, por más que lo intenta, y tampoco consigue sujetar su cabello, pues ha perdido el moño que solía llevar.

La niña suspira y mira por la ventana. El tiempo afuera transcurre con extraña velocidad.

Cuando se aburre habla con los muros, pero éstos jamás le han respondido. Se mueve danzando entre los trastos y cajas, pero el viejo perchero no es un buen compañero de baile. Se ha inventado historias de doncellas y castillos, pero éstas siempre llevan al mismo final trágico; uno muy parecido al suyo, y entonces se echa a llorar.

A veces oye ruidos abajo. Pega su oído a la trampilla del suelo y sigue las voces de los nuevos ocupantes de la casa, imaginando de dónde podrían venir, y si se quedarán mucho tiempo.

Nadie lo hace.

Cada vez que alguien sube al ático, ella intenta mostrarse amistosa, pero éstos siempre gritan. Todos gritan. Huyen, jurando haber visto un fantasma, y la pequeña solloza una vez más.

Cuando el tiempo por fin devore la casa por completo, y el lugar se caiga en escombros, ¿podrá salir? ¿Podrá descansar?

EL SUICIDA

"Lamento el desorden", garabatea con prisa el suicida en una pequeña nota que enseguida guarda en un bolsillo de su camisa. Da unos pasos hasta la ventana de la habitación que ha alquilado en la Estrella Nevada, y lanza un juramento.

Allá afuera las nubes cubren el cielo como si estuviesen vivas. Casi alientan su decisión.

El hombre sujeta con un nudo doble la cuerda de la única viga que hay en el cuarto, y que parece susurrarle: "Estoy aquí para ti."

Se sube a la silla y suelta un suspiro. No hay mucho qué pensarse en este instante; de cualquier forma no pretende acobardarse. A continuación ata la soga de la mejor forma que puede a su cuello. Sus últimos pensamientos son para su esposa e hijos, quienes seguramente estarán mejor sin él estorbando.

Un cosquilleo le acaricia la espalda. Los próximos segundos parecen hacerse más lentos.

Sin más, usa los pies para volcar la silla, y cae. La cuerda se tensa de tal manera que casi le rompe el cuello, pero sólo le asfixia. Los músculos de todo su cuerpo se contraen con dolor, mientras se le tensan las venas en el pecho y el rostro, como si fuesen a explotar.

No importa, se dice, con la poca lucidez que alcanza. Dentro de poco se desmayará, y el resto será trabajo de la gravedad y la presión.

Su vista comienza a nublarse. La habitación y el mundo entero giran a su alrededor. Y es entonces que logra ver a una persona en un rincón, de pie frente a él; observándole.

Puede tratarse de una alucinación, piensa; pero los segundos que le quedan de consciencia y raciocinio le convencen de que aquello no es posible.

Con un gemido sordo intenta levantar la mirada para dar rostro a aquella figura, pues no logra verle por completo. Sus brazos van perdiendo fuerza, pero consigue que la persona entre entera en su campo de visión.

No puede decir si se trata de un hombre o una mujer. Los rasgos son meras líneas de carne en diversos pliegues que asemejan ojos y boca; y aunque no es posible adivinar un rostro allí, éste parece mirarle con profunda satisfacción. Tal como si le dijese: "Por fin te decidiste."

El suicida despide un gemido inaudible que se va ahogando en una tos desesperada. Siente miedo.

Intenta levantar las manos para deshacer el nudo que le va quitando la vida, pero no queda sangre en los brazos que le permita moverlos.

La figura que le observa desde el otro extremo de la habitación extiende los brazos, como si le diera la bienvenida, y acto seguido comienza a aplaudir.

No queda más en la mente del suicida que un espacio para un miedo insoportable. En el último pensamiento que logra evocar, antes de que todo se nuble, entiende que ahora le pertenece a aquella criatura, lo que sea que ésta es. Y al lugar donde parta después de morir, la ésta estará allí.

Tinta y sangre tus huesos destilan,
que de la mancha dormidos perecen,
y sin sentir escalofrío remoto
confieso que me estremeces.

Tinta y sangre escriben tu nombre,
Inyectadas a mi corazón roto,
Y ahora que admiro tu cuerpo
Puedo sonreír confiadamente.

Nota encontrada junto a una de las víctimas de El Poeta

Interludio I

"La Clínica"

Luego de volcar su auto en la carretera, Maura sobrevive. Quizá habría sido más piadoso dejarla **morir**.

I

No habría sabido decir cuánto tiempo transcurrió desde el accidente en la autopista. No habría sabido decir, siquiera, si seguía viva.

Cuando Maura volvió en sí, el primer pensamiento lógico que llegó a su cabeza fue que había parado de llover.

Intentó volverse en el asiento del auto volcado para ver si Adam estaba bien, pero una terrible punzada de dolor en el costado le arrancó un grito que acabó en toses.

Entre sollozos trató de llamarle, pero no le salió la voz. Las voces en la radio se habían apagado ya, y sólo quedaba un leve y perpetuo sonido de estática que parecía inundar el aire de su mundo vuelto de cabeza.

Entonces alzó una mano, ahogando un grito de dolor, para ajustar el espejo retrovisor. Allí estaba Adam, tendido bocarriba sobre el húmedo pavimento a unos metros por detrás del auto, todavía con la máscara puesta, y respirando débilmente.

Un gemido de angustia impotente fue cuanto logró dejar escapar. Luchó con desesperación por quitarse el cinturón de seguridad, pero el peso de su cuerpo lo trababa.

Sacó una mano fuera de la ventana. El asfalto estaba cubierto de cristales rotos sobre sendas manchas de sangre. Trató de abrir la puerta pero también fue inútil.

Maura alzó la voz cuanto pudo, lanzando un gemido hasta que consiguió pronunciar:

—¡Ayudaaaah...!

No hubo más respuesta que el mismo sonido de estática en la radio, burlesco. Dirigió la mirada una vez más al retrovisor. El pecho de Adam subía y bajaba con dificultad.

—...Hijo —soltó, entre toses y quejidos. La sangre le embotaba la cabeza—. Hijo... respóndeme...

Debió llamarlo sin parar una docena de veces, hasta que le pareció escuchar pasos a lo lejos. De cabeza como se hallaba, no pudo distinguir desde qué dirección venían, pero se estaban acercando.

—¡Ayúdemeee! —sollozó, con el dolor en sus costillas acentuándose—. ¡Quien sea! ¡Por favooor!

Le pareció que los pasos, lentos y tranquilos, tardaban una eternidad en llegar hasta allí, moviéndose con la calma de quien da un paseo por el parque.

—¡¡Aquí estamos!!

Para cuando consiguió avistar el par de piernas, reflejadas en el retrovisor, entendió que algo andaba mal. No pudo ver bien a detalle los pies del hombre, pero —creyó— que se aproximaba hasta Adam. Quienquiera que fuera se detuvo junto a su hijito, que se veía tan desvalido y frágil como un muñeco de porcelana.

—¡Ayúdelo! ¡Yaaa!

El último grito le robó las fuerzas que le quedaban. Gritó hasta volver a sentir que se desmayaba, y el mundo entero se nubló a su alrededor.

II

Maura supo muy poco de qué ocurrió después. Alguien la había sacado del auto, mientras otra persona levantaba a Adam, llevándoselo lejos de su vista. Le dolía el cuerpo entero y sentía que alguien la arrastraba por las manos sobre el pavimento. ¿O la llevaban de los pies?

No se molestaron en ponerla en ninguna camilla. La llevaban a rastras como si ya fuera un cadáver; y vio algunas casas que se alzaban sobre un camino de piedra entre matorrales altos.

"¿Por qué?", quiso preguntar, pero el dolor en las costillas y la pierna mientras era arrastrada la limitaban a dar quejidos sin fuerza.

Tenía que estar soñando, se dijo. Pronto despertaría para encontrarse con que nunca se había marchado de casa. Adam estaría bien, y quizá no tendrían que huir. Siempre había otras alternativas.

Su entorno se nublaba a ratos. Creyó ver la estatua de una mujer, y un grupo de árboles inmensos alzándose a su derecha, ¿o era a su izquierda?

Lo último que pudo ver antes que el dolor le hiciera perder el conocimiento una vez más, fue un edificio ennegrecido que se alzaba para recibirlos.

III

Al abrir los ojos se encontró en una cama de hospital; la habitación entera estaba hundida en una penumbra a medias. Las paredes podrían haber sido blancas en otros tiempos, pero ante ella aparecían cubiertas de manchas negras, apenas iluminadas por trozos de luz de luna que se colaban desde huecos en una persiana.

Lejos, en algún punto de ese lugar, lloraba un hombre.

"¿Qué es esto?", pensó, presa de un terrible dolor de cabeza.

Intentó moverse, pero la misma descarga de dolor en las costillas, y la pierna, la inmovilizó.

Ladeó un poco la cabeza; allí había otra cama junto a la suya, cubierta por una cortina azul pálido, y delante, la puerta abierta de la habitación guiaba hacia un pasillo en sombras, donde de cuando en cuando parpadeaba la luz de una lámpara blanca.

El sonido de los llantos del hombre venía de aquel pasillo. Maura tragó saliva y se forzó a moverse. El dolor en los huesos le arrancó un grito, pero logró incorporarse.

Luego vinieron los pasos, acercándose.

Clavó su mirada en el umbral, donde la luz blanca parpadeaba, sumiendo al corredor en una intermitente penumbra. Por allí se aproximaba un hombre vestido de médico, que aparecía más cerca cada vez que la lámpara volvía a funcionar.

Un gorro de enfermería y un cubrebocas le tapaban la mayor parte de la cara. Sus ojos lucían ojeras de muchos días sin sueño.

—¿...Doctor? Mi hijo...

El médico permaneció de pie, observándola, mas no respondió una palabra. Luego se volvió hacia la cama contigua y descorrió la cortina. Adam estaba allí.

Maura gritó. Su pequeñito permanecía tendido sobre la cama, todavía con la máscara puesta.

—¡Adam! ¡Hijo! ¿Me oyes?

El niño no emitía ningún sonido. Lucía tan frágil y pequeño. Tenía manchas de sangre en la ropa, pero ninguna herida visible. El único movimiento que realizaba era el de la misma respiración dificultosa.

—Doctor, ¿está bien mi hijo? ¿Puede quitarle esa cosa de la cara?

Estiró un brazo fuera de la cama para alcanzarlo, pero se llevó a cambio una descarga de dolor en el hombro que la obligó a gritar otra vez.

El hombre, que permanecía quieto al pie de la cama de Adam, comenzó a tararear una melodía con una voz grave, dejando la vista fija en el niño.

—¿Qué está haciendo?

La cantinela debía tener sólo seis notas, que se repetían subiendo y bajando de tono sin verdadero ritmo o propósito.

—¡Basta! —le gritó—. Deje de hacer eso.

El hombre alzó los brazos, como si aquella salmodia le diese una especie de regocijo resuelto.

Allá lejos, desde el pasillo, el llanto del hombre que empezó a cobrar fuerza, como si no soportase la canción.

La respiración de Adam comenzó a agitarse.

—¡¿Qué le está haciendo?! —le espetó, intentando levantarse, pero las costillas produjeron un crujido audible que le arrancó un chillido.

El médico cantaba, cada vez más alto, moviendo los brazos al aire como si creyese ser el director de una orquesta en sueños.

—¡¡Déjelo tranquilo!! —exclamó, e ignorando todo dolor se impulsó fuera de la cama, precipitándose al suelo.

La agonía de su cuerpo al estrellarse fue tal que estuvo segura de que iba a morir. Con las lágrimas nublándole la vista, se arrastró en quejidos hasta la cama de Adam.

Maura intentó levantarse, pero entonces oyó otro par de pasos en el corredor, acercándose apresuradamente.

Alzó la vista cuanto pudo desde el suelo, y allí vio a una enfermera, que entraba con premura en la habitación, oculto su rostro también por una cofia y una mascarilla.

—...Ayúdeme. —pronunció, casi sin fuerzas.

A la altura del piso helado no alcanzó a ver gran cosa, pero oyó claramente cómo la mujer se unía en coro al médico; y mientras tanto, la respiración de Adam se agitaba a una velocidad antinatural.

Se arrastró en quejidos fuertes. La enfermera la miraba con curiosidad, sin dejar de tararear la malnacida canción de seis notas. A continuación la vio abrazarse al hombre por la espalda, como si fuesen amantes.

Maura tiró un golpe al suelo con el puño, y soltando una maldición, se aferró a la base de la cama de Adam para levantarse. Dio un grito al escuchar el crujir de sus huesos una vez más, pero consiguió apoyar una pierna con firmeza.

La enfermera la miraba y negaba con la cabeza, mientras las voces de ambos se confundían y alzaban cada vez más.

—¡¡Aléjense de él!!

Lanzó un arañazo al rostro del médico, arrancándole el cubrebocas que llevaba.

Ambos dejaron de cantar. Lo siguiente en escucharse fue el grito de Maura.

La piel que debería cubrir la boca y mandíbula del hombre era inexistente, dejando en su lugar una quijada negra de dientes desproporcionados sobre músculo ennegrecido, como chamuscado.

Maura aferró la cama para no caer de nuevo.

Ambos la miraban con una especie de matiz confundido. Intercambiando un vistazo con el médico, la mujer retiró también su mascarilla, dejando a la vista la misma carne quemada y sin labios, con nada más que una dentadura gris.

Sin dejar de mirarla, ambos volvieron a abrazarse, recorriendo cada uno el cuerpo del otro en caricias de poca mesura.

Hubo un silencio breve. A lo lejos, el hombre que lloraba pareció calmarse nuevamente, e incluso la respiración de Adam se normalizó.

Entonces le escuchó cantar.

—¿...Adam?

Al principio fue tenue, pero luego escuchó la misma melodía átona y periódica a través de la máscara de plástico.

Llevó sus manos, temblorosas, a la careta del niño para quitársela. Debajo, la piel de Adam se había puesto negra también, y le miraba fijamente, como si no la reconociera.

La Balada de la Bruja

*Vengan, pequeños,
Vamos a jugar.
No tengan miedo
del Hombre Sonriente.*

*Vengan, pequeños,
Podrán disfrutar,
Y en el silencio
sabré sus secretos.*

*Vengan, pequeños,
Los voy a encontrar,
Los huelo de lejos
ya sé dónde están.*

*Vengan, pequeños,
Vamos a bailar,
El cielo sangra
y espera que bailen.*

La urna

Estuvo a punto de vomitar una docena de veces, pero logró controlar las arcadas y siguió comiendo.

Para cuando consiguió engullir el último bocado de ceniza, sonrió, satisfecho.

—Ahora siempre estaremos juntos. —dijo, mirando la urna vacía.

INVISIBLE

El hombre ha muerto. Nadie puede verlo. Le enterraron al pie del bosque. Pero no se ha marchado. Sigue allí, entre la gente, sin que le escuchen.

Camina por las calles del pueblo, llorando su pena; trata hablar con las personas que ve, pero no existe más. Luego se vuelve hacia la plaza, donde se ve una figura alta, envuelta en sendos y largos tejidos que no dejan ver su piel.

La figura parece advertir que le observa.

El terror le paraliza por instantes; pero al ver que la criatura le señala y se mueve en su dirección, logra echar a correr de vuelta a donde solía estar su casa.

En el camino ve más siluetas como la que le persigue. Todas parecen estar buscándolo.

Sin poder abrir la puerta, atraviesa el muro, igual a un clásico fantasma. Allí ve a sus hijos, ahogados en llanto.

—Aquí estoy —les dice—, sigo con ustedes.

Está por llorar, cuando ve a su mujer cruzar la sala de estar hacia a su habitación. El hombre está ansiando ver su rostro. Quisiera consolarla.

La ve sentarse al borde de la cama, y éste se sitúa frente a ella. No hay lágrimas en su rostro, ni un ápice de pena.

Su expresión es, en cambio, la de alguien que se llena de una profunda e infinita satisfacción.

La siguiente historia acontece durante los primeros años de **Villarce.**

Cuando el pueblo no se había sumido aún del todo en la **locura**

Luz de medianoche

Oscuridad. Eso, y nada más es lo que había a su alrededor. Y cada vez que intentaba evocar algún recuerdo de la luz, todo se marchaba rápido; como vapor entre los dedos. Igual que las lámparas se apagan antes de la medianoche.

Había quedado ciego a los once años, luego de caer de cabeza mientras montaba a caballo aquella mañana de febrero maldito. El golpe arrancó de su vida toda luz y todo rastro de la alegría que, como niño, alguna vez habría podido sentir. Y a los ojos de sus padres tuvo a bien aparentar sus sonrisas, entre sombras, hasta que no hubo nadie más ante quien representar ese papel.

—Si vas a ser ciego, Evan —le dijo el tío Héctor, en el carruaje—, por lo menos serás un ciego rico.

Nunca escuchó a sus padres mencionar al tío Héctor, pero cuando ambos le fueron arrebatados por aquella epidemia de peste, de ésas que se mantienen principalmente ocupadas con los adultos, se quedó sin opciones.

—Yo cuidaré de ti ahora. —añadió, pues él guardaba silencio.

Podía sentir el traqueteo del carruaje mientras avanzaban, escuchando los cascos de los caballos en el empedrado, y oliendo el aroma a tierra mojada después de un día de lluvia.

—¿Qué es eso que llevas ahí?

Evan había estado jugando con un anillo en sus manos durante todo el trayecto.

—Era de mamá —respondió—. Lo usaba todo el tiempo, pero no lo tenía cuando la enterraron. No sé por qué.

A pesar de las sombras que lo rodeaban, imaginó que el tío Héctor sonreía.

Héctor era dueño de una hacienda que había sobrevivido a los tiempos de la Revolución, y que empleaba a no menos de cuarenta criados; se dedicaban a la plantación y producción de agave, y la crianza de caballos.

Pero Evan no quería saber nada de agave. Mucho menos de caballos. Y en el instante en que llegaron a sus dominios, el tío Héctor lo presentó con toda la servidumbre; cosa que no podría haberle molestado más, hasta que éste les prohibió estrictamente a todos mover o cambiar los muebles un solo centímetro de lugar, dado que, en sus propias palabras "mi sobrino debe conocer su nuevo hogar."

Aquello, pese a todo, le dio una pizca de consuelo, pero ninguna felicidad se compararía al momento en que escuchó su voz por vez primera.

—Querida hija mía —dijo su tío, guiando por los hombros a Evan para sentarse en un sofá—, éste es Evan, tu primo, que se ha mudado a vivir con nosotros.

—Me llamo Delia —dijo ella, con la más dulce de las voces—, ¿quieres salir a jugar?

Por el resto de su vida recordaría haber estado a punto de echarse a llorar. Pero la niña le tomó la mano enseguida.

"No me ve como a un ciego", pensó esa mañana, y en lugar de derramar una sola lágrima, sonrió.

—Nunca te faltará nada bajo mi techo —dijo su tío—, y a Delia le encantará tener la compañía de su primo.

—Debes cuidar de él siempre —añadió, dirigiéndose a ella—, ahora nosotros somos su familia.

Entonces algo bueno llegó a su vida. Salían a los terrenos de la hacienda todos los días, donde ella le describía cada lugar. Poseían catorce acres de tierra fértil al norte del pueblo, cabezas de ganado, y un enorme pozo de agua.

Evan se ayudaba de sus demás sentidos para hacerse una idea de todo, aunque lo más hermoso que creaba en su mente era el rostro de Delia, imaginándolo más bello en cada ocasión, y siempre sabiendo que ninguna de sus figuraciones sería tan acertada como la verdadera.

El tío Héctor le mandó hacer un bastón de roble tallado, y pidió a Delia que le ayudase a ubicarse en cada habitación.

—No habrá ninguna puerta cerrada para ti aquí —le decía el hombre—. Aprenderás a ver con tus manos y tus oídos, y un día podrás pasearte a tus anchas sin el menor reparo.

La casa tenía tres pisos de altura, si no estaba equivocado, y su habitación fue puesta en la segunda planta, justo frente a la de Delia. Poco a poco fue sintiéndose parte de esa familia, y llegó a sonreír algunas noches antes de dormir; algo que no había hecho desde que cayera del caballo.

Evan fue desarrollando un inevitable y rápido cariño por su tío, que, pese a no tener mucho tiempo libre, siempre encontraba unos minutos para charlar con él.

Pero era Delia, claro, por quien sentía un amor desmedido.

El tío Héctor mandó poner una banca de madera en el exterior para ambos. Allí la brisa les daba en la cara, y Evan podía imaginar un campo infinito de pastizales ante ellos. La buena parte de ser ciego, pensaba, es que podía imaginar todo del modo que quisiera.

—Una montaña —decía—, y un arroyo con pinos.

—Eso suena mejor que como es en realidad. —reía la niña, con esa voz tan dulce que casi dolía escucharla.

A lo lejos, lo único que interrumpía su charla, eran los golpes de un hacha contra la madera. Sin duda un criado junto al cobertizo juntando leña para la noche. Conforme avanzaba su vida en la hacienda, Evan iba siendo más consciente de lo que le rodeaba.

Esa tarde, tras hablarle por primera vez de sus padres, llegó incluso a llorar frente a ella, sintiéndose estúpido por dejarla ver sus lágrimas cuando él no podía ni ver su sonrisa.

—Los hombres no lloran. —decía su padre en vida.

Quiso disculparse, pero entonces notó que ella también lloraba. Sólo una lágrima sintió en su mejilla, pero fue suficiente. Entonces la abrazó por primera vez.

—Quiero darte esto —le dijo, sacando el anillo de su madre del bolsillo de su saco—. Era de mi mamá, pero te lo doy porque ya no puedo verlo.

Cualquiera lo habría rechazado, argumentando que él lo necesitaba más. Pero no Delia, no su Delia.

—Lo llevaré todos los días. —respondió, y enseguida sintió los labios de la chica sobre su mejilla.

A pesar de la oscuridad a su alrededor, supo que ella también sonreía.

Delia iba a la escuela por las tardes, y aquello hacía que el tiempo se arrastrase con una lentitud insoportable. Pero, pronto Evan recibió clases en casa de un profesor particular. Aprendió del mundo a través de las palabras, y su tutor no tardó en considerarlo un erudito para las letras y la historia, aunque las matemáticas le daban dolor de cabeza.

Pero a Evan esto le importaba poco. Delia se había convertido en su universo entero.

El paso del tiempo fue mostrándole cómo el más mínimo aroma o sonido podían decirle muchas cosas de su alrededor; cosas que la vista se guardaba. Tan sólo a juzgar por los ruidos del exterior se hacía una idea del momento del día que era; con el simple atisbo de un olor a su alrededor podía saber en qué parte de la casa estaba, e incluso quién se acercaba. El aroma de cada cosa y de cada persona era único, y el de Delia era su preferido.

Poco a poco, y por más dolor que aquello le causase, comenzaba a acostumbrarse a vivir entre las sombras. Cierta noche en que oía a un cuervajo graznar junto a su ventana, dejó su bastón en la cama, y salió de su habitación. Primero lo hizo a tientas, paso por paso, casi a rastras. Conocía bien la casa, pero siempre solía ir acompañado por alguien.

Aquella noche quiso moverse por sí mismo.

Fue tanteando los muros mientras avanzaba, sintiendo el suelo con los pies descalzos. De repente su pierna se hundió en un hueco repentino, pero era sólo el primer escalón que daba a la planta baja. Casi sonrió para sí, dándose cuenta de que tenía una buena noción de dónde estaba cada cosa, y al llegar al vestíbulo, su sonrisa fue completa.

Sus caminatas nocturnas se fueron haciendo habituales. Aquello era su secreto, y lo disfrutaba. Le tomó semanas poder andar sin darse de bruces contra algún muro sorpresivo o un mueble tramposo, pero al final fue sencillo.

Podía ver donde los otros no, sabiendo que otro se vería forzado a cargar una lámpara consigo para poder andar.

Cada noche recorría la mayor parte de la casa que podía sin llegar a despertar a nadie, y antes de volver, sin falta, permanecía unos instantes ante la puerta de Delia. De pie. Imaginando cómo se vería al dormir.

Pronto empezó a soñar que entraba en su habitación para besarla, y ella, sin más, lo recibía con un abrazo.

Una noche, cuando todos dormían, Evan salió de la cama. Se afianzaba con saña al pasamanos de la escalera, pero bajaba con la simpleza de una persona que conserva sus cinco sentidos. La noche era suya cuando los otros dormían.

Pero entonces escuchó el grito de una mujer, tan fuerte y tan agudo, que dio un salto y cayó de espaldas, golpeándose contra una pared que parecía haber aparecido de pronto. Delia, el tío Héctor y los criados que vivían en la casa se congregaron alarmados en el vestíbulo.

— ¡Evan! —soltó el tío Héctor— ¡María! —llamó a la criada que había gritado a voz en cuello—. ¿Pero qué clase de escándalo es éste?

—Entré por un vaso de agua —lloriqueaba María—, y allí estaba el niño Evan en el vestíbulo. ¡Como una aparición!

No era necesario ver para saber que todos lo miraban, pero el tío Héctor no hizo sino reír con ganas.

— ¿Y por eso has gritado, mujer? Mi sobrino sólo paseaba.

Los criados nunca se rieron tanto, y ése se fue el momento favorito de todos para contar junto a la chimenea.

Pero el tío Héctor jamás preguntó a Evan qué hacía allí, de noche y sin su bastón, y aquello lo hizo quererlo aún más.

Sin embargo, no todo mejoró. Conforme fueron creciendo, Delia entró a un colegio distinto donde pasaba la mayor parte del día, y por las tardes empezó a salir con sus nuevas amigas, cosa que dejaba en Evan un hueco de nostalgia.

— ¿Qué tal ha sido tu día? —le preguntó alguna vez, intentando sonar animado.

—Ha estado bien. —respondió ella, sin agregar más.

Antes solía contarle a detalle las horas de su día. Entraba a casa corriendo hasta su habitación sólo para hablarle de algún maestro, un compañero o sólo para saludarlo.

Entonces Evan extendió una mano hacia ella. Delia la tomó, como hacía siempre, y encontró el anillo de su madre.

—Aún lo llevas.

—Te dije que lo usaría siempre. —sonrió ella, quiso creer.

Con los días haciéndose más solitarios, Evan empezó a pasar demasiado tiempo en su habitación, escuchando los graznidos de los cuervos y los golpes del hacha del criado que cortaba la leña. Se vio preguntándose entonces, uno de esos días, si no habría sido menos cruel haber nacido ciego. Así, pensó, no habría tanto qué añorar.

Eventualmente, Delia llegó a pasar aún menos tiempo con él, y éste, tratando de llamar su atención, decidió fingir que estaba molesto con ella. Pero no pudo hacerlo; no podía odiarla más de lo que la amaba. No podía odiarla en absoluto.

Entonces llegó el día en que el tío Héctor, que ya iba envejeciendo, hiciera el anuncio:

—Su nombre es Eric —dijo a Evan y Delia—, es hijo de mi hermano Román, lo cual lo convierte en su primo.

Evan sí que había escuchado del tío Román cuando sus padres vivían, pero no tenía idea de que tuviese un hijo.

— ¿Va a quedarse mucho tiempo? —preguntó Delia.

—El tiempo que sea necesario. Su padre está enfermo, inmóvil en una cama, y yo le he prometido ocuparme de los estudios de su hijo. Se quedará con nosotros mientras tanto.

Evan se vio animado con la idea de alguien más en casa. "Un amigo, podría ser", pensó. Pero aquello no podía estar más alejado de la verdad.

Apenas llegó, Eric clavó la vista en Delia, con unos ojos que Evan no podía sino imaginar con repulsión. Era ufano, sarcástico y adulador; incluso el tío Héctor parecía detestarlo un poco a su manera.

—No tuve otra opción —le dijo una noche, junto a la chimenea, como excusándose—. Es tan sobrino mío como tú.

Evan sabía que Eric buscaba estar con Delia, pero ella lo repudiaría también.

"Será en vano", pensó, cuando su primo le recitaba un poema a la chica a la hora de la cena.

Pero volvió a equivocarse, y día a día, halago tras halago, Delia empezó a acercarse a él. Al principio le reía una broma, después le hacía una pregunta, y al final, comían juntos.

Evan se sintió más solo que nunca, hasta que el mismo Eric le dedicó mayor atención que nadie más en la casa.

—Oh, disculpa, primo —decía cada mañana, tras darle un empujón descuidado—, no suelo ver por dónde camino.

—Te presto mi bastón, si gustas —soltaba él, tratando de ocultar su molestia—, no lo necesito cuando estoy en casa.

Pero no había acabado de hablar cuando ya estaba solo.

Aquello se hizo más frecuente. Un empujón cada mañana, una burla cada tarde, una humillación cada noche. Un día, mientras caminaba con su bastón por los alrededores de la casa, algo le hizo tropezar de improviso y el suelo se alzó para recibirlo. Enseguida escuchó las risas de su primo, que se acentuaron cuando Evan no pudo encontrar su bastón.

—Muy divertido —dijo, tanteando el suelo—, ¿podrías devolvérmelo?

— ¿Qué sucede, primo? ¿No disfrutas mi compañía?

—Cualquiera diría que eres tú quien goza estar conmigo, ya que me dedicas toda tu atención.

Lo siguiente que escuchó fueron sus pasos alejarse. Siempre se alejaba cuando empezaba a hablar.

Evan tardó más de una hora encontrar el bastón, a unos pasos de él, detrás de un árbol. En el exterior estaba indefenso, donde todo tenía infinitas proporciones y no había muros ni muebles para ubicarse.

Por mucho tiempo estuvo Evan molesto con Héctor, por llevar a casa un animal en vez de un hombre, y peor aún, un animal con el que Delia se encariñaba más y más. Pero cuando la salud de su tío empezó a decaer, no pudo seguir enfadado con él.

Se marchó un lunes por la tarde, cuando la atmósfera que envolvía la hacienda parecía más callada de lo habitual. La última voluntad del tío Héctor legaba todas sus posesiones a Delia, la casa incluida, con la única condición de que Evan pudiese residir allí también mientras fuera su decisión. Ella no se mostró inflexible, sin embargo, pese a no hacerse mención alguna de Eric en el testamento, ésta nunca lo echó. Por el contrario, ambos parecieron unirse más.

Entonces los tratos de su primo se hicieron insoportables, y el distanciamiento con Delia fue casi abismal.

Pese a todo, no dejó de amarla.

Un día en que Delia fue a la ciudad, Evan pasó frente a su habitación y allí se quedó de pie, oliendo el aroma de su perfume; siempre el mismo, tan personal. ¿Por qué no podía ser como antes? ¿Qué la había hecho cambiar?

Quizá ya ni siquiera llevaría el anillo...

Apenas escuchó los pasos a su derecha, el golpe en las costillas lo derribó hasta caer al suelo.

— ¿Crees que siente algo por ti? —dijo Eric—. El único aquí que te tenía lástima era el viejo, pero ya no queda nadie que te preste atención.

—Tú sigues haciéndolo. —dijo Evan, apresurándose a encontrar el muro para ponerse de pie.

—El lugar sería más interesante sin ti.

No era la primera vez que su primo le insinuaba que se fuera; ya había cambiado los muebles de lugar una docena de veces, y cada nueva advertencia era peor que la anterior.

— ¿Cuál es tu problema conmigo? —quiso saber—. No te he hecho ningún daño.

—El viejo tampoco me hizo ningún daño y ya ves qué le pasó. Como sigas provocándome te parto el alma a golpes.

Evan estuvo a punto de decir algo pero recibió otro puntapié en el estómago, seguido del sonido de los pasos de Eric al bajar por la escalera. Siempre alejándose.

"El viejo tampoco." ¿Qué quería decir aquello?

Volvió arrastrándose a su habitación, y no salió hasta la hora de la cena. Delante de él, aunque no podía verlos, Delia y Eric conversaban, tal como si él fuese un mural más en las paredes. Pensó en pedirle al criado que le llevase su cena a la habitación, pero quiso conformarse con incomodarlos.

Pero entonces les oyó dejar de hablar, al mismo tiempo.

Ella soltó una risita tonta y luego un suspiro.

Estaban besándose. Se besaban delante de él.

Como pudo se levantó y fue hasta su habitación. Nadie le dijo nada.

¿Quién era esa mujer? ¿Qué le habían hecho a la Delia que conocía?

—...El viejo tampoco me hizo ningún daño y ya ves qué le pasó. —repitió, y una mezcla de horror y asco lo invadió.

En momentos se echaba a la cama, listo para echarse a llorar, pero enseguida se forzaba a levantarse y pensar.

No podía abandonar la casa, único detalle que su tío le había dejado. Tampoco podía seguir viviendo allí, no con Eric. Existía la posibilidad de que se marchasen algún día, de modo que él podría estar en paz...

—Solo... —musitó—, pero no en paz.

El odio hacia su ceguera fue dirigido de lleno a Eric. Sin duda el maldito sería bien parecido para atraer a Delia, pero no podía sino imaginarlo como un monstruo.

Tiró un puñetazo a un muro, llevándose como respuesta una punzada terrible de dolor, pero que no le importó.

¿Qué más podía hacer...?

Como una respuesta llegada del cielo —o del infierno tal vez—, escuchó al criado cortar la leña allá afuera.

Ni siquiera se sorprendió al sopesar la idea, al calcularla. No era imposible de hacer. Difícil, pero no imposible.

Se fue haciendo de noche.

Sin frenar la idea de su mente, se dejó llevar por la imaginación. No le aterró encontrarse planeando aquello; en realidad, le aterró la tranquilidad con que lo hacía.

Hacía tanto que no daba sus caminatas nocturnas, por temor a toparse con Eric. Llevaba meses sin dormir bien, dando vueltas en cama, tratando de imaginar un mejor lugar.

Pero esa noche, tras haber pensado en cada detalle de su maquinación, durmió mejor que nunca en mucho tiempo.

Los días siguientes se mantuvo tranquilo, incluso esbozó una sonrisa cuando Eric le preguntó durante el desayuno:

—Eh, primo, ¿qué tal me veo? Tengo una cita esta tarde. Dime la verdad, ¿me veo bien?

—Te ves impecablemente —"muerto"— gallardo, Eric.

Éste soltó entonces una estúpida risa falsa y salió del salón. Aquel instante sirvió para un solo propósito.

"Esta noche", se dijo, y nunca estuvo más convencido de otra cosa.

Delia y Eric volvieron de su cita en el pueblo a eso de las ocho y media. Evan supo que no había marcha atrás, y un cosquilleo helado le recorrió la espalda.

Se levantó a la medianoche, igual que siempre. Salió de su habitación a pasos quedos, con pies descalzos. Conocía la distribución de los muros lo suficiente para que no importase el cambio que Eric hubiese hecho en los muebles esta vez.

"Aquí estás", dijo a la manilla de la puerta trasera, y le dedicó varios minutos a abrirla para no emitir sonido alguno.

El aire nocturno lo embargó de repente. No había estado nunca en el exterior de noche; pero aquello no era del todo diferente. Se había criado en ese lugar.

Dejó que sus manos y pies lo guiasen por el muro exterior de la casa. Allí estaban el pozo y el abrevadero. Estuvo a punto de chocar de bruces con el cobertizo y se llevó un tremendo golpe en el pie. Aguardó en la negrura, rogando porque nadie lo hubiese escuchado. Tanteó la madera del cobertizo para avanzar de frente hasta sentir el tocón de madera donde el criado dejaba siempre el hacha encajada.

Cuando sus manos tocaron la pieza se estremeció.

"El golpe será tan fuerte —se dijo— que tendrán que enterrarlo con el hacha en el cráneo."

Le costó desclavarla. No era alguien que gozase de mucha fuerza física, pero tampoco podía darse el lujo de hacer ruido, así que tiró de ella con paciencia hasta liberarla. Por instantes le pareció hilarante que el hacha y su bastón tuviesen longitudes similares.

Recorrió con sus dedos el filo del acero. Era suficiente.

Estrechó el hacha contra su pecho con una mano mientras buscaba el muro exterior para volver con la otra.

Se tomó las mismas molestias para volver a abrir la puerta, pero en esta ocasión no volvió a cerrarla. Todos debían pensar que alguien había irrumpido durante la noche.

"Y así es."

Peldaño a peldaño subió a la segunda planta. El cuarto de Eric era el del final. La única parte de su plan que podía fallar, era si el maldito tenía el sueño ligero, pero ya era demasiado tarde para retractarse.

Posó su mano sobre el pomo de la puerta. No estaba cerrada, sino entreabierta.

"Perfecto."

Debió tomarle un cuarto de hora abrir del todo la puerta; milímetro a milímetro. El hacha era pesada, pero la mantuvo bien junta a su pecho con el brazo y no la asió hasta encontrarse dentro. Nunca había estado en la habitación de Eric, pero los años de ceguera lo habían enseñado a base de dolor a ubicar dónde se hallaban las cosas sin hacer ruido.

Podía escuchar su respiración, irregular. Y el olor... ¡Dios! Toda la habitación apestaba a él. Movió los pies con cuidado soberbio hasta sentir a la punta de sus dedos rozar una de las patas de la cama. Poco a poco fue ubicándola y se situó ante un costado. La respiración del malnacido era tan clara para su oído que casi podía verlo.

Estaba preparado. Un hachazo directo y volvería en silencio a su habitación. ¿Quién podría llegar a culparlo?

Tan sólo un instante le bastó para imaginarlo cubierto de sangre, y esto lo hizo esbozar una sonrisa. Alzó el hacha con ambas manos, con tanta firmeza como pudo, y guiándose por el respirar del bastardo para calcular dónde estaría su cabeza, descargó el primer golpe, dejando caer el filo del hacha con todas sus fuerzas.

Hubo un grito sordo, y en un segundo sintió empaparse con la sangre tibia del maldito. No había previsto aquello, pero no bastó para matarlo. Evan levantó el arma y descargó un nuevo golpe.

Sintió al mango del hacha sacudirse con violencia, al tiempo que la voz se ahogaba entre toses. Liberó el filo del cuerpo, y sin más qué hacer, lanzó un nuevo golpe con todas sus fuerzas, y otro más, y otro, y otro, y otro más.

Escuchó voces fuera de la casa, y después dentro. Eran los criados. Estaba seguro. No tenía forma de escapar.

Pero... ¿qué importaba? ¡El maldito infeliz estaba muerto!

Casi se echó a reír, casi lloró de alegría. Escuchó los pasos rápidos camino a la habitación.

Evan puso una mano sobre la cama. Quería tocar el cuerpo; asegurarse de que no volvería levantarse.

En el momento en que Delia entrase le diría: "Sí, lo maté."

Escuchó los pasos subir las escaleras. Sus manos tocaron la cama, empapada de sangre espesa y cálida; se aproximaron con lentitud al cadáver... allí estaba su hombro, partido a la mitad por uno de los últimos golpes del hacha, el antebrazo... y la mano...

Dejó caer el hacha al suelo.

Quiso lanzar un grito pero no tuvo voz...

Quiso vomitar pero no supo cómo...

El anillo estaba allí. Y en la cama había dos cadáveres.

Canción del Bosque

En la luna puede verse un rostro,
Cuentan que una vez fue una mujer,
Y cuando murió no llegó al Cielo,
Tampoco al Infierno pudo ir,
Aquí siempre te estaré esperando,
Junto a los niños a reír.

¿Cuántos años ya habrán pasado?
Una noche eterna sigue aquí,
En el pueblo bailan hoy las sombras,
Sombras que los otros no pueden ver,
Aquí siempre te estaré esperando,
Junto a los niños a reír.

Ven esta noche a jugar conmigo,
Nadie nos espera a volver,
Todos piensan que están a salvo,
De los monstruos no hay que temer,
Aquí siempre te estaré esperando,
Junto a los niños a reír.

Y si tú me das también tu mano,
Te prometo darte una canción,
¿Ves la luna allá? Te está mirando,
Quiere que le digas tu nombre,
Aquí siempre te estaré esperando,
Junto a los niños a reír.

Ojos Azules

El quinto cumpleaños de Edgar fue la semana pasada, y sus padres le dijeron que era ya un niño grande; pero no le creyeron una palabra cuando les contó del hombre que espiaba desde el estudio de Papá.

—Está allí —dijo, a la hora de la cena, señalando con un dedito tembloroso al hueco que dejaba la puerta entreabierta—, ¿no lo ven?

Papá se rio y dijo que era sólo su imaginación, pero Mamá fue a cerrar la puerta sin el menor reparo.

—No quiero que digas mentiras, Edgar. Termina tu plato.

A Mamá no le gustaba oír cosas como ésas.

—¡Pero no lo estoy inventando! ¡Tiene los ojos azules y...!

—No gritamos en la mesa. —le reprendió.

Hizo un esfuerzo por no echarse a llorar. Luego de aquello, le costó horrores mantener la puerta alejada de su campo de visión; vigilándola por si se abría y ese hombre-cosa salía.

Durante las noches siguientes tuvo pesadillas en que Papá abría la puerta de su estudio sin cuidado, y aquello que estaba dentro los asesinaba a los tres.

Edgar había conocido no hacía mucho el significado de la palabra 'asesinar', cuando todos escuchaban una historia en la radio, de ésas que le gustaban tanto a Papá. Sin previo aviso, el narrador describió cómo a un chico le encajaban varias veces un cuchillo de cocina.

'¡Lo asesinaste!', gritó alguien en la radio, antes que Mamá soltase un gritito y corriese a cambiar de estación.

¿Era eso lo que el hombre en el estudio iba a hacerles a sus padres y a él?

La pregunta solía quedar en el aire, sólo para volver a sus pensamientos cuando dormía. Al despertar cada mañana, harto cansado y más dormido que despierto, lanzaba miradas esquivas a la puerta, siempre cerrada, al fondo del comedor.

En la escuela les habló a sus amigos de lo que había visto, y éstos le miraban con los ojos fuera de las órbitas, preguntando cosas como: '¿Lo viste bien?' y '¿Cómo era?' o '¿Tenía un cuchillo?'

Ante todo esto el pequeño Edgar tenía que limitarse a un encogimiento de hombros, pues le era ajena toda imagen más allá de la silueta oscura con ojos azules que los observaba desde el hueco de la puerta.

Una tarde, regresando de la escuela, Edgar pidió a Mamá permiso para jugar fuera. Como era costumbre, para ello tendría que comer y hacer primero su tarea, pero una vez terminados esos aburridos asuntos, tomó su triciclo y salió a dar vueltas alrededor de la casa, desde donde podía ser visto en caso de que lo llamasen dentro.

Afuera el aire era frío y el cielo nublado, pero mientras no comenzara a llover podía quedarse allí tanto como quisiera.

Hasta la hora de la cena, por supuesto.

Pedaleaba con fuerza cada vez que terminaba de dar una vuelta a la casa, pasando del empedrado al césped del jardín de Mamá y viceversa. Le gustaba imitar los ruidos de una motocicleta y saludar a la gente que pasaba por la rambla; de cuando en cuando alguno le devolvía el gesto. Vio a un grupo de niños jugando a la pelota cerca de la calle; uno de ellos era pelirrojo y reía con fuerza.

Ni a Papá ni a Mamá le gustaba que se acercara a ellos, pero de todas formas eran niños más grandes que él, y sin duda no harían cosas tan divertidas.

Siguió pedaleando.

Cada vez que Edgar pasaba junto a las ventanas de la cocina alcanzaba a olisquear el aroma de la cena. Mamá se estaba esforzando, y seguro haría algo muy rico. Todo lo que cocinaba era siempre así. Pero le desanimaba ver acercarse la hora de volver dentro.

Dos vueltas después empezó a agotarse y tuvo sed. Cuando volvió dentro, mamá le dio un vaso con agua.

—Ya es hora de entrar. —le dijo.

—Pero, Mamá, todavía no terminas la cena, ¿o sí...?

Apenas había terminado de decir eso, cuando un trueno se anunció allá fuera.

—¿Lo ves? —dijo ella—. ¿Quieres mojarte y enfermarte como el mes pasado? Ya has escuchado de ese niño que tiene terribles fiebres en la casa de los Varedia.

La respuesta a aquella pregunta era un no rotundo, Edgar detestaba enfermarse y tener catarro, pero la lluvia todavía no llegaba, y su triciclo se había quedado afuera.

—¡Sólo una vuelta más! —exclamó, echando a correr—. Meteré el triciclo.

—¡Edgar! —la escuchó exclamar, pero salió a toda prisa.

Alcanzó su triciclo junto a las plantas de Papá, justo donde lo había dejado, y se dispuso a dar la vuelta final, más rápido que nunca.

Todavía no llovía de verdad. Cuando eso sucedía las nubes se hacían pipí con ganas sobre todo el pueblo, pero hasta ahora sólo alcanzaba a sentir unas cuantas gotas.

Mamá lo llamó otra vez desde dentro, pero nunca lo regañaba en serio por dar una vuelta más.

Se dio cuanta prisa fue capaz y aceleró al doblar en la primera esquina de la casa, pedaleando con fuerza y haciendo los sonidos de un motor que da todo de sí.

Dio vuelta en la segunda esquina como un experto, cuando algo lo hizo detenerse de súbito.

Casi cayó del triciclo pero se frenó en seco sobre un charco. Llovía más, y Mamá lo llamaba con más insistencia, pero Edgar no se percató de ello.

Desde una de las ventanas de casa, una que siempre tenía las cortinas corridas, le miraba el hombre de los ojos azules.

Edgar sólo había alcanzado a soltar un respingo antes de quedarse tan quieto como una estatua, fijando sin voluntad propia su mirada en la criatura.

Desde allí, más cerca que la última vez, pudo verle un poco mejor, aunque la mayor parte de él estaba todavía oculta en la oscuridad del estudio de Papá. Aquellos ojos le escrutaban y se clavaban en los de él, sin apartar la mirada; tenía una de sus manos pegada al cristal de la ventana, y era ésta tan negra como la piel de su rostro.

Edgar intentó gritar, pero no le salió la voz. Sus manos temblaban heladas, aferrando el manubrio del triciclo, sintiéndose incapaz de echar a correr o desviar la vista. Lo único que la razón le permitió pensar, fue que aquella criatura no se veía negra a causa de las sombras, sino que negra era su piel completamente.

Por espacio de aquellos segundos, que al pequeño le parecieron horas, lo que más le aterró fue la quietud del hombre. En todas sus pesadillas éste se apresuraba a devorarlo o a clavarle un cuchillo o unas garras afiladas; pero jamás, ni en el peor de aquellos sueños, la criatura se había mantenido quieta, observándolo.

Un trueno más se anunció allá fuera, la lluvia comenzó a arreciar, y entonces el hombre le sonrió. Hasta ese instante Edgar se supo libre de gritar.

—¿Qué sucede? —dijo Papá, desde el auto, recién volviendo del trabajo.

Sin entender en qué momento o en qué orden habían sucedido las cosas, Edgar se dio cuenta de que había caído al suelo por el espanto, y ahora estaba empapado, llorando a mares y llamando a Mamá.

Papá salió a prisa del auto y lo levantó en brazos.

—¿Qué haces fuera con esta lluvia? —preguntó—. ¿Te caíste del triciclo? Vamos adentro, anda.

"¡Es un monstruo!", quiso gritar, mientras Papá lo llevaba de vuelta adentro. Había querido volverse a mirar la ventana para comprobarle que no mentía, pero la cortina estaba cerrada y no había allí nada más.

Su castigo por desobedecer a Mamá, y además enfermar tras haber caído en el charco, fue ayudar a sacudir los muebles de toda la casa el fin de semana.

A nadie le importaba lo que había visto. Su madre le dijo que seguía inventando cosas, y su padre, que lo había escuchado soltar aquel grito, no dijo mucho al respecto.

—¿De qué sirve ser un niño grande si no te creen lo que dices? —se preguntaba con amargura, limpiándose unas lágrimas mientras sacudía los cortineros con un plumero.

Sin entusiasmo alguno fue quitando el polvo de cada rincón, poniendo especial empeño en el retrato que sus padres tenían en el recibidor, donde aparecía el escritor ése al que tanto admiraban, y por el cual lo habían llamado así.

Su único pensamiento al ver aquella imagen era que él jamás se permitiría llevar tan feo bigote.

Quitó el polvo de un sofá, cuando se encontró de repente con que estaba más cerca de lo que hubiera querido de la puerta del estudio. Echó un vistazo de a las escaleras. Allá arriba, Papá y Mamá escuchaban otra historia en la radio, pero le habían prohibido subir hasta que terminase.

Pero ¿cómo acercarse para sacudir esa puerta?

La sola imagen del hombre de piel negra y ojos azules le estremeció casi al punto de hacerle volver a las lágrimas.

Soltó un estornudo y se sonó la nariz. Acercando cuanto fue capaz el plumero a la puerta, se aproximó dando pasitos cortos, y recorrió la superficie a toda velocidad.

Terminado el trabajo, sintiéndose un poco más valiente, se atrevió a acercarse para decir en voz baja:

—No nos lastimes...

Apenas terminando la frase, echó a correr a toda prisa escaleras arriba.

Varios días siguieron, y Edgar luchaba por mantenerse despierto el mayor tiempo posible, por temor a tener pesadillas. Pero cuando el sueño lo vencía y caía rendido sobre la cama, el rostro del hombre en el estudio volvía a aparecer ante él, siempre sonriendo, pero esta vez, manteniéndose quieto.

—¿Papá? —le dijo una vez—. Tú no crees que estoy loco ¿verdad?

Él rio de modo afable, diciendo:

—Bueno, creo que tienes una gran imaginación, pero no, no estás loco.

—¿Entonces por qué no me crees?

—No sé de qué hablas, hijo, yo siempre te creo.

—¡Hablo del hombre en tu estudio! —gritó, mucho más fuerte de lo que quería en realidad.

Entonces la expresión de Papá cambió.

—Ya hemos hablado de eso —su voz sonaba seria, como si estuviese molesto—. Esa broma ya fue demasiado lejos ¿no lo crees? Ya te ha dicho tu madre que no inventes cosas.

"Pero no lo invento", dijo en sus pensamientos, con ganas de volver a llorar.

Las pesadillas se convirtieron en parte natural de la vida de Edgar, y aquella puerta, en un peligro cotidiano, igual a cruzar la calle sin ayuda de Mamá o Papá, o tocar la plancha cuando estaba caliente, o hablar con desconocidos.

Pronto se convenció de que nunca le creerían y que aquello tendría que guardárselo para él solo.

Hasta que un día se percató de algo.

—¿Mamá?

—¿Sí? —respondió ella, mientras lavaba los platos.

—¿Papá suele entrar a su estudio?

La pregunta pareció sorprenderle, pues dejó lo que hacía para mirarlo.

—Por supuesto que sí —dijo, al parecer sabiendo que Edgar volvía al que ahora se había convertido en un tema prohibido—, es suyo ¿o no?

—Sí, pero, ¿por qué nunca lo veo allí? No recuerdo haber entrado tampoco.

Hubo una pausa, pero Mamá respondió después:

—Ya sabes que no le gusta que entremos allí. Interrumpiríamos su trabajo, además él suele usarlo cuando tú ya te has ido a la cama.

Edgar recordaba casi todo de sus cinco años de vida; a decir verdad, recordaba la primera vez que preguntó por esa puerta, a lo que Papá había respondido:

—Es mi estudio, allí trabajo por las noches, prefiero que no entres allí, hombrecito, ¿está bien?

Si la memoria no le fallaba, Edgar tenía tres años entonces, pero ahora que ya era un niño grande caía en cuenta de que jamás había puesto un pie allí dentro, ni había visto a su padre hacerlo tampoco.

No supo decir cuánto había pasado desde que vio a aquella cosa en la ventana, pero ya le era más fácil dormir. A veces despertaba sólo dos veces por noche, asustado y con los ojos azules impresos en su mente; pero, la verdad era que ya casi estaba olvidando cómo era en realidad.

Entonces se aventuró a preguntar a Papá en la cena:

—¿Trabajas en tu estudio esta noche?

Hubo un silencio. Sin duda sus padres estarían viendo venir que ya salía él de nuevo con sus cosas.

—Es que quiero saber cuántas horas duermes —se apresuró a añadir—. Yo duermo ocho ¿sabías? Y a veces diez cuando no hay escuela al día siguiente.

Aquello se lo había sacado de la manga, Y viendo Papá que de esto se trataba —aparentemente—, sonrió, divertido con la pregunta.

—Bueno —dijo—, no siempre consigo dormir ocho horas, pero sí un poco más de siete cuando trabajo al día siguiente.

—¿Y cuántas duermes cuando trabajas en tu estudio?

Hubo otro silencio más grande, y Edgar tuvo que dominar su instinto para no dirigir su mirada a la puerta, esperando que Papá cayera en la pregunta trampa.

—No lo sé, alrededor de seis, tal vez.
—¿Crees que hoy dormirás eso?
—Sí, supongo que hoy trabajaré en mi estudio.

Entonces Edgar cambió de tema, y habló de los chicos del pueblo que había visto cazar cucarachas por la ventana.

Terminada la cena, Mamá se dispuso a lavar los platos y le mandó a cepillarse los dientes. Una vez concluyó la molesta tarea, se fue a la cama, pero esperó despierto, sujetando una pequeña linterna junto a su pecho, para ahuyentar al sueño.

La puerta de su cuarto siempre se quedaba abierta, por si tenía que llamar a sus padres en medio de la noche, así que de esa forma pudo ver bien el corredor, donde esperaría a ver si ambos iban a dormir, o sólo Mamá.

Al principio aguardó sin problemas, cubriéndose con la cobija por completo para que no pudiesen ver la luz de la linterna, pero dejando un pequeño espacio por donde sí que podía vigilar bien el pasillo.

Se permitió hacer de aquello un juego. Una especie de misión secreta. Pero Mamá tardó más de lo esperado en ir a acostarse, y la tarea comenzó a dificultarse.

"No te duermas", se reprendía, y abría bien los ojos. Pero de cuando en cuando, si aguzaba el oído, conseguía escuchar a sus padres charlando en el piso de abajo.

¿Acaso no pensaban ir a dormir?

Por más que había intentado quedarse despierto en noches pasadas, el cansancio siempre lo vencía antes que Papá y Mamá se acostasen. Algo que agradecía, pues de ese modo caía rendido antes que las luces se apagasen y tuviese más miedo. Pero ahora esto no podía fallar.

Pensó en las historias que oía en la radio, imaginando que un narrador invisible contaba su historia:

"¡Edgar estaba cerca! Le faltaba poco, sólo tenía que resistir unos minutos más y podría bajar a investigar."

En esto pensaba, cuando un par de ojos azules se materializaron ante él, formando un rostro cuya boca esbozaba una horrible sonrisa inmóvil.

Dando una sacudida, despertó.

Se había quedado dormido. ¡Qué vergüenza!

La linterna permanecía encendida, pegada a su cara bajo las cobijas. La apagó y echó un vistazo afuera. Para su decepción ya todo estaba a oscuras en casa.

¿Se habría dormido demasiado tiempo?

"Quizá —se aventuró a pensar—, Mamá ya está dormida y Papá sigue trabajando en su estudio."

Si aquella era cierto, entonces no había fallado todavía.

Salió de la cama en silencio, cuidando que sus pasos fueran de lo más callados. No querría despertar a Mamá y que volviera a castigarlo, aunque de ser así, siempre podía alegar que iba al baño y se había perdido en el camino.

Bajó los peldaños de la escalera en oscuridad, diciéndose que era valiente, y luego volviendo a repetirlo.

La sala y el comedor eran un mundo de formas y siluetas en la negrura, y la puerta del estudio, allá al fondo, parecía esperarlo con ansias.

Pero no había problema, se dijo. Si Papá estaba allí trabajando, entonces él ahuyentaría al monstruo ése sin problemas, y de paso conseguiría ver cómo era su estudio. Por el contrario, si la habitación estaba vacía, comprobaría que nadie entraba jamás a ese lugar.

Aquella segunda opción le hizo estremecer, pero quería ser un valiente.

La entrada estaba cerrada, igual que siempre, pero al echarse a la alfombra para mirar bajo la puerta, no consiguió ver luz al otro lado.

Entonces llamó dos veces con el puño.

—¿Papá? —preguntó, alzando apenas la voz para ser oído allí dentro sin despertar a Mamá arriba.

Algo se movió dentro del estudio, o al menos eso fue lo que escuchó. Eran pasos.

"Es Papá, después todo."

La voz de Mamá se escuchó allá arriba, diciendo:

—¿Escuchaste eso? Creo que es la puerta

Los pasos dentro de la habitación se acercaron.

—¿Hijo? —llamó la voz de su padre desde arriba.

El corazón de Edgar dio un vuelco.

La puerta se abrió, y el terror lo dejó paralizado.

Escuchó a sus padres bajar las escaleras a toda prisa, pero no importaba cuan rápidos fuesen, la silueta negra, alta, delgada y encorvada, ya le tomaba por el cuello.

Las luces de la sala se encendieron, aunque el estudio permaneció en penumbra, y por un segundo, debatiéndose por respirar, Edgar fue capaz de ver bien al hombre.

Era idéntico a su padre, pero con la piel tan negra como si hubiese sido quemada, y más alto, mucho más alto.

Al hablar produjo un silbido tan terrible que Edgar estuvo seguro de haber mojado sus pantalones.

—¡No! —gritó su padre real, tras él—. ¡Por favor, no te lo lleves!

Mamá sollozaba con fuertes gemidos que el pequeño jamás había escuchado, y decía:

—¡Es mi culpa! ¡Lo siento! ¡Es mi culpa!

Quiso hablar, pero aquel ser, idéntico a un demonio de su padre, le levantó por el cuello y volvió a emitir aquel terrible silbido, como si no pudiese hablar.

Edgar volvió la cabeza cuanto pudo, tratando de separar las manos del monstruo, y pudo ver entonces que sus padres no se atrevían a acercarse.

¿Acaso no iban a ayudarlo?

Mamá seguía llorando, mientras Papá decía:

—¡Perdónalo, por favor! ¡Es sólo un niño! ¡No es su culpa! —y repetía—. ¡Es sólo un niño!

"Sólo un niño", pensó Edgar, mientras su vista se nublaba. ¿Entonces no era un niño grande?

Los sollozos de Mamá no hacían sino aumentar, mientras Papá pedía disculpas, una y otra vez.

"Entonces... ¿siempre supieron del monstruo?"

Fue entonces que otro par de ojos azules apareció allí dentro, en la oscuridad del estudio. La segunda figura, idéntica a su madre, salió también a su encuentro, y le acarició unos mechones de pelo, sonriendo.

Las súplicas de Papá y los gritos de Mamá se repetían con fuerza, pero fue inútil. Las criaturas lo tomaron en brazos y se internaron en la oscuridad del estudio.

Ahora Edgar no puede salir.

El lugar donde está es una copia idéntica a la casa donde vivía antes, aunque es siempre de noche, y sus nuevos padres no le permiten acercarse a la puerta que habría de llevarlo de regreso.

Les ha rogado que lo dejen volver, pero ellos se limitan a soltar esos horribles silbidos que no comprende.

El tiempo pasa, y la piel de Edgar comienza a teñirse de negro, como si las mismas sombras de aquel mundo se adhiriesen a su cuerpo.

No es capaz de decir cuánto tiempo lleva allí, pero comienza a interpretar los silbidos de sus nuevos padres como si aprendiese otro lenguaje.

En ocasiones se asoma por las ventanas. Ha visto allí niños de pieles oscuras que juegan y ríen emitiendo extraños ruidos con sus voces. Sus cuerpos son un poco distintos a los que él recuerda en el mundo real, y se pregunta con frecuencia si su cuerpo también cambiará.

Recuerda entonces que su madre real tenía un enorme espejo en su habitación, pero Edgar tiene miedo de entrar allí y ver su nueva forma; tiene miedo de ver que sus ojos se han puesto de color azul.

El tragaluz

Después de jubilarnos, mi esposa y yo tomamos la decisión de invertir todos nuestros ahorros en un lugar donde pasar lo que nos quedase de vida alejados de la ciudad.

A menudo bromeábamos al decir que conseguiríamos una casona en medio de la nada, como en las historias de época, donde pasaríamos en comodidad el resto de nuestros días. Por eso, cuando escuchamos el precio de la vieja hacienda en aquel pueblo, no se nos ocurrió detenernos a pensar qué infiernos hacía una residencia de semejantes proporciones a un precio tan ridículo.

Es justo decir que cuando llegamos al pueblo, podríamos haber descrito ese sitio con muchas palabras.

"Lúgubre", fue el apelativo que mi esposa escogió.

Sin embargo, cuando dimos con nuestro nuevo hogar, nos olvidamos con rapidez del resto del pueblo.

La enorme residencia era de madera fina y oscura, construida sobre rocas tan enormes que parecían formar una colina de piedra. Por encima de un tejado de intrincadas proporciones se alzaban parapetos de teja negra, una pasarela cubierta, cuatro chimeneas, una cúpula en una torrecilla y un sinnúmero de altos y esbeltos ventanales.

A la luz de la media mañana y entre la niebla, aquel lugar nos pareció lo más cercano al castillo de un gran señor.

—...No estoy segura —musitó mi mujer, cubriéndose la boca—, ¿de verdad es ésta nuestra casa?

A la entrada se alzaba un epígrafe de madera que rezaba: CASA VALTÉZ. No podíamos estar equivocados; ésta era.

—Aquí es, querida —le dije, soltando un suspiro—. Quizá sea demasiado grande para nosotros, pero sin duda es algo como lo que siempre soñamos ¿eh?

—Ese techo debe estar lleno de agujeros.

—Ahí tienes, seguro necesita un sinfín de reparaciones, y es por eso que ha quedado a tan bajo precio. Mientras no se nos caiga encima estaremos bien.

Mi mujer rio mi comentario, aunque sin duda no le habría gustado la idea. Sin más, teníamos una enorme residencia para pasar allí lo que nos quedase de vida.

Nos costó poco tiempo acomodarnos en la Casa Valtéz. No llevábamos con nosotros tantas cosas como para llenarla, pero sí nos quedaba energía para limpiarla y repararla.

El proceso nos llevó casi dos meses, pero nos fueron gratos. Conocimos a unos cuantos vecinos de los alrededores e hicimos migas con ellos; aunque he de decir que el pueblo en general sí luce lúgubre de cuando en cuando.

La casa contaba con seis habitaciones en total, una de las cuales estaba ya acondicionada como un estudio, donde encontramos numerosos libros y textos escritos en braille. Pero la mayoría de los estantes y papeles allí estaban tan viejos que tuvimos que deshacernos de ellos.

—Más madera podrida —se quejaba mi esposa—, debimos venir a revisar el lugar antes de mudarnos.

—Tranquila —le decía—, tómalo como una aventura.

En principio dormíamos en una pequeña alcoba donde hallamos una cama en singular buen estado, pero cuando lo último por reparar fue el techo, acomodamos nuestras cosas en la recámara principal, que tenía un bonito tragaluz en el techo, justo por encima de la cama.

—Interesante —comentó mi esposa, mirando el cristal por el que no pasaba mucha luz—, creo que tiene un grabado.

Mi vista, que ya era vieja, no consiguió distinguir el grabado ése del que mi esposa hablaba, pero sin duda la falta de luz era a causa de los años de polvo que debían haberse acumulado allá arriba.

—Pasará más luz cuando lo hallamos limpiado. —dije.

Completo fue mi desconcierto cuando esa tarde, tras subir al tejado, no fui capaz de hallar a dónde daba el tragaluz. Aquel techo era un verdadero laberinto de pasarelas cubiertas de tejas que convergían en chimeneas, puntas de ventanales y otros sitios sin propósito aparente.

Pero por más que busqué estando allí arriba, me fue imposible dar con el bendito tragaluz.

— ¡Eh, querida! —llamé desde el tejado, aferrándome a una de las chimeneas que, a mi entender, debía ser la que estaba en nuestra alcoba.

— ¿Qué sucede? ¿Estás bien? —la oí gritar desde dentro de la habitación.

—Estoy bien. Sólo quiero que me digas si puedes escucharme allí dentro.

Dicho esto, pisé con fuerza las tejas bajo mis pies.

— ¿Puedes oírme?

—Claro que te escucho —dijo ella, desde abajo, alzando la voz—, estás justo encima de mí.

—Sigue atenta, dime exactamente en dónde me escuchas.

Aferrándome con cuanta saña fui capaz, rodeé la chimenea, sujetándome de un parapeto que daba hacia la torrecilla con la cúpula. Di dos pasos más hacia el que creía era el punto exacto donde debería estar el tragaluz, y volví a golpear con mis pies.

— ¿Y bien? —pregunté casi a gritos desde el techo.

—Pues te escucho justo encima de nuestra cama.

—...Imposible —musité—, ¿qué tan lejos escuchas mis pasos del tragaluz?

—Debería estar a sólo unos palmos de ti.

—Te digo que aquí no hay nada, mujer.

—Baja ya, entonces, antes de que te caigas.

Considerando lo torpe que llegaba a ser en ocasiones tuve que seguir su consejo, pero a la tarde volví a intentarlo.

Debí quedarme allí arriba por espacio de media hora, dando zancadas torpes y sonoras en los espacios del techo sin salientes o cornisas, guiándome con la voz de mi esposa, pero sin éxito.

—No, creo que ya te has alejado.

¿Sería posible que estuviese tan oculto a la vista que no podía encontrarlo?

"Ridículo", pensaba.

Pero en los días posteriores, dar con el tragaluz empezó a convertirse en una obsesión personal, dado que habría que ser un idiota o un loco para no hallarlo, y no estaba preparado para considerarme lo uno ni lo otro.

Incluso llamé al granjero Pott, con quien empezaba a entablar cierta amistad, para ayudarme a revisar.

—Bueno, ciertamente has hecho un buen trabajo con este techo. —comentó, con una sonrisa de aire campesino, luego de echar un vistazo en redondo al enorme tejado.

—El tragaluz, quiero saber del tragaluz.

—Entiendo, pero ¿no has pensado en la otra alternativa?

— ¿Qué alternativa? —pregunté, poco consciente de que había más de una.

—Bueno, si no puedes dar con el maldito agujero desde arriba, ¿por qué no buscas desde abajo?

Entonces caí en cuenta de mi estupidez.

— ¿Te refieres a romper el cristal desde mi alcoba?

—Apuesto a que aparecerá en cualquier lado que has pasado por alto —dijo, jactándose de su ingenio como sólo puede hacerlo un hombre del campo—. Resultará un punto que no hemos revisado y listo, estarás riéndote al respecto.

Le vi sonreír nuevamente y le acompañé con una risa, pero yo sabía a la perfección que había revisado ya cada palmo y cada teja del techo y el maldito tragaluz no aparecía.

Decidí, pues, hacer caso al viejo Pott, y al día siguiente, después del desayuno, moví la cama hasta el otro extremo de la habitación, acerqué la silla más alta que teníamos, y me subí en ella con un martillo en mano.

Examiné la superficie del cristal con nada menos que fascinación. A esa distancia pude ver perfectamente los grabados que mi esposa había mencionado, aunque parecían estar en una lengua desconocida, además de leerse al revés. Los caracteres habían sido tallados al otro lado del cristal, que a simple vista era muy grueso, y pesado por añadidura.

—...*Canavar... açma* —leí, dudoso—. Interesante.

A causa de lo opaco y grueso que era, sólo podía ver una pálida luz clara al otro lado. Al principio intenté mover el cristal hacia arriba, empujándolo con la esperanza de no tener que romperlo, pero la pieza no cedió ni un milímetro.

—Bien, sino piensas moverte o dejarte encontrar...

Dejé inacabada la frase y así con fuerza el martillo, lo acerqué a la cara del cristal y le di un buen par de golpes, cautos en un principio, pero al ver que no cedía, empecé a aporrearlo con todas mis fuerzas.

— ¿Qué estás haciendo? —preguntó mi mujer.

— ¡Abriendo esta maldita cosa! —exclamé, harto cansado.

—Te traeré limonada —me dijo—, no te vayas a caer.

Debí soltarle al menos cincuenta golpes al cristal, uno tras otro, jurando maldiciones, dando jadeos y enrojeciendo como un tomate hasta que me fue imposible seguir, y la mano con que asía el martillo terminó dolorida y acalambrada.

Mi sorpresa no hizo sino aumentar cuando, al evaluar mi trabajo, descubrí que la superficie del cristal no tenía la más mínima fractura o evidencia del más leve rasguño.

Aquella pieza era sin duda una obra maestra.

Ante esto, permanecí largo rato quieto, con la mirada atónita clavada en la ventana del techo, casi embelesado.

Apenas un segundo después, sin tener tiempo a desviar la mirada, vi a una silueta rojiza aparecer al otro lado del tragaluz, asomándose rápidamente para verme.

Con un grito resbalé de la silla y caí sobre la misma, y luego al suelo, jodiéndome la espalda en un solo instante.

La sombra al otro lado del tragaluz me había observado. Pero antes de que pudiese volverme a mirar, desapareció.

Lo siguiente que escuché fue a mi esposa soltar un grito al verme tendido en el suelo. Por si el desastre no hubiese sido suficiente, dejó caer la bandeja que llevaba con la jarra de limonada y el vaso de vidrio, que se hizo pedazos.

— ¿Por qué tenías que subir allí? —repetía entre sollozos.

Pero mi atención no se apartó de la ventana en el techo.

El doctor Garquéz nos hizo una visita esa noche.

—Será mejor que se mueva lo menos posible durante los días siguientes, amigo. —me dijo, guiñándome un ojo al dejar la caja de analgésicos en mi mesita de noche.

Mi mujer, sola, había empujado la cama de vuelta a su lugar para que yo pudiera tumbarme allí. El dolor me estaba matando con terribles punzadas en la columna, pero poco era aquello comparado con lo que había visto.

—Doctor —le dije, cuando ya estaba a punto de marcharse—, ¿es posible sufrir alucinaciones a causa de cansancio, estrés o algo similar?

—Por supuesto —respondió, sin reparos—, no es algo común si no estamos hablando de cuadros de estrés o cansancio extremos, pero sin duda es posible.

Por instantes el hombre debió notar mi mirada, que le esquivaba para posarse en el tragaluz, porque también miró hacia allí. Cuando no hubo más qué decir, se marchó, cojeando un poco de una pierna.

Esa noche, después de cenar, con mi mirada escapando cada instante al tragaluz, me convencí de que aquello había sido mi cansancio y nada más. En mi esfuerzo por romper el maldito cristal me había agotado hasta tener visiones.

Sin embargo, a la hora de dormir, tuve el más largo y extraño sueño que jamás haya experimentado.

Me encontraba yo en una amplia e inmaculada habitación blanca de proporciones abismales. Tan grande y pulcra era que apenas podía distinguir los muros y las esquinas a la distancia. La luz era intensa, y provenía de algún punto indecible que no era capaz de percibir.

Cuando miré mis manos me di cuenta de que en ellas no había piel, sino que en su lugar mis largos dedos eran sólo huesos cubiertos de músculo rojo.

Me palpé el rostro y comprobé que no tenía facciones, sólo una masa de carne, venas y más músculo sin piel, al igual que todo el resto de mi cuerpo.

Sin estar todavía del todo consciente de que aquello era un sueño, caminé por la habitación durante varios minutos —o tal vez horas—, intentando dar con algo en ese espacio que asemejaba el Infinito.

Es curioso cómo en los sueños uno sabe muchas cosas. Por ejemplo, en ese sueño yo sabía que era un amante de la soledad y el silencio. Aquel lugar era el ideal para mí.

Los pasos que daba en aquel cuerpo sin piel me llevaron a recorrer la infinita habitación durante lo que parecían días, e incluso meses, hasta que al final di con algo.

En el pulcro suelo blanco, en determinado punto, había un cuadrado de cristal claro, como una ventana en el piso. La superficie del vidrio parecía extremadamente delgada, y tenía grabados símbolos que me eran tan familiares que pude leerlos sin dificultad alguna.

Del otro lado de dicha ventana había algo de luz también, y parecía tan delgado y frágil el cristal, que podría romperse con el más leve roce o paso en falso.

Por mera precaución decidí mantenerme alejado de allí, hasta que, de pronto, escuché cómo alguien golpeaba al otro lado. Azotaba con fuerza a la superficie clara e inmaculada que era el cristal con la amenaza de romperlo.

Aturdido, pensé en alejarme. Sentía como si alguien o algo fuese a entrar en ese sacro espacio que era sólo mío. Quienquiera que fuese lo mancharía con sucias pisadas y lo llenaría de sonidos horribles.

Me senté a una distancia considerable y me cubrí los oídos para apagar aquel ruido ensordecedor.

Sentía miedo. Si la ventana era rota, lo que fuese que golpeaba allí abajo, sería capaz de entrar.

Pero tal cosa no ocurrió. En cambio, los golpes fueron detenidos.

Entonces me acerqué con sigilo, casi a gatas, presto de no emitir sonido, para ver si podía avistar algo allí.

"¿Hola?", pensé. Pero, hasta donde sabía, en este sueño no era capaz de pronunciar palabra. Sólo leves gruñidos podía emitir que no formaban sílaba alguna.

Así como los golpes se habían ido intensificando antes de detenerse, ahora el silencio cobraba fuerza. Me apresuré a echar un vistazo, y vi al otro lado a un ser humano de edad avanzada con un objeto extraño en una mano.

Debí tomarlo por sorpresa, porque al verme gritó con una horrible voz que me resultó casi obscena, apenas filtrada por el delgado cristal en la ventana del suelo. Enseguida, le vi caer al suelo de su mundo...

Desperté de aquella pesadilla en mitad de la noche, sudando y temblando como haría un niño muerto de miedo. Todo estaba a oscuras, y a mi lado dormía mi mujer.

En el gradual silencio que reinaba en la casa intenté resistir la tentación de mirar hacia el techo, pero no fui capaz; y en la negrura pude ver el cuadrado de cristal que era el tragaluz, recortando el techo con un tenue color gris claro.

Impasible. Común y corriente en apariencia.

Al igual que un pequeño asustado me cubrí con las cobijas y recité cuantas plegarias conocía hasta que amaneció.

Comencé a dormir bocabajo, por miedo a mirar el techo por error si despertaba luego de algún otro sueño demente. Pero el tiempo corrió con extrema normalidad, y al cabo de dos semanas dejé que mi mente creyera que, lo que fuera que había sucedido, no iría a repetirse nuevamente.

Vaya imbécil.

Mi espalda empezó a mejorar lo suficiente como para salir de la cama; incluso pude dar paseos por la casa.

Cuando llegué a sentirme mejor, mi esposa y yo planeamos un viaje al lago para ir a pescar. La noche antes de nuestra excursión, dispuse nuestras cosas al pie de la cama y me permití sentir cierta emoción antes de ir a dormir.

Pero en algún momento de la madrugada, volví a soñar.

Una vez más me hallaba en el pulcro cuarto infinito, y nuevamente era yo aquel ser carente de piel, rostro y voz, que buscaba encarecidamente permanecer en paz y silencio.

Vagué por el blanco espacio durante días, enamorándome irremediablemente de cada sencillo palmo blanco.
Adoraba esa calma y silencio infinitos.
Sin embargo, mis pasos me llevaron de nueva cuenta a dar con la ventana en el suelo, y dado que no escuchaba a nadie al otro lado, decidí echar un vistazo y espiar.
La claridad del delgadísimo cristal me permitió ver la misma habitación donde mi ruidoso vecino había caído; pero esta vez no había nadie allí. Permanecí observando durante varios instantes hasta que el mismo personaje apareció.
Se movía de un lado a otro, cargando con diversos objetos, al hombro y sobre la espalda. Muchas prendas lo envolvían y se movía de un lado a otro, como si buscase algo.
Lo vi, pues, tomar un recipiente cuyo contenido era un líquido incoloro, y enseguida dar más vueltas por la habitación.
Me pegué cuanto pude al cristal sin llegar a tocarlo demasiado, pues tan delgado era que temía romperlo.
En determinado momento, el humano se detuvo en seco, como si algo le hubiese congelado de repente. Lo vi encorvarse hasta casi tocar el suelo. Temblaba, como si fuese presa de un terrible estremecimiento, y me pareció por un segundo que se disponía a mirar arriba... a mirarme.
En lugar de ello dejó caer el recipiente con el líquido y echó a correr fuera de la habitación y de mi vista.
"Humano... —pensé—, despreciable..."

Lancé tal grito que desperté a mi esposa.
—¿Qué pasa? —preguntó—. ¿Estás bien? ¿Es tu espalda?

Sin poder articular palabra me abracé a ella, temblando y sintiendo un sudor frío recorrerme.

— ¿Por qué no hablas? ¿Es que tuviste un mal sueño?

Sin poder hablar me limité a asentir, y ella me estrechó en sus brazos.

¿Acaso estaba volviéndome loco?

Al despertar por la mañana mi esposa parecía haber olvidado aquello, pues se levantó muy temprano y fue a ducharse, lista para nuestra excursión. Sin embargo gran parte de la pesadilla estaba difusa en mi mente; como si mi mente hubiese olvidado la esencia del sueño, o quizá había sido yo quien le obligó a hacerlo.

"Tal vez sí estoy enloqueciendo", me dije.

Pero aquello no nos iba a impedir salir de pesca.

Como fuera, pensé que alejar de mí todo pensamiento relacionado con el endemoniado tragaluz me haría sentir mejor. Sacamos la comida y el resto de las cosas para el paseo. Tenía ganas de usar mi nueva caña de pescar; según había oído, era posible alquilar botes para pesca en cierto rincón del lago.

Aquello iba a ser perfecto.

—Oh, vaya. —escuché a mi mujer decir, cuando ya estábamos por cerrar la puerta principal.

— ¿Qué pasa? —pregunté.

—He olvidado mi gorra para el sol, y mi botella de agua también.

—No digas más. —respondí, dándole un beso en la mejilla y volviendo adentro.

Es interesante cómo la mente olvida unas cosas y otras no. Pero a veces basta con encontrarnos en el momento propicio, realizando la acción propicia para recordar.

Jadeaba por subir las escaleras. Entré en la alcoba, pendiente de no mirar al techo, y tomé la botella de agua que mi mujer había dejado junto a la ventana. Me di una vuelta y otra más en busca de su sombrero para sol, y a punto estaba de llamarla, preguntando dónde se suponía que debía encontrarlo, cuando caí en cuenta de lo que estaba haciendo.

Aquello... aquello lo había soñado ya.

"Ya he visto esto", pensé, sintiendo al horror atenazar mis entrañas conforme el recuerdo iba volviendo a mí.

Me temblaron las manos de tal forma que dejé caer la botella de agua y me apoyé en el suelo.

"Está encima de mí —dije para mis adentros, con el horror embargándome—. Me está mirando justo ahora."

Lo sabía. Lo sabía con la certeza de quien ha encontrado la respuesta a un acertijo.

"...Cuando me vuelva a mirar estará allí. Devolviéndome la mirada como la primera vez..."

Comencé a sentirme enfermo.

¿Cómo terminaba aquel sueño?

"Echaba a correr."

Sí, eso era. El miedo me obligaba a huir.

"No voy a hacerlo —me dije—. Voy a mirarlo."

Casi podía sentir su mirada sobre mi espalda. Aquel ente, bestia o demonio que habitaba en ese infinito sobre mi alcoba estaba mirándome desde el tragaluz, y yo lo sabía. Lo sentía.

Me forcé a alzar la vista, pero cuando estaba a punto de hacerlo, recordé al ser. Sin piel, sin facciones... sin rostro.

Entonces tuve otra certeza. Si miraba a aquella cosa nuevamente sufriría sin duda un ataque al corazón. Un colapso. Cualquier cosa digna de matarme por el horror.

"No. No puedo hacerlo..."

Solté un chillido y eché a correr.

Nunca estuve más silencioso que en el bote.

Mi esposa sabía que había algo extraño en mí. Por más que intenté aparentar lo contrario, ella me conocía. Llevaba cuarenta y tres años conociéndome. Cuarenta y tres años que no valían la pena ser perdidos por lo que fuera que habitaba encima de nuestra habitación.

—Querida —le dije, una vez que volvíamos del paseo—. Vamos a mudarnos.

— ¿Mudarnos dices? ¿A dónde? Si acabamos de llegar.

—Lo sé, pero... no estoy feliz en esa casa. Hay algo que no me deja dormir tranquilo, y tú misma sueles decir que la calma es lo más importante.

—Pero si estamos jubilados. Gastamos todo lo que teníamos en este lugar y a mí... a mí me gusta tanto.

El mayor de mis errores fue guardarme lo que había tras esa ventana en el techo. Aunque otro grave error fue pensar que podía dejar aquello para otro día.

— ¿Qué tal si lo discutimos mañana? —le dije—. Estoy cansado por el paseo, es todo.

La vi mirarme con extrañeza, pero en mi mente consideré la posibilidad de convencerla al día siguiente.

—Puedes decirme lo que sea —repuso, y aquello provocó en mí una punzada de impotencia—. Lo sabes.

"Creerá que me he vuelto loco", pensé, convencido. Aunque una verdad a medias era mejor que una mentira.

—No me gusta ese tragaluz —dije—, sería mejor cambiarnos de habitación o cubrirlo con algo..., sí, es mejor cubrirlo.

— ¿Cubrirlo? —repitió ella—. ¿Estás oyendo lo que dices?

—Vamos a cubrirlo y fin del asunto —sentencié—, luego pensaremos qué hacer.

Era noche cuando llegamos a casa. Sin duda habríamos de dormir en otra habitación. No podía permitir que mi mujer y yo pasáramos una noche más debajo de aquella abominación. Pero no podía hacer sólo aquello.

Junté las tablas más gruesas que fui capaz de cargar hasta la alcoba. Algunas pertenecían a los muebles viejos que encontramos. Otras, sencillamente ya estaban allí en casa.

— ¿Estás seguro de esto? —preguntaba mi esposa, mientras yo martilleaba las tablas para sobre el techo.

—No te preocupes, mujer, confía en mí. —le dije.

A la mañana siguiente le contaría todo y podríamos largarnos de allí, pensaba.

Utilicé los clavos más gruesos que encontré, afianzándome en la misma silla de la que había caído, y evitando a toda cosa mirar el grueso cristal.

Debí sofocarme a causa del cansancio, porque mi mujer me ayudó a bajar de la silla. Estaba jadeando por el esfuerzo, desfalleciendo a tal grado que ni siquiera me apeteció probar la cena que ella acababa de dejar junto a la cama.

Me dejé caer en el colchón y miré mi trabajo.

Tres largas planchas de madera gruesa cruzaban el tragaluz de lado a lado, con dos más encima en dirección contraria, reforzándolo.

— ¿No piensas cenar? —me dijo mi mujer.

—Enseguida —respondí, todavía jadeando por el esfuerzo—, sólo necesito descansar un momento.

El instante que pensaba descansar se prolongó tanto que me quedé dormido. Sólo tengo breves instantes en mi memoria donde mi mujer me cobijó para luego acostarse también a mi lado.

"...Mañana —pensé, siendo amortajado por la fatiga—, mañana nos largamos de aquí."
Y el sueño me envolvió.

Observé la fina ventana de pulcro cristal sin creer lo que veía. Alguien había cubierto el otro lado sin el menor decoro o avenencia.

Aquello era demasiado.

"Humanos —pensé—, humanos asquerosos"

No había palabras en lengua alguna para describir ese insulto. ¿Cómo podían siquiera atreverse a hacer algo como aquello?

"He estado aquí antes de que los hombres pisaran la tierra —pensé—, antes de que las montañas se formasen y antes de que los ríos llorasen."

Primero, el humano había intentado entrar en este mundo, como si se tratase de una burla. Ahora, habían cerrado mi ventana como si eso pudiese reparar el daño.

"Miserables... ridículos..."

Había que hacer algo, de lo contrario podrían intentar algo en un futuro. Algo peor. Algo blasfemo.

"No en mi mundo... no aquí. No mientras viva."

Me incliné sobre la ventana del suelo y puse mi mano sin piel sobre la superficie. El cristal se rompió sin la menor resistencia, y algo al otro lado pareció contener la respiración.

El material que el sucio humano había utilizado para bloquear mi camino era tan frágil que sólo tuve que golpearlo una vez para escucharlo crujir. Al segundo golpe abrí una brecha en la que metí mi mano.

Un grito repulsivo se escuchó al otro lado.

Fui removiendo el obstáculo, despedazando las hojas clavadas, hasta que pude verlos.

Eran dos, reposando en un lecho y cubiertos por una manta, pronunciando indescifrables palabras en su inmundo lenguaje.

Antes de que pudieran escapar, me introduje en el hueco y caí sobre ellos, tomando a cada uno del cuello.

La repulsión que sentí al escuchar sus aullidos no fue en nada comparada a la de tocar sus sucios cuerpos.

Comencé a apretar sus cuellos al mismo tiempo. Poco a poco, hasta verlos deformar sus rostros entre sangre e hinchazones. Y una vez supe que estaban muertos, seguí apretando...

Desperté dando un grito ahogado. Mi esposa se volvió hacia a mí.

— ¿Qué sucede...? —estaba preguntando, pero algo la detuvo.

Arriba, justo sobre nosotros, se ha escuchado al cristal del tragaluz romperse.

El niño hueco

El día que Daniel desapareció hacía mucho frío; tenía trece años y una sudadera roja.

Ya le había dicho de sobra su padre que no se acercase al estanque; que muchos niños se habían ahogado en lo que iba del año. Pero el hombre ya era viejo, y Daniel podía engañarle con facilidad. Además, hacía tres días que escuchaba sonidos curiosos en el viento, y que después parecían replicarse en la superficie del agua.

En la última ocasión le había parecido que el silbido del viento entre los árboles imitaba su nombre.

—*...Danieeeel.* —parecían decir.

Ese día guardó en su mochila dos sándwiches y una botella de agua para calmar el hambre mientras esperaba. Se puso la sudadera y salió rumbo al estanque, diciéndole a su padre que jugaría con los vecinos,

En opinión de Daniel, los demás niños eran idiotas, especialmente el pelirrojo al que todos seguían, y uno más flacucho que nunca decía una palabra. Los detestaba de veras, aunque, hasta donde su padre sabía, eran sus amigos.

Cruzó las calles con paso animado, siguiendo el empedrado que guiaba hacia la Plaza Rota, y luego tomó una desviación en un camino de terracería que guiaba hasta un valle boscoso. A nadie le gustaba acercarse mucho al Corazón Roto, pero no había otro modo de llegar al estanque. Los demás no eran más que una panda de cobardes.

Halló una piedra dónde sentarse, junto a un grupo de árboles podridos que emergían del agua. Allá a lo lejos vio un bote deslizarse con calma cerca de la orilla opuesta. Una pareja de ancianos pescaba allí. Se preguntó si lo delatarían al verlo, pues todos sabían de buena tinta la advertencia sobre el estanque; pero Daniel no era idiota como los demás que se habían ahogado; así pues, decidió ignorarlos.

Recordó una canción que algunos cantaban en el pueblo, y que hablaba de los ahogados. La tarareaba para sí mientras con la vista recorría la superficie del agua, esperando los sonidos que ya conocía. El viento estaba calmado, pero hacía demasiado frío. Se puso el gorro de la sudadera y aguardó.

—Vamos —dijo, y arrojó una piedra al lago—. Aquí estoy.

El día fue avanzando, y la pareja de ancianos terminó de pescar. Les vio acercar el bote a la orilla y marcharse.

Ya iba creyendo que el día sería en vano, cuando llegó a sus oídos el sonido. Era el viento, soplando como si algo supiera; colándose entre los árboles y sus ramas, sacudiendo poco a poco el agua y formando en su superficie pequeñas ondas. Hojas muertas cayeron a su alrededor.

Daniel aguzó el oído, y estuvo seguro de que el viento que susurraba decía algo muy similar a su nombre.

—Aquí me tienes. —dijo, observando cómo el viento ensanchaba las ondas sobre el agua.

Un grupo de burbujas escapó de la negra superficie; muy cerca de donde estaba. Parecía que alguien intentara respirar desde el fondo. Daniel se inclinó para ver mejor.

Allí en el fondo se vislumbraba con dificultad lo que debía ser un tronco muerto. Siempre había estado allí, según recordaba, pero ahora se movía; salía hacia la superficie.

—Válgame... —musitó, conforme el tronco podrido emergía y podía verse más claramente. Tenía ojos, nariz y boca.

Cuando el rostro salió del agua Daniel cayó de espaldas a causa del susto, pero la fascinación le hizo reír con fuerza.

La criatura susurró su nombre con rapidez:

—*Daniel... Daniel... Daniel... Daniel...*

La cabeza que asomaba fuera del agua pertenecía a un niño. Su piel estaba marrón y podrida, cubierta por un sinnúmero de agujeros, grandes y pequeños, aquí y allá, como si un malicioso y juguetón gusano se hubiese divertido con su carne durante mucho, mucho tiempo.

—*Daniel... Daniel...* —repetía el niño en el agua.

—Aquí —le dijo—, ¿no me ves?

—*Tengo hambre.* —dijo el niño, saliendo más, y dejando escapar agua por los agujeros que le cubrían el cuello.

Con sólo mirarle, supo el chico que cualquiera que le viese se llenaría de terror. Pero no él. A él le agradaba.

—¿Quieres uno? —le dijo, mostrando en su mano uno de los sándwiches que había llevado consigo—. No saben mal.

Le extendió el emparedado, pero el niño permaneció mirándolo, como si no supiera lo que era aquello. Daniel se acercó más, casi lo suficiente para dárselo en su boca.

—Anda, tómalo.

Sin demasiado interés, el niño hueco sacó un brazo fuera del agua, también cubierto por incontables orificios de distintos tamaños, de los que salían flujos de agua turbia, y que incluso permitían ver parte de sus huesos y carne.

Una vez le entregó el sándwich, Daniel se preparó para verlo comer, pero la criatura se limitó a dejarlo caer al agua.

—*Tengo hambre...* —repitió, mirándolo fijamente.

—¿Y qué comes?

—*Carne... piel... huesos... sangre...*

El chico se llevó un dedo a la boca, meditando aquello. Su última mascota ya se había muerto, y era difícil atrapar aves en esa época del año. Pero luego tuvo una idea.

—Está bien —dijo, poniéndose de pie—. Quédate aquí.

La criatura asintió en silencio.

Corrió de vuelta al pueblo. Torció en la Rambla del Gato y llamó a la puerta de la Viuda Bernal, que estaba loca.

—¿Puede Álec salir a jugar? —dijo, cuando la mujer abrió.

No parecía feliz de verlo, aunque sí algo sorprendida.

—Dame... un momento. —respondió, y volvió dentro.

Nadie sabía en qué momento había dejado de hablar el hijo de la Viuda. Decían algunos que perdió el habla tras haber visto algo que no debía. Otros decían a sus hijos que eso le había pasado por contar mentiras a los adultos; pero la mayoría pensaban que estaba fingiendo.

La verdadera respuesta no preocupaba a Daniel. En lo que a él respectaba, esa familia había perdido la chaveta.

—Vamos a jugar —le dijo al niño mudo, que le miró con total extrañeza—. Sí, sí. Sé que no somos amigos, que nadie me habla y que tú tampoco hablas con nadie más.

El chiquillo bajó la mirada.

—No vayas a llorar —soltó Daniel—. Hay algo increíble que quiero mostrarle a todos, pero tú me quedabas más cerca.

Álec miró dentro de casa, y sacudió la cabeza.

—Anda, ve a jugar —dijo su madre—. Ya hace tiempo que no sales. —y le dio un empujoncito fuera de casa.

—Vamos —sonrió Daniel, aunque por dentro ya empezaba a desesperarse—. Sólo un segundo y volvemos.

Pese a la renuencia del comienzo, el niño dejó escapar un suspiro. Se encogió de hombros y le siguió.

—Yo cuido de él, señora —aseguró a la mujer, que les siguió con la mirada hasta que tomaron un callejón—. Ya verás, te apuesto a que del asombro recuperas la voz.

Aquello no pareció entusiasmar a Álec en absoluto.

Tomaron el empedrado hacia el camino de tierra, y luego lo siguieron. Pero al ver a dónde lo llevaba, Álec trató de regresar, pero Daniel le cerró el paso.

—Por allí no —lo tomó por los hombros y lo encaminó al valle—. Además, no es cortés marcharse sin decir palabra.

El chico se rehusaba, pero Daniel era considerablemente más alto que él, y se lo impedía sin mucho esfuerzo.

"Creo que tiene miedo —se dijo, mientras le daba otro empujón—. No importa, no lo tendrá por mucho tiempo."

Al llegar a la orilla del estanque, Daniel le señaló la piedra.

—Tienes que sentarte; te presentaré a un amigo.

Con un semblante desconfiado, idéntico al de su madre, Álec se sentó en la piedra, abrazándose las rodillas.

—Así me gusta —dijo, y llamó—. Eh, ya puedes salir.

Unos instantes pasaron antes de ver las burbujas en la superficie. Cuando el niño emergió del agua estaba más cerca de la orilla que la vez anterior, y esta vez salió por completo. No llevaba más que unos pantalones viejos y rotos.

El niño mudo lanzó un grito inaudible al verlo.

El torso de la criatura iba cubierto por aquellas úlceras negras, como pozos grandes y pequeños, y que dejaban ver en distintas partes restos de órganos negros y podridos.

Álec trató de retroceder mientras Daniel se partía de risa.

—¡Eh! ¡Quieto ahí! —le dijo, aferrándolo por la camisa, mientras el niño hueco se acercaba, abriendo y cerrando la boca, produciendo un sonido de *¡clac, clac, clac, clac!* Con unos dientes putrefactos—. ¡Anda, aquí te lo tengo...!

No había acabado la frase cuando Álec le estrelló el puño en la cara, derribándolo hasta el suelo.

—¡Cobarde! —le gritó, mientras le veía huir.

"Corre rápido para ser mudo y enano", pensó con desdén.

Se volvió hacia su nuevo amigo.

—Ya, tranquilo —miraba el prado por donde Álec había echado a correr—. Iré a traerlo, o te conseguiré... otro...

Las manos del niño hueco le aferraron por el cuello, tirando de él con fuerza hasta que ambos cayeron al suelo.

Antes de entender qué había pasado, recibió la primera mordida, justo en la mejilla. Su grito fue una mezcla de dolor y sorpresa, y ambos rodaron hacia la orilla del estanque, mientras la criatura le arrancaba carne del cuello.

Daniel trató de luchar entre gritos. Le tiró golpes al rostro y patadas en la entrepierna, pero el niño hueco no pareció darse cuenta de ello; y con una fuerza que no pudo rechazar, le arrastró hasta que juntos cayeron al estanque.

El silencio bajo la superficie lo envolvió mientras tragaba agua por la nariz y la boca. Se debatió por liberarse con desesperación cuando una dentellada más le arrancaba otra porción de carne. Le lanzó un último golpe con el puño, pero los dientes le atraparon la mano.

A medida que se hundían en la negrura, el ataque se volvía más violento. Sin ser capaz ya de ver o sentir mucho, Daniel lanzó un último grito bajo el agua, pensando, casi con una ironía agonizante, que había sido igual de idiota que el resto de niños que se habían ahogado allí.

Monarca

Anochecía. La noche tenía un olor a incertidumbre, y por las calles del pueblo, iluminadas con las farolas rojas, rondaba cierto silencio irregular.

Leonel deambulaba rumbo a la cantina de Ron, cuando prestó especial atención al niño que dibujaba en el suelo de tierra, a sólo unos pasos del local.

"Ya es tarde —pensó—. ¿Dónde estarán sus padres?"

Ron, el cantinero manco, lo saludó cuando entró.

—¿Cómo puedo servirte, mi amigo?

—Una cerveza —concedió—. ¿Sabes dónde están los padres del niño que dibuja fuera de tu local?

—Ah —suspiró, mientras usaba su única mano para servirle el trago con maestría—. Lleva allí todo el día.

"Quizá no tiene a nadie en el mundo", pensó Leonel, pues había notado que el niño vestía prendas pobres y mugrientas.

Dio un trago a su bebida, meditando aquello. Luego se volvió al otro extremo de la barra, donde un hombre joven movía de modo distraído su propio vaso, vacío. Tenía la cabeza gacha y un semblante demacrado, casi triste.

Lo conocía.

—Eh —le dijo—, ¿no es usted el doctor del pueblo?

El hombre tardó en entender que era él a quien le hablaba.

—Lo soy. —respondió, con un asentimiento indolente.

—Ha ayudado mucho aquí desde que llegó ¿sabe? —apuntó Leonel—. Se apellida Garquéz, ¿verdad?

Esperaba que éste correspondiera sus intenciones de charla, pero el joven médico no hizo más que sonreír con cierto pesar, y devolvió su mirada al vaso vacío.

"Pero qué amargado", se dijo, y bebió más.

La puerta de la cantina volvió a abrirse, y Leonel se giró para ver. El oficial Alméyra saludó a todos con una sonrisa.

—Eh, oficial —empezó a decir el cantinero Ron—, ¿han podido dar con su hombre?

La expresión en el rostro del hombre se tornó seria.

—Este tipo es un demente —asintió—, ya lleva seis chicas en la zona.

—Mi hermana conocía a una de ellas —comentó un hombre al otro lado del local—. Era una buena muchacha.

—Escuché que le llaman Poeta —dijo Ron—, ¿es cierto?

El oficial asintió, aunque estéril de emociones. Luego pasó al otro lado de la barra para servirse agua él mismo.

—Deja retazos de papel sobre los cuerpos —dijo— donde escribe poemas.

—¿Poemas?

—Poemas dedicados a las chicas.

—Malnacido. —pronunció Ron, cerrando con fuerza su única mano.

—¿Y, son buenos? —preguntó Leonel de repente—. Los poemas, quiero decir. ¿Son buenos?

Las miradas de todos alrededor lo apuñalaron, y estuvo seguro de que se le habían puesto rojas las orejas. Echó un vistazo fuera de la cantina.

El pequeño seguía allí.

Terminó su cerveza, pagó la cuenta, y salió, esquivando los semblantes hostiles que todos le dirigieron.

Al observar con más atención al chico notó que el dibujo al que tanta atención dedicaba en el suelo era una enorme mariposa, demasiado estilizada y llena de detalles para ser algo diseñado con los dedos sobre la tierra.

—Estupendo dibujo —comentó—, tienes mucho talento.

—Gracias —dijo el niño, sin despegar la atención del contorno de las alas, que delineaba con la gracia de un artista—. Es una mariposa monarca.

—¿Estás solo aquí? Es tarde. ¿Van a venir tus padres?

Esperaba que éste le diera respuesta, pero todo lo que obtuvo fue un encogimiento de hombros.

—¿Quieres que te acompañe a casa, amigo? No es bueno andar solo tan tarde por estas calles.

Entonces le vio detener el dedo sobre la tierra, dejando inacabado el magnífico dibujo.

—No tengo casa. —pronunció, volviéndose a verlo y encontrándose por primera vez sus miradas. Sus ojos eran negros como el pedernal, con soledad y duda.

—Puedes venir a casa conmigo —soltó—. Tengo una cama que puedes usar, además de muchos dulces y juguetes.

El chico le miró con extrañeza.

—¿No está usted viejo para tener juguetes?

—Nunca se es viejo para jugar, amigo.

Dicho esto le tendió la mano para ayudarle a ponerse en pie. El chico la tomó y se levantó.

—Está bien —dijo—, iré con usted.

Entonces Leonel esbozó una sonrisa, sintiendo una punzada de excitación en la entrepierna.

—Nos vamos a divertir mucho. —le aseguró, guiándolo por la rambla al tiempo que le acariciaba la espalda. El chico no pareció inmutarse por ello, y el hombre sintió un nuevo cosquilleo de emoción.

Tomaron la Calle Mayor, y luego desviaron por una calleja que terminaba en suelo llano. Caminaron un poco más hasta un montecillo apartado donde no se veían muchas viviendas. Cada cierto tiempo le repetía lo mucho que iban a divertirse, y cuánto deseaba ya poder mostrarle su casa.

—Ya lo verás —le dijo—, vas a pasarla fenomenal.

El chico, que continuaba sin hablar demasiado, musitó:

—...Tengo hambre, mucha.

—Yo también la tengo, pero pronto estaremos satisfechos.

Se permitió imprimir una nota de emoción en las últimas palabras, atreviéndose a dejar que el chico sintiese un poco de nerviosismo.

Tomaron un camino de tierra que descendía hasta un valle en las afueras del pueblo, donde las únicas tres casas allí se hallaban visiblemente abandonadas. Para este punto, el chico debía estar ya deduciendo que algo andaba mal, y eso agregaba placer a la situación.

Dejaron atrás las primeras casas. La tercera estaba casi cubierta por los enormes árboles que comenzaban en el Corazón Roto. El hombre sacó un grupo de llaves del bolsillo y abrió la puerta. Dentro había sólo una vieja estancia cubierta de polvo y silencio, con nada más que una mesa apolillada, unas mantas y un colchón cubierto de oscuras manchas.

—¿Aquí es? —preguntó el niño, dando unos pasos en redondo por la destartalada habitación.

—Aquí es. —asintió el hombre, cerrando con llave y guardándolas en el bolsillo de su saco.

El chico ladeó la cabeza, observando con detenimiento las tablas que cubrían las dos únicas ventanas, clavadas escrupulosamente.

—No era lo que esperabas, ¿eh? —dijo, sintiendo que la excitación le dominaba. Dejó el saco sobre la mesa, luego se quitó los zapatos y empezó a retirar los botones de su camisa.

—No realmente. —dijo el chico, volviéndose a mirarlo.

El hombre dejó de desvestirse. En este punto todos comenzaban a pedir ayuda, a chillar, a intentar escapar; pero este chico, que se limitaba a mirarlo, le sonreía.

—¿Qué te divierte...? —iba diciendo, pero entonces lo vio.

El niño ante él abrió la boca de una forma imposible, separando del modo su mandíbula que pareció desencajarse de su cráneo, dejando escapar un silbido.

Leonel retrocedió y chocó de espaldas con la puerta.

—¡¿Qué... eres?! —preguntó a gritos, mientras miraba horrorizado cómo la boca del niño se abría más y más, dejando escapar un fluido espeso y negro, con el cuerpo sacudiéndose en violentos espasmos.

Del agujero que antes había sido la boca del niño emergieron tres pares de largas patas negras, como de insecto, que se estremecían conforme se abrían paso fuera del hueco en su rostro.

—¡No! —gritó, y la palabra se transformó en un alarido.

Se puso de pie con torpeza, y enloquecido por el miedo empezó a golpear la puerta, incapaz de recordar que hacía sólo un instante le había echado el cerrojo.

El cuerpo del niño temblaba con violencia conforme se quedaba vacío en el suelo, como si fuese un disfraz hecho de piel y unos pocos huesos, mientras la esbelta criatura negra que antes lo vestía se sacudía bajo el fluido oscuro.

Leonel se volvió para mirarle, incapaz de creer aquello. Ante sus ojos la criatura desplegó dos enormes pares de húmedas alas teñidas con patrones naranjas y amarillos.

Entrando en razón, Leonel se lanzó por el saco, en busca de las llaves, mientras la descomunal mariposa se limitaba a observarle, haciendo temblar las esbeltas patas y antenas.

Tras varios torpes intentos por abrir la puerta, consiguió salir y echar a correr, sollozando en gemidos.

Algo se encajó en su pie descalzo, apenas unos pasos más allá; y cayó al suelo entre los matorrales. Tras él se escuchó un terrible batir de alas que hizo aullar al viento.

Se arrastró lo suficiente para ponerse de pie, y huyó cuanto le permitieron las piernas. Al llegar a la elevación de un monte, subió casi a rastras.

Estaba por ponerse en pie una vez más cuando la criatura le cayó encima, aprisionándolo en un segundo contra el suelo, usando los tres pares de patas para inmovilizarle.

Leonel lanzó un grito, luchando por liberarse del abrazo, pero cada una de las extremidades le sujetó mientras las alas batían el aire con violencia.

El insecto gigante se sacudía a medida que Leonel se debatía con desesperación; luchando con todas sus fuerzas, y tratando de arrastrarse fuera de allí.

El silbido hueco, insoportable, salido del orificio a manera de boca del insecto se repitió. Leonel lanzó un atormentado chillido en busca de ayuda, pero la criatura abrió tanto el enorme agujero, como fauces, que fue capaz de abarcar la cabeza entera de su presa.

Los enloquecidos gritos se opacaron dentro de la boca de la bestia, que con sus patas frenaba los violentos espasmos e intentos por liberarse, mientras lo iba engullendo centímetro a centímetro.

Poco a poco las sacudidas del hombre perdieron fuerza, aunque todavía se oían gemidos ahogados dentro del cuerpo del insecto. De cuando en cuando se sacudía con un espasmo involuntario.

Luego dejó de moverse. Pero el insecto siguió devorando.

Días después

El cuerpo, o lo que quedaba de él, fue hallado por dos niños que se habían aventurado a jugar cerca del Corazón Roto.

Yacía incompleto el cadáver sobre unos matorrales, y sólo quedaban de éste las piernas, medio torso y el fragmento de un brazo.

Los niños lanzaron un grito y echaron a correr; pero no fue el cuerpo lo que más les llenó de terror, sino que dentro de éste, donde el torso se abría incompleto entre astillas de huesos sangrientos y costillas rotas, alguna clase de insecto enorme había dejado decenas de pequeños huevecillos, blancos y translúcidos, llenando el interior del cadáver.

Muchos se sacudían con insistencia, listos para nacer.

El huerto

—Desde aquí se ve el pueblo. —comentó Catalina, avistando cómo se alzaban las casas más allá de la hierba del camino. El motor de la camioneta rugía igual a una bestia malherida, pero el resto del trayecto era hacia abajo y por esto podían estar agradecidos.

Anton espió por el retrovisor del automóvil. Mateo seguía dormido, tranquilo pese al viaje.

—Oí que muchos se mudan de aquí —añadió ella—, decenas llegan y se marchan cada año; ¿crees que las rentas sean muy altas?

—Lo dudo —dijo él, manteniendo la marcha baja al llegar a un empedrado—, a juzgar por el precio al que adquirimos la casa no puede tratarse de eso. Debe ser algo más.

—Sí, pero la casa no estará en las mejores condiciones; el dueño dijo que habría que hacer algunos arreglos.

—Ex dueño —apuntó él, sonriendo—. Este sitio debería ser suficiente para inspirarnos; escribiré más que nunca, y tú podrás terminar tus cuadros.

Las piedras en el camino se hacían más grandes según avanzaban, y pronto el movimiento hizo despertar a Mateo, que soltó un sollozo.

—Tranquilo, amigo. —le sonrió Anton por el retrovisor.

—¿Dónde está la mudanza? —preguntó Cat de repente, echando un vistazo a lo alto de la cumbre al detenerse ante un camino de tierra—. No la veo por ningún lado.

Anton sacó la cabeza por la ventana, pero no encontró el camión a la vista.

—Bueno, quizá tuvo que tomar otra ruta. Seguramente se habría volcado por este camino. Ya llegarán, ten paciencia.

La travesía había comenzado hacía seis meses, cuando el contrato de su apartamento en la ciudad venció y se encontraron en la quiebra. Malbarataron casi todas las pinturas de Catalina, y Anton tuvo que tomar turnos dobles; sacar a Mateo de la guardería fue imprescindible.

Pero cuando todo empeoraba Anton recibió la llamada que había dado por muerta un año atrás. Su editor dijo que una casa editorial había comprado los derechos de su libro, luego de haber sido rechazado en once sitios diferentes.

—La editorial se llama Yaváth —dijo éste al teléfono—, querían ofrecerte noventa mil, pero yo les subí a ciento diez.

Aquellas fueron las palabras más hermosas que había escuchado en su vida. El trato fue directo, y su novela de horror *El Canto de la Niebla* vio la luz medio año después.

Con el dinero pagaron el último préstamo que habían solicitado al banco, además de los deducibles por la pérdida del apartamento. Tres semanas después, Catalina vio el anuncio en el periódico.

—*Casa a cuarenta minutos de la ciudad* —leyó—, *silencio y comodidad te aguardan en Villarce.*

Al llamar al arrendador pensaron que el precio era una broma, pues era la mitad de lo que planeaban pagar.

—Siempre quisimos una vida de pueblo ¿no? —dijo ahora Anton, tomando el camino de tierra—. Y ahora la tenemos.

La marcha los llevó por una curva entre matorrales a ambos lados, y más adelante vieron un zoco de piedra donde se alzaba una enorme estatua.

—Mira eso. —musitó ella, señalándola.

La mujer de piedra tenía los ojos huecos y sostenía a un niño en sus brazos, que sollozaba desconsolado, pero la expresión de la estatua, con la mirada vacía y perdida en el infante era de inmensa felicidad.

—Parece salida de un cuento de horror —sonrió Anton—, me gusta.

Según el arrendador, ese camino daba al centro del pueblo.

Un epígrafe entre la hierba atrapó sus miradas. *"A partir de este punto nadie te escuchará gritar."*

—Dios —soltó él—, qué lúgubre ¿no crees?

—Demasiado —coincidió ella—. No me gusta. Tendrá algo que ver con alguna superstición; quizá la mayor parte de sus pobladores son ancianos ya, una especie de hogar de retiro o algo así.

—¡Excelente, seremos los más jóvenes aquí!

Ambos rieron, pero les costó apartar de su mente el letrero.

Había empedrados aquí y allá, mientras que otros caminos no eran más que pares de surcos entre maleza. Árboles dispersos y rocas altas emergían de entre la hierba, como huesos que salieran de la piel de la tierra. Allá delante vieron las primeras casas, que eran en su mayoría de piedra.

No dijeron palabra; incluso Mateo miraba hacia fuera, con una inocente expresión confundida. Algo había de cierto en lo que se les dijo de aquel lugar: era silencioso.

Más adelante vieron a un par de niños en bicicleta, y a un hombre en un traje rojo les saludó.

—Qué amable. —dijo Cat, aunque no respondió.

—Henos aquí —dijo Anton, al llegar—. No se ve nada mal.

—No creo que pueda plantarse mucho aquí. —resopló ella.

—Tranquila, el hombre dijo que había un huerto.

Lo que ante ellos se alzaba era una morada hecha en piedra y yeso blanco de dos pisos, con esbeltas ventanas enmarcadas en madera y pequeños balcones de hierro negro. Algo digno de un cuento de García Marques, aunque salido de una época aún más antigua.

—Hablé con el hombre antes de salir esta mañana —dijo Anton, buscando las llaves—, dijo que quedó impecable.

Apenas abrió la puerta, una nube de polvo cayó sobre ellos, acompañada de un penetrante olor a encierro y humedad.

—Y se nota que era verdad. —dijo Cat, apartando a Mateo.

—Sólo necesita algo de trabajo.

Al centro de la estancia principal había un patio que era rodeado por un corredor, y desde éste se accedía a las demás habitaciones, que eran amplias y de techo alto.

—Bueno, admito que esto me gusta. —sonrió Catalina, al ver el horno de piedra que había en la cocina.

—¡Lo sabía!

Dejaron el huerto para el final, esperando que fuese éste la mejor parte de la casa, pero se encontraron con lo opuesto.

—Está muerto. —musitó él, sin ánimo.

Todo lo que había ante ellos era un espacio de tierra húmeda y oscura, las paredes cubiertas de enredaderas y en el suelo hierbajos de alarmante altura. Al centro de todo aquello se alzaba un enorme y antiguo roble muerto que debía tener al menos un siglo de edad.

—Supongo que ya no hay más misterio en el precio de la casa —dijo Anton. Esperaba que Cat lo secundara, pero notó que tenía la vista perdida en el viejo árbol—. ¿Estás bien?

Mateo jugaba con sus rizos, y ésta ni siquiera notó cuando el pequeño le dio un tirón de cabello.

—Eh —Anton si situó entre ella y el árbol—, ¿qué pasa?

—Yo creo que es muy bello —dijo—, es como un habitante más del pueblo; quizá el más viejo de todos. ¿Crees que ha estado aquí desde antes de su construcción?

La madera del árbol tenía un muerto tono gris cubierto de musgo claro; las torcidas ramas estériles de hojas alcanzaban una altura mayor a la casa, y el tronco era tan ancho que los dos juntos no lo habrían abarcado tomados de las manos.

—Pues no apostaría por ello —dijo—, pero sí creo que puede servirte de inspiración. Si es así, entonces me agrada.

La mudanza llegó al día siguiente, y tardaron dos semanas en dejar todo en orden. Recubrieron algunos huecos que hallaron en los muros, repararon un par de ventanas rotas y se deshicieron de todo diminuto habitante que encontraron en las telarañas del techo. Cortaron todas las enredaderas en las paredes del huerto, y arrancaron la hiedra, de modo que al final quedó sólo el viejo roble.

Nunca estuvieron más satisfechos, aunque a Anton no se le escapó que su mujer se tomaba varios momentos para contemplar el árbol cada vez que salía al huerto o pasaba junto a las ventanas.

En un cobertizo encontraron una vieja hacha. Catalina trató de usarla para cortar las últimas raíces muertas que buscaban aferrarse a los muros, pero Anton la detuvo.

—Mejor dejemos eso —le advirtió—, mira la cabeza, está tan gastada que podría salir despedida y matarías a alguien.

A lo poco Anton adoptó una alcoba pequeña en el segundo piso como estudio, y puso manos a la obra con el siguiente libro horror, mientras Cat se adueñó de un amplio cuarto en la primera planta para usarlo como taller de pintura.

Los primeros dos meses en Villarce avanzaron con lentitud. Las páginas de Anton contaban nuevas historias, y los lienzos de Cat se llenaban de trazos frescos; pero fueron todos éstos dedicados al roble.

—¿No has pintado ya ese vejestorio unas tres veces? —le dijo una mañana, viendo que había vuelto a sacar su caballete al huerto.

—No consigo darle la emoción que busco. —repuso ella.

Anton frunció el ceño. Volvió dentro, usando la puerta del taller de su esposa, y allí observó los últimos seis cuadros.

"Son todos iguales", pensó con extrañeza.

En algunos variaban un poco la luz o las nubes sobre el muro del huerto, pero las pinceladas que le había impreso a cada rasgo del antiguo árbol eran exactamente iguales.

—¿Algún problema? —dijo ella tras él, limpiándose la pintura de las manos con un retal de tela.

—Bueno, no, pero... ¿es que acaso piensas venderlos en serie? ¿Es una nueva técnica?

—Por supuesto que no —dijo, lanzándole el paño a la cara—, es sólo que no puedo darle ese toque ¿sabes? Me está volviendo loca.

Anton suspiró. En unos meses comenzaría a acabarse el dinero que quedaba del contrato con la editorial, y si no tenía listo el nuevo libro, dependerían sólo de las pinturas de Catalina, pero ¿cuántos comprarían la misma obra?

Al ver que ella guardaba silencio, soltó un suspiro

—Tienes todo mi apoyo —dijo, dándole un beso en la frente—, sé que al final darás con el pequeño malnacido.

Le vio fruncir el ceño, como si no le hubiese gustado la expresión. Arriba, escucharon a Mateo empezar a llorar.

—Ya voy yo. —añadió, dejándola en su taller.

Los siguientes días se sucedieron de la misma forma, y Cat comenzó a gastar dinero extra en las pinturas y los lienzos, todos para plasmar la misma imagen. Una y otra vez.

Anton comenzó a preocuparse. Solía verla desde la ventana de su estudio contemplando el maldito roble durante horas, casi sin moverse. En ocasiones la oía echarse a llorar para luego arrojar el bastidor al suelo y empezar uno nuevo, exactamente igual.

Las discusiones no tardaron en llegar.

—¡Míralos! ¡Son todos iguales!

—¡Estoy tratando de conseguir algo distinto!

—¡Vas por el número trece! ¡Nuestra reserva se está acabando en cuadros que serán muy difíciles de vender!

—¿Entonces dices que no son buenos?

—¡Claro que lo son! ¡Sólo digo que son el mismo!

A pesar de que nunca discutían frente a Mateo, el pequeño casi parecía percibir que algo andaba mal.

—Ven aquí, amigo —le dijo Anton una vez, levantándolo en vilo para bajar a la primera planta—. Daremos un paseo.

Cuando cruzó por el corredor que daba al huerto, alcanzó a ver de reojo cómo Cat estaba de rodillas junto al roble, acariciando su corteza, pero se obligó a ignorar aquello. Metió a Mateo en la camioneta y condujo por el pueblo.

—Pues esto sí que me parece una barbaridad —dijo, media hora después—, en todo este lugar no hay un solo sitio de juegos para niños. ¿Cómo vamos a divertirnos, ah?

El pequeño le devolvía la mirada por el retrovisor. Sus enormes ojos parecían llevar más duda que inconformismo.

—En fin, vayamos a comprar un helado o algo, y volvemos.

Cuando por fin dieron con un sitio digno, Anton compró dos helados y regresó a la camioneta, pero aquellos caminos empedrados y sinuosos eran todavía nuevos para él, de modo que se encontró andando en círculos varios minutos.

—No temas, sé que éste debe ser el correcto. —musitó, atajando por un nuevo camino de tierra.

Mateo se desesperaba, y sin Catalina a su lado rompería a llorar en cualquier minuto. Tal vez ambos llorarían.

Apenas se habían adentrado en un trecho de árboles torcidos, cuando vio una patrulla y a un oficial adelante. El hombre le hacía señas para detenerse.

—Eh, caballero —le dijo, acercándose a la ventana cuando Anton se detuvo—, por aquí está cerrado, ¿va al bosque?

—Yo... no —balbuceó—, en realidad estoy perdido.

El oficial se quitó las gafas de sol y sonrió.

—¿Ha venido a visitar a alguien?

—No, vivimos aquí —explicó—, pero no salimos mucho de casa, y ahora no encuentro el camino.

—Vaya —rio afable el oficial—, no tenía idea de que había gente nueva en el pueblo. ¿Por dónde vive, amigo?

—Vivimos al final de la calle que llaman el Áspid... —decía, pero se interrumpió al ver a dos oficiales más, que salían de entre los árboles, cargando lo que parecía un cuerpo—. Dios mío, ¿está todo bien?

—Dios, no —suspiró el oficial—, un cuerpo fue hallado por unos niños esta mañana; aún no podemos identificarlo.

—Válgame, es horrible.

—Lo es, pero no le molestaré con detalles. La calle que usted busca se encuentra pasando la plaza, por este camino en el otro sentido; siga derecho y dará con ella.

—Gracias oficial... —leyó la placa en su camisa—, Alméyra.

Anton puso reversa para salir de allí, y escuchó entonces que Mateo reía; al mirarlo por el retrovisor le vio jugar con una mariposa anaranjada que había entrado por la ventana y se posaba en su manita.

Cuando volvieron, el pequeño quiso caminar, y Anton lo bajó al suelo, guiándolo de la mano hasta la puerta.

Le habría gustado creer que al entrar Catalina los recibiría cubriéndolos de besos y les mostraría una pintura nueva, una totalmente distinta. Pero lo que halló en el huerto fue muy diferente a lo que esperaba.

—¿Cat? ¿Qué estás... haciendo?

Su mujer estaba de pie ante el viejo roble, alzando una mano sobre las raíces, y dejando caer de su palma sendas gotas de sangre.

—¿Y ese corte? —dijo, alarmado—. ¡Es enorme!

Mateo, en sus brazos, empezó a llorar.

Entonces Cat lo miró. Sonreía, mientras dejaba la mano en el aire y presionaba su muñeca con la otra.

—Mira —dijo, aún sonriendo—, está feliz, está sanando.

Sin comprender, Anton dedicó un vistazo al árbol, y tras observarlo con detenimiento se quedó sin habla. No habría podido explicarlo, pero la corteza había perdido ese tono grisáceo y muerto, e incluso los musgos que cubrían sus raíces parecían más verdes.

—No digas nada —dijo ella, viendo que se quedaba mudo—, hay nutrientes en la sangre. Están haciendo efecto en él.

"En él", repitió para sí. No le gustó nada el modo en que se refirió al árbol, como si fuese una persona. Intentó apartarla, pero ella no hizo sino apretar más su muñeca para que el profundo corte en su palma sangrase más.

Aquello era demasiado.

Los días siguientes tuvo sueños intranquilos. Cada instante que trató de escribir fue inútil, pues más se preocupaba de espiar a su esposa por la ventana, que de inspirarse.

Una noche preparó emparedados para cenar pero Cat dijo que comería afuera.

—Quiero ver su avance —dijo—, sanará más y entonces podré pintarlo como es debido.

Una noche, Anton bajó a la cocina y vio a Mateo jugando solo en la sala. Al aproximarse a la ventana que daba al huerto, notó que su mujer acariciaba al árbol.

—...Cat. Dejaste solo al niño. Entra. Hay que cenar.

La tomó de la mano y la llevó a la cocina. Ella obedeció sin decir palabra, como absorta de sí misma.

—¿Quieres cenar algo? —preguntó, sentándola al comedor.

No obtuvo respuesta. Catalina parecía murmurar para sí.

—Necesito que hables conmigo —soltó, llevando a Mateo también a la mesa—. Estoy atrasándome con los cuentos porque no puedo pensar; quiero que me digas si hay algo que pueda hacer para ayudarte.

Ella lo miró como si advirtiese recién que le hablaba.

Anton tomó un cuchillo y empezó a cortar trozos de manzana para Mateo, pasándoselos apenas los partía.

—No eres tú misma —dijo al fin—, ya no juegas con Mateo, sólo cocino yo, y apenas comes. Hay algo en ese árbol que te obsesiona y quiero saber qué es.

No hubo respuesta.

—Mira a tu hijo, Cat —le señaló, mientras partía la fruta—, ¿cuándo fue la última vez que lo...? ¡Mierda! —exclamó.

Dejó el cuchillo caer al suelo y miró el corte que acababa de hacerse en el pulgar. Apenas lo vio, Mateo rompió a llorar.

—Tranquilo, amigo —le dijo—, no pasa nada, estoy bien. Cat, disculpa la palabrota que... ¿qué haces?

Catalina lo tomó de la mano herida.

—Vamos —dijo, hablando por fin, con una sonrisa—. Deja que sangre sobre el árbol, verás cómo cobra fuerza...

—Basta —le dijo—, ¿siquiera has escuchado lo que...?

Pero ella seguía tirando de su mano.

—¡Ya basta! —soltó, zafándose de su agarre.

Hubo una pausa, y Mateo, que todavía sollozaba los miró a ambos, confundido.

Sin decir una palabra más, se limpió el corte y llevó al pequeño consigo a su estudio, dejándola sola en la cocina.

—Hoy vas a trabajar con papá —le dijo, sentándolo en sus piernas—, tú te asegurarás de que no siga perdiendo el tiempo y criticarás todo lo que escriba ¿de acuerdo?

Se enfrentó a la maldita y burlesca página en blanco de la computadora, y pasó la noche escribiendo líneas que borraba antes de que se convirtiesen en párrafos.

Cuando ya era tarde, Mateo se había quedado dormido en sus brazos, y antes de llevarlo a su cuna, se forzó a mirar por la ventana. Allá abajo, junto al roble, Cat yacía sobre las raíces con ambas manos abiertas en enormes cortes.

"Ay no..."

—¿Fue esto un intento de suicidio? —preguntó el doctor del pueblo, que era joven y servicial, pero lucía un tono tan pálido en la piel que parecía a punto de enfermar.

Dirigió Anton una mirada esquiva hacia el huerto. Allá afuera, el roble lucía más vivo todavía, tal como si hubiese vuelto en el tiempo.

—No, no, ella... —no supo qué responder—, todo está controlado.

El médico, que había atendido a tiempo las heridas en las manos de Cat, le dirigió una mirada que parecía decir: "Sé que mientes." Pese a esto, se marchó, caminando de forma extraña, como si cojeara pero tratase de disimularlo.

Cuando volvió a la habitación Catalina seguía desmayada, respirando pausadamente, con ambas manos cubiertas por vendajes, y una expresión cansada en el rostro.

—Por favor... —susurró, acariciándole el cabello—, vuelve a ser la de antes. Te necesitamos de vuelta.

Sintió a una lágrima resbalar por su mejilla y le dio un beso en la frente. Tras acostar a Mateo fue a dormir, pero pronto se sumió en un sueño que se sintió terriblemente real.

Estaba de pie ante la puerta que conducía al huerto, y todo se veía oscuro y gris. Allá fuera estaba Cat, por supuesto, abrazándose al maldito roble; pero no estaba sola.

Abrió la puerta y salió. Cuatro mujeres vestían ropas hechas con harapos y telas que les cubrían las cabezas en velos que les llegaban hasta los tobillos, de suerte que no conseguía ver sus rostros.

Quiso hablar, pero en aquel sueño no tenía voz, y las mujeres cantaban y bailaban alrededor del árbol como indios en torno a una hoguera. Al centro, Cat se abrazaba al tronco con un amor tal que le hizo sentir abandonado.

Entonces le vio tomar un cuchillo y dirigirlo a su garganta.

"¡No!", quiso gritar, pero su voz seguía sin existir.

El cielo se tornaba más oscuro y las mujeres alzaban la voz y bailaban con más brío y excitación.

Sin poder avanzar para detenerla o gritarle, le vio cortarse el cuello de oreja a oreja, esbozando una sonrisa que parecía superar el éxtasis y toda alegría en este mundo. Un río de sangre corrió del horrible surco en su piel para regar la tierra del roble, y vio a éste crecer y florecer con una velocidad que superaba todo milagro de la naturaleza.

—¡¡CAT!! —gritó entonces, recuperando la voz por fin.

El canto y la danza de las mujeres callaron de golpe, y se volvieron a mirarlo tras los largos velos, como si apenas reparasen en su presencia. Todas le señalaron y empezaron a reír con tan horribles carcajadas que Anton comprendió que aquello no podía ser sino una pesadilla.

Luchó por despertarse pero fue incapaz. Las mujeres empezaron a sacudirse en violentos espasmos, elevando sus carcajadas al unísono, convirtiéndose en una sola risa demente que se acentuaba, bajaba y subía con ritmo enfermo. Y mientras tanto, el roble crecía y se fortalecía, con el cuerpo de Cat pudriéndose a la misma velocidad.

—¡¡¿Por qué no puedo despertar?!! —gritó, abofeteándose.

Las risas se acentuaban y las mujeres volvieron a bailar, esta vez a su alrededor. Anton percibió un sabor acre y metálico en la boca, igual al regusto de la sangre.

Despertó con el labio inferior sangrando. Se había mordido hasta abrírselo mientras soñaba. La horrible carcajada seguía, y venía ésta de los labios de Catalina, que dormida a su lado reía sin parar.

—¡Cat! —gritó, sacudiéndola—. ¡Despierta!

A lo lejos lloraba Mateo, y a pesar de reír con semejante fuerza, Catalina parecía dormir aun, como en un trance.

La abofeteó una vez. La risa perdió fuerza, y volvió a abofetearla, hasta que dejó de reír, y soltó un suspiro, como alguien que duerme plácidamente.

Salió del cuarto a zancadas largas y fue a la habitación de Mateo. Su pequeño lloraba sin consuelo, aferrándose a los barrotes de la cuna. Anton cerró la puerta y puso el cerrojo, luego abrazó al bebé y se echó a llorar con él.

Despertó al amanecer, metido a medias en la cuna de Mateo, con la espalda torcida y las piernas saliendo por encima del barandal. El bebé le daba golpecitos en la frente con su sonaja.

—Ya estoy despierto. —musitó, y Mateo le sonrió, dejándose caer sobre su pecho en un abrazo.

Cuando hizo cuenta de dónde estaba recordó todo de golpe, y un miedo que parecía respirar a su lado le recorrió la espalda con fuerza.

—Vamos a largarnos de este pueblo. —le dijo a Mateo, y lo tomó en brazos para bajar a la sala de estar.

Cat se había levantado ya. Le pareció que estaba afuera en el huerto, pero no se atrevió a mirarla. Con Mateo en sus rodillas cogió el teléfono y llamó a su editor.

—Escucha, sé que no es tu trabajo, pero necesito que nos consigas un lugar dónde pasar esta noche. No, no, nada dentro del pueblo, lo más alejado posible. Serán dos días, tal vez tres. Sólo mi hijo y yo. Cat no se siente bien, pediré que alguien venga a buscarla. Está bien, llámame ni bien consigas un hotel o lo que sea.

Colgó el teléfono y lanzó un resoplido.

"Todo ha sido por nada —se vio pensando—, el viaje... la mudanza... nuestros planes." El roble, maldito fuere, había cambiado algo en Cat, ¿pero cómo? ¿Cómo era posible?

Dejó a Mateo sentado sobre el sillón, le besó la frente y fue directamente hacia el huerto, se mantuvo dentro de la casa, pero espió desde de la ventana.

Cat no estaba allí.

Fijó su atención en el roble, que lejos de toda lógica o razón parecía más vivo, más joven y fuerte que antes, tal como si hubiese sido arrancado de aquella mórbida pesadilla para ser traído a la realidad. La figura oscura alzaba sus ramas cual extremidades de alguna bestia terrible, y casi pudo sentir que éste, de una manera antinatural, le devolvía la mirada.

Sintió miedo. Regresó a la sala de estar, y se detuvo en seco. Mateo había desaparecido.

—¿Catalina? —la llamó, sintiendo un escalofrío cruel.

Subió a prisa las escaleras y revisó cada habitación. La última fue su estudio. Ahí estaba la computadora con la maldita página en blanco, aguardando por una historia de terror cuando él ya sentía que vivía en una.

—¡Catalina! ¡¿Dónde estás?!

Lo siguiente que escuchó fue a Mateo llorar con fuerza. Corrió hasta la ventana y allí los vio a ambos. Cat tenía al bebé en brazos, y en una mano un cuchillo de cocina.

"No, no, no... —pensó, mientras salía a prisa y bajaba los escalones de tres en tres—, no, ¡no! ¡No! ¡NO!"

De un golpe abrió la puerta que daba al huerto.

—¡¡DETENTE!! —gritó, y vio a Cat volverse a mirarlo.

Su mujer, o lo que había sido ella, lo observaba a través de unos ojos que lucían amarillentos, como los de algún enfermo. Su piel era pálida y gris, y en sus brazos, el pobre Mateo lloraba a gritos por un enorme corte en su bracito.

Aquella cosa le sonrió, y fue ésa una sonrisa terrible. Acto seguido apretó el brazo del bebé para hacerlo sangrar con rapidez sobre las raíces del árbol.

Anton reaccionó por puro instinto y le tiró un golpe a la cara, haciéndola soltar un gemido que no venía de la voz que conocía. Le arrancó a Mateo de las manos con tanto cuidado como le fue posible.

—¡No! —gritó ella, con aquella voz, gruesa y opaca—. ¡Su sangre es mejor que la mía! ¡Le nutrirá más! ¿No lo ves?

Sin atreverse a mirar al maldito árbol, Anton echó a correr a la cocina con Mateo, que berreaba a voz en cuello. Echó el cerrojo a la puerta y le lavó el corte lo mejor que pudo.

—Ya... ya... lo sé, lo sé. —repetía.

Le envolvió el bracito con un paño húmedo, y lo tomó en sus brazos. Apenas se volvió a la ventana cuando encontró allí a Cat, sonriendo del otro lado y pegando manos y rostro al cristal. Su piel se iba tornando más oscura, y allá detrás, el roble crecía y crecía.

—¡No pienso dañar a nuestro hijo! —gritó ella al otro lado de la ventana—. ¡Sólo es un poco de sangre! ¡Es para el roble, maldito seas! ¡Me ha dicho su nombre! ¡Quiere que lo sane!

—¡¡Estás loca!! ¡Me llevo a mi hijo!

—¡Déjame entrar! —exclamó, golpeando el cristal.

Hasta entonces no había caído en cuenta de que Cat había debido dejar el cerrojo en la puerta de su estudio. Estaba encerrada en el huerto.

—¡¿Qué te han hecho?! —gritó, con voz ahogada, viendo con horror cómo la mujer golpeaba el cristal con la cabeza.

La ventana se estrelló, y después se hizo añicos, con los cristales clavándose en su rostro y su cuello. Sin dar muestra alguna de dolor, Catalina metió las manos entre los cristales y astillas para arrancarlos del marco y entrar por la ventana.

Anton corrió hacia las escaleras. Allí abrió la puertecilla de la despensa bajo los escalones y metió a Mateo, que lloraba y lloraba. Apenas cerró la puerta, sintió las manos de Cat aferrarse a su cuello por detrás.

Reía con esa voz que no era la suya, más propia de las criaturas de su sueño que de la mujer que amaba. Anton se liberó del abrazo y ambos cayeron al suelo.

—¡¿Quién eres?! —gritó, sujetándola mientras ésta le arañaba los brazos y el rostro—. ¡¿Qué le hiciste a Cat?!

La arrojó de costado, y ésta volvió a soltar una carcajada. Aquello no era más un ser humano. La vio entonces arrastrarse como un animal hacia la despensa bajo las escaleras, en busca del bebé.

—¡Aléjate de él! —soltó, y la tomó por una pierna, arrastrándola de vuelta al huerto.

La criatura chillaba y aullaba en momentos, para luego volver a reír; le tiraba patadas con la pierna que tenía libre, pero Anton la arrojó lejos de la puerta y volvió a cerrar.

—¡Esto es lo que has estado pidiendo! —soltó a gritos.

Fue hasta el pequeño cobertizo y tomó el hacha que habían encontrado en la casa; se paró ante el roble, y empuñándola con fuerza le lanzó un golpe al árbol.

El hachazo arrancó un enorme trozo de corteza, y la bestia que solía ser su esposa lanzó un grito de agonía.

—¡¡Déjalo en paz!! —gritó, con varias voces.

Anton plantó bien los pies y le tiró un segundo golpe al malnacido roble, levantando otro trozo de madera en astillas. La criatura chillaba y suplicaba; sin sentirse dueño de sí mismo, con la cólera llenándole, lanzó dos impactos más al árbol, y otro, y otro más.

"¡Muérete, maldito!!", pensaba, sin dejar de descargar cortes. El tronco era tan grueso que sería imposible hacerlo caer sólo a hachazos, pero lo lastimaría tanto como pudiese.

Cuando sintió que le quedaban fuerzas para un ataque más, alzó el hacha y descargó el último golpe justo cuando Cat se le ponía enfrente, tal como haría alguien para defender a un ser amado.

Anton frenó el golpe cuanto pudo, pero el filo se encajó en el rostro de la mujer, partiéndolo en dos, y ambos lanzaron un grito que se confundió en el unísono.

Él cayó de espaldas. Ante sus ojos, la criatura se tambaleaba perdiendo el equilibro, tratando de sacar de su rostro el hacha que le separaba el cráneo.

Anton gritó hasta quedarse sin voz, con las lágrimas nublándole la vista, mientras aquello en lo que se había transformado Cat, se arrastraba hasta las raíces del roble para abrazarlo con un amor que sólo podía imaginarse en las historias. Empecinada en entregarle todavía su sangre.

Poco a poco dejó de moverse, y el árbol fue sanando de modo imposible los tajos que el hacha le había dejado. Nuevas hojas negras y rojizas crecieron en segundos de las ramas; y mientras Anton se doblaba a causa del llanto, vio con horror cómo una parte de la corteza del roble, allí donde él había descargado el primer golpe, adquiría con lentitud la forma de un horrible y sonriente rostro femenino.

La Bruja en el Cuadro

—Buenos días, Bruja —dice la pequeña al cruzar ante la vieja pintura que cuelga del muro, y sale de casa, camino a la escuela—. Adiós, Bruja.

La imagen parece la obra de un pintor renacentista. Cada pincelazo da un toque realista a la mujer de rostro bondadoso que mira sentada en una mecedora, igual a una dulce abuela. El lienzo fue enmarcado en madera oscura, y los colores que llenan la habitación en que se encuentra la anciana son oscuros, como si se hallase al final de un atardecer.

Cada día, la niña saluda y se despide del cuadro, pues así le ha enseñado su madre, quien no recuerda cuánto tiempo tiene allí la pintura, pero sabe que ya estaba colgada del muro cuando la madre de ésta era una niña.

Lo cierto es que ninguna de las dos sabe con exactitud de dónde nació la costumbre, pero ésta se ha imbuido de tal forma en su día a día, que ninguna de las dos puede imaginarse pasar frente al cuadro sin dedicarle palabra.

Pasa el tiempo, tranquilo en su mayor parte. La madre envejece a medida que su hija va madurando. La anciana en el cuadro permanece igual, por supuesto, aunque la niña, ahora una adolescente nota de cuando en cuando un pequeño cambio en la pintura; no está segura de qué puede ser. Otra arruga en la frente de la mujer ¿quizás? Las manos sobre el regazo aparecen juntas, con los dedos entrelazados, aunque tal vez ahora lo hacen con más fuerza.

—Buenas noches, Bruja. —dice al cuadro la chica antes de ir a dormir la noche en que su madre morirá. Ninguna de las dos lo sabe.

Es una noche larga, y llueve. Los sueños de la chica son intranquilos, y de fondo escucha el rumor triste de un instrumento de cuerda. Un violín quizá.

—Buenos días, Bruja. —saluda, mientras se sienta a desayunar. Su madre no se levanta.

Empieza a hacerse tarde, y la chica entiende que algo va mal. En su habitación Mamá sigue dormida, aunque muy callada. Siempre suele hacer mucho ruido al respirar.

La chica se acerca con cautela.

—¿Mamá?

La respuesta es un silencio que parece durar más de lo que en realidad es. La chica sacude el hombro de la madre, y da un gemido corto.

Afuera el cielo sigue llorando. Y ella, sintiéndose como una niña otra vez, se le une.

Se hace de noche. La madre no ha despertado, y su hija, recostada en la cama junto a ella comienza a entender.

Cuando llama a la policía tardan casi una hora en llegar. Ha dejado la puerta abierta. Les espera en el comedor. El oficial Alméyra le pregunta algo que no entiende, así que no responde. Tampoco se vuelve a mirarlo o al médico que le acompaña.

A lo poco sacan el cuerpo de su madre. Se pregunta si no irá a tener frío.

El día del funeral amanece soleado, casi como una burla. La chica se levanta mecánicamente de la cama y se viste sin prestar demasiada atención a nada más.

Se prepara para salir cuando se detiene ante el retrato de la anciana. Lo mira con detenimiento, aunque sin esbozar un solo gesto.

La mujer en la pintura ha cambiado de nuevo. Puede sentirlo. Pero el cambio es tan pequeño que, como de costumbre, tarda en encontrarlo.

Se acerca a la pintura y mira con atención. Sus manos lucen iguales, también el rebozo sobre su cabeza y los pies, flexionados para moverse en la mecedora.

Le toma un tiempo, pero allí está. Su boca está algo torcida, casi como si sonriera.

—¿De qué te ríes? —dice, estéril de emociones.

El funeral es rápido y sencillo. Asisten sólo las personas que les conocían de vista, pues ni madre ni hija eran demasiado sociables.

Algunos le dan el pésame, otros se acercan al ataúd para mirar con curiosidad. La chica quiere sentir desprecio por ellos, pero no experimenta mucho en realidad.

Mientras el féretro desciende al agujero en el suelo, cae en cuenta de que no dijo adiós al cuadro de la anciana. Un pequeño estremecimiento le oprime la boca del estómago. Lo ha hecho tantas veces durante tanto tiempo que ahora se siente extraña; pero a medida que la tierra va cubriendo a su madre, se dice que al volver quitará el cuadro inútil de la pared.

Vuelve cuando ya ha anochecido. La puerta protesta con un crujido al abrir, y la chica no se molesta en encender la luz.

¿Para qué? Se pregunta. No queda nadie allí.

Pasa frente a la pintura en el muro. Está a punto de saludar a la bruja por mero instinto, pero enseguida se dice lo estúpida que era esa costumbre, y sigue de largo.

La sala de estar sigue a oscuras. Está a punto de ir a su dormitorio, cuando algo la obliga a detenerse en seco.

Sintiendo que un estremecimiento le sacude la columna, se obliga a mirar hacia la pintura. Algo ha cambiado nuevamente.

Con una mano que tiembla de miedo alcanza el apagador y la sala de estar se ilumina. El cuadro sigue allí, pero la anciana se ha marchado. Sólo queda en el lienzo la mecedora vacía.

La chica camina, incrédula, hasta la pintura. Suelta un resoplido que es casi una risa. Su mano se extiende y con dedos febriles recorre el lienzo. Es como si el artista hubiese pintado una mecedora en una habitación a media luz.

Quizá la mujer nunca estuvo allí...

La luz en la sala de estar se extingue nuevamente. La chica se gira, dando un grito.

Hay algo delante de ella. Algo de luz lejana consigue entrar por la ventana. Ante ella, una sombra entre el resto de sombras la observa. Se mueve como si temblase nerviosamente; parece un animal que anda a cuatro patas, pero es más alto que un adulto de pie.

La chica intenta hablar, pero sólo emite un gemido corto. Puede escuchar su respiración agitarse a medida que aquella cosa, ente, bruja o demonio se acerca a ella.

Consigue dar un paso hacia atrás hasta sentir el muro en su espalda.

La criatura que se le acerca emite un susurro que parece llevar su nombre en él.

Algo familiar flota en esa voz. La voz que siempre imaginó tendría la bruja del cuadro.

Antes que la chica suelte una risa de ironía mezclada con un llanto de terror, la criatura a cuatro patas se abalanza sobre ella y todo se torna, si es que fuera posible, más oscuro.

ARCHIVOS de VILLARCE

odos saben la historia del terrible derrum
en las minas que la gente de Tomás Arconte
encontró apenas unos años después de la ordenación del pueblo, y que mató a dieciocho de
sus trabajadores.
Cuando, semanas después, fuerzas de rescate y Protección Civil pudieron acceder al túnel que había colapsado, encontraron un cua-
derno de anotaciones que detallaba los últimos días de vida de uno de los hombres.
Su cuerpo nunca fue encontrado.

viembre 18

    El Capataz Domínguez nos ha dicho que hoy volveremos al túnel 6. Egardo piensa que se trata de un túnel cualquiera, pero algo no me gusta de ese lugar. No puedo decir con palabras por qué es distinto a los otros, pero lo sé. Lo siento.

    No sabemos qué se ha metido en la cabeza de Don Arconte, pero tiene ya meses enviándonos diariamente aquí a ver si damos con algo que valga la pena.

    Estos túneles están vacíos ya. Todos lo creemos, y lo sostenemos. Podría estar trabajando en el campo con mi gente, pero al jefe hay que obedecerlo.

    El día ha ido difícil. No hemos hallado más que raíces que aprisionan la tierra en un punto.

    Parecen ser de los mismos árboles que llenan el Corazón, no es extraño que hayan llegado tan hondo.

Extraño el túnel 2. Allí encontramos el oro la primera vez. No había más que una galería donde se veía el metal en las paredes. Pero nosotros no sabemos mucho de este trabajo, y el gusto nos duró sólo un par de semanas. Ya hablamos con Don Arconte, y también con el capataz, para ver si él logra hacerle entrar en razón. Pero sigue terco que aquí hay más oro.

Noviembre 21

Ya me estoy cansando de venir aquí a diario. Uno de los más jóvenes dijo hoy haber escuchado voces a través del muro. Los muchachos le dieron un par de golpes por andar tratando de asustarnos, pero casi puedo jurar que yo las oí después.

No eran voces claras. Quizá ni siquiera sean voces.

Quiero pensar que será un eco filtrado de los otros túneles pero no sabemos bien de dónde podría venir.

Noviembre 22

El capataz Domínguez cree haber encontrado algo. Nos llamó temprano para explicarnos que hay una pared que parece más reciente cerca del final del túnel, como si una entrada hubiese sido tapada.

Ya le hemos dicho de sobra que debería buscarse gente que sepa de esto; pero Don Tomás Arconte no quiere que se extienda la noticia a Puerto Gris, Nevado, o a ninguno de los pueblos vecinos. Así que estamos solos con lo que sabemos; y sin tener idea de cuánto tiempo nos tendrán trabajando igual.

En palabras del capataz, a quien respeto mucho, si no encontramos nada detrás de este muro, se pondrá firme con Don Arconte y le dirá que no podemos seguir así.

Echo de menos el campo.

Noviembre 23

Los muchachos y yo hemos estado haciendo excavación por horas. La pared que Don Franco Domínguez nos pidió tirar es más gruesa de lo que parece. Más de lo que debería.

Yo creo que no hay al otro lado más que tierra, raíces y más piedras. ¿No es eso lo único que hemos encontrado los últimos meses?

Noviembre 24

Hoy derribamos la pared. Era cierto. Era una pared. Y del otro lado hallamos una galería muy similar a la del túnel 2. Creemos que quien haya cubierto este pasaje tenía sus motivos, aunque me da pesar imaginar cuáles. La galería no tendrá más de doce metros cuadrados, pero en los muros pueden verse nichos y basaltos de piedra donde hay restos de velas y vasijas.

Aronte se ha mostrado feliz con el hallazgo. Dice que debemos estar cerca de algo grande, y ha pedido a los gitanos que viven en el Corazón que le cuenten sobre esas galerías. Ninguno parece guardar recuerdos al respecto, y ya se le ha dicho de sobra que no debería tratar con ellos; no son gente de fiar, miran a todos de reojo y creen que en el bosque hay brujas.

Como si esas cosas existieran.

Noviembre 26

Ayer por la mañana hubo un derrumbe. ¡Un maldito derrumbe! El techo sobre la entrada a la galería colapsó sin más, justo cuando todos estábamos dentro, y no hemos podido salir. Durante horas nos turnamos para mover cuantas piedras fuimos capaces, pero al final tuvimos que detenernos.

Hemos apagado las lámparas para guardarlas en caso de que vayamos a estar aquí por más tiempo. Ni siquiera estoy seguro de cuánto ha pasado.

No sé cuánto llevamos aquí. Pero he decidido escribir para mantenerme ocupado. Para no ceder y volverme loco. El capataz Domínguez ha quedado enterrado bajo los escombros de un segundo derrumbe, y Vorge se ha lastimado la espalda tratando de sacarlo de allí. Si queda alguien allí afuera que se acuerde de nosotros, vengan pronto por favor.

Me he descarnado los dedos tratando de mover las piedras que taparon la entrada. Los demás me ayudaron pero no hay mucho qué hacer. No tenemos comida.

Apenas puedo ver con lo que queda de luz. Vorge seguía respondiendo hace unos momentos. Pero los demás han estado callados por horas.

Creo que moriré aquí.

El malnacido de Tomás Arconte puede irse al Infierno. Quisiera verlo aquí, compartiendo nuestra suerte, tal como él dijo que sería. Ojalá muera pronto, y sufra al hacerlo.

No me quedan fuerzas. Los otros han dejado de moverse. Estoy solo, y a la linterna le queda poco tiempo.

Estoy comenzando a oír aquellas voces nuevamente.

Se acercan, pero sé que no se trata de ningún grupo de rescate..., pues vienen... de debajo de la tierra.

Están debajo de nosotros.

Me estoy volviendo loco.

Son voces... de niños.

Les oigo claramente. Están cada vez más cerca. Casi como si escarbasen para llegar a nosotros. Hablan entre sí, susurran y se ríen. Puedo escucharles acercándose.

Las fuerzas que me quedan solo me sirven para dejar estas palabras.

¿Alguien nos encontrará algún día?

Están cada vez más cerca.

Están aquí, entre nosotros... siempre lo han estado. Somos parte de ellos, pues se alimentan de nosotros...

Desde hace siglos.

Detrás de la Puerta

Mi madre sufre de demencia senil. Cuido de ella desde el comienzo, aunque no hay nada más difícil que pasar las noches.

—¡Hija! —grita, en mitad de la madrugada—. ¡Hija!

—¿Qué pasa, madre? —le pregunto, una vez llego a su cuarto, pero sé bien qué dirá.

—¡Escuché los pasos otra vez! —exclama, imprimiendo siempre la misma nota de temor en sus palabras—. ¡Había alguien afuera de mi habitación!

Me recuesto junto a ella, igual que cada noche, y la estrecho entre mis brazos.

—Todo está bien, mamá —le digo—. Sólo estamos tú y yo.

Cuando se ha calmado lo suficiente se queda dormida, y entonces vuelvo a mi habitación. Al cabo de un rato, vuelve a llamarme.

Cada vez me noto más cansada. Mi madre es fiel a escuchar los pasos tras su puerta cada madrugada sin fallar. En una buena noche me despierta dos veces; generalmente son malas noches.

Pero ¿cómo podría desatenderla?

Mi madre muere un jueves por la tarde. Le llevo la comida y me doy cuenta de que ha dejado de moverse. Las lágrimas arden en mis ojos al salir, pero lo hacen sin que pueda sentir mucho en realidad.

El entierro es sencillo. Al verla tranquila en el féretro, que desciende a las entrañas de la tierra, me digo que al fin vamos a descansar.

—Las dos. —digo en voz alta, y algunas miradas se encajan en mí.

No me importa.

Más de uno ofrece llevarme a casa o acompañarme. Rechazo con educación ambas propuestas. Lo único que necesito es dormir.

Pienso entonces que nunca escucharé la palabra *"¡Hija!"* por las noches otra vez, y aunque el dolor me estrangula por dentro me permito sonreír.

"Ambas descansaremos", me digo.

Apago la luz y me acuesto. Me cubro con las cobijas. El cansancio y el sueño me reciben como una mortaja que cayese sobre mí.

Entonces escucho los pasos.

Abro los ojos y permanezco en silencio. Me digo que lo he imaginado, claro, pero ahí están otra vez. Vienen del corredor. Se acercan; arrastrándose desde la habitación que solía ser de mi madre. Se aproximan con lentitud hasta llegar al otro lado de mi puerta y entonces se detienen. Una voz hueca, grotesca, susurra detrás:

—¿...*Hija?*

La ronda del cuervo

De lejos observa el ave sin mover una sola pluma, y el viejo árbol muerto donde se ha posado casi parece contener la respiración. Por la rambla discurren humanos yendo y viniendo, cargados de miradas grises e indolentes; haciendo de su tarde una parodia del día anterior.

Entonces presta el cuervo atención a una niña que juega a brincar la cuerda, acompañada de otros infantes más.

"Es su turno —piensa, todavía inmóvil, observando inmutable cada salto que da—, hoy es su día."

La escena continúa por momentos, hasta que la madre le llama para entrar a comer. El cuervo aguarda, y siente en su corazón que el momento se va acercando, latiendo cual manecillas de reloj, y obligándole a dar un batir de alas que nadie en la plaza escucha. Pronto se posará sobre el hombro de la pequeña, y dará su graznido.

Cae la tarde con un cielo moribundo. Las nubes se entintan de rojo y la niña sale nuevamente, esta vez con una canasta en las manos.

—Vuelve directo a casa. —dice su madre, y la pequeña asiente, alejándose por el empedrado.

El cuervo levanta el vuelo, por encima de las casas, y con un suave movimiento desciende para posarse en el hombro de la niña.

Ésta no le ve. No lo siente. Y continúa andando.

Va canturreando la pequeña, meciendo atrás y adelante la canasta en su mano. Algunos la saludan al pasar pero no son capaces de ver al ave postrada, como un ente de otro mundo, en su tierno hombro rosado.

Sus pasos la guían hacia un monte alejado de las casas, y allí corre para arrodillarse ante un árbol y empezar a recoger flores.

El corazón del cuervo va latiendo con más fuerza, marcando la hora en que ha de elevar su graznido para cumplir su tarea.

Pues la niña ha de morir hoy.

Pero algo extraño sucede allí.

Ella no parece enferma, ni se encuentra tampoco haciendo algo peligroso como el último niño por quien lanzó su graznido, que se había trepado al tejado de su casa sólo para resbalar y caer de cabeza.

No sintió entonces pena por el niño, pues su tarea no se centra en juzgar las causas de la muerte, sino simplemente en anunciarla.

El cuervo sacude las alas, incómodo. Si la pequeña se dedica sólo a recoger flores, ¿cómo es que puede morir?

La respuesta le llega al instante, pues hay un hombre observándola, oculto a un tiro de piedra detrás de un árbol.

Incluso si la niña se vuelve hacia el hombre no podrá verlo, pues está bien oculto, pero el cuervo sí que lo ve, y éste dedica especial atención a relamerse los labios.

El cuervo mira de nuevo a la pequeña, que no para de canturrear, distraída e ignorante del hombre que la asecha. En su corazón se van acelerando los latidos, anunciando el instante por llegar; pronto tendrá que lanzar su graznido, batiendo las alas sobre su hombro y la verá morir, igual que ha hecho con tantos durante tanto tiempo.

Camina el hombre hacia la pequeña, asegurándose de que nadie le ve. Pero el cuervo siente desprecio por él. Jamás sintió esto por nadie, pero allí está este ser repulsivo, y no le provoca sino asco.

Los latidos en el corazón del cuervo son tan fuertes que casi puede escucharlos, pero no hay nada que pueda hacer salvo graznar cuando el momento llegue.

Con dolor deja caer una lágrima sobre el hombro de la pequeña, y entonces ésta se da la vuelta, como si hubiese sido capaz de sentirla. El hombre es descubierto, y ella pierde el aliento, cayendo en cuenta del peligro.

Posado en su hombro, el cuervo baja la mirada. El momento ha llegado, y lo ha prolongado ya tanto que su corazón duele a causa de los latidos. Sacude las plumas y se alza en un nuevo batir de alas, preparado para soltar un graznido cargado de tristeza por la pequeña, pero antes de llegar a cumplir su tarea, se detiene.

El hombre acelera el paso hacia su presa, pero ésta echa a correr. El cuervo revolotea en un giro sobre ambos y contiene el graznido, sintiendo que su pecho está por estallar. Se posa entonces sobre el hombro del depredador y eleva su voz con todas sus fuerzas.

La pequeña ha dejado tirada la canasta con las flores que había recogido, pero consigue escapar hacia las viviendas cercanas, internándose en las calles para volver a casa.

El hombre se detiene en seco y da un gemido corto, llevándose las manos al pecho y tratando de exhalar aire, pero es tarde; la muerte ha venido por él en un momento que no era el suyo.

El cuervo trata de elevar el vuelo una vez más pero sus alas ya no sirven. Se cae entre el pasto y la hierba y entiende que su decisión trae consigo una sola consecuencia.

Antes de que sus alas y su cuerpo se conviertan en cenizas, consigue ver el rostro del hombre, que se debate y se aferra por tomar aire una última vez. Ha valido toda la pena del mundo.

El hombre en el sauce

Dany soñaba todas las noches. A veces con perros, y otras con autos. Siempre era algo distinto. Pero el primer día que tuvo el sueño aquél con el sauce parlante, no volvió a soñar nada diferente.

En el sueño se hallaba en algún punto del Corazón Roto, donde su madre le había prohibido entrar expresamente. Ante él veía lo que parecía ser un sauce ancianísimo que le hablaba cálidamente. No había peligro alguno.

Cuando el niño contó a su madre lo que veía en sueños, ésta le respondió que lo olvidase.

—Pero ¿y si lo sigo soñando?

—Los sueños se van con el tiempo, Dany —repuso ella—, no le des tantas vueltas.

Pero ni el sauce ni su voz se marcharon de sus sueños. Nunca decía ese hombre-árbol nada que valiera la pena, salvo cosas como "ven a verme", o "necesito verte;" pero siempre le pareció al chico que sonaba triste.

Una tarde, al volver de la escuela, fue directo al bosque sin pensárselo mucho. Sabía que en sus sueños se hallaba el sauce cerca del estanque; el mismo donde muchos otros niños se habían ahogado hacía tiempo. Pero eso no le pasaría a él. Tendría mucho cuidado.

Le tomó cerca de media hora dar con el estanque, y otro tanto encontrar al árbol. Casi se había dado por vencido, diciéndose que era un idiota por creerse algo que había visto dormido, cuando dio con él. Se encontraba medio torcido y verdusco, flaco y nudoso, a casi un tiro de piedra, sobre una pendiente, del lago.

Al principio sintió un estremecimiento. El árbol era idéntico al de sus sueños, pero mucho más real. Sobre la vieja corteza se veían unos surcos en los que podía adivinarse el rostro de un hombre, avejentado, como luchando por salir de allí.

—¡*Ayúdame!* —rogó de pronto una voz desde el interior de la madera.

Dany dio un sobresalto y cayó de espaldas. La voz era tal como la había soñado. Retrocedió por puro instinto, pero al toparse por detrás con una elevación de tierra, se quedó inmóvil.

—¿...Quién eres? —preguntó, cauteloso—. ¿Por qué te veo en sueños?

—*Solamente me es permitido entrar en los sueños de mi propia sangre* —dijo la voz del árbol—, *pero aunque he llamado a tu madre, nunca viene a verme.*

El niño abrió bien los ojos.

—¿Eres mi abuelo?

—*Eres muy inteligente.*

—Pero mamá dijo que habías muerto.

—*Lo hice en cierto modo. Traté de comunicarme con ustedes desde hace mucho, pero sólo tú has respondido.*

Aquello era inaudito. Mamá jamás hablaba del abuelo.

—¿Y cómo es que te metiste allí?

—*No lo recuerdo. Pero sí sé cómo salir.*

—¿Puedo ayudar?

—*Oh, sí que puedes...*

El pequeño se puso en pie de golpe.

—Bien —dijo—, traeré a mamá para que te vea y...

—*No, espera.*

Dany, que ya estaba por echar a correr, permaneció quieto.

—¿Qué pasa?

—Lo más probable es que no te crea, y te prohibirá venir a verme.

—Entonces ¿qué podemos hacer?

—Es muy sencillo —repuso la voz—, sólo tienes que besar la corteza del árbol y podré salir.

—¿Besar? —repitió Dany—. ¿Y eso es todo?

—Eso es todo.

Meditó por unos instantes. Quizá mamá no hablaba nunca del abuelo porque se ponía triste. Pero al verlo estaría muy feliz.

—Muy bien. —dijo, acercándose y dando un tierno beso a una de las raíces que tenían forma de mano humana.

Hubo un instante de silencio.

—¿Lo hice bien?

Pero el árbol no respondió. Estaba por hablar otra vez, cuando sintió a sus pies quedar fijos en el suelo. Al mirarlos notó que se hundían en la tierra, tal como si fuese arenas movedizas. Gritó. Dolía. Trató de moverse para huir, pero su cuerpo fue perdiendo movimiento, volviéndose rígido y torpe.

"¡NO!", pensó con horror, mientras su piel adquiría poco a poco el color y la textura de la corteza de un árbol joven.

Ante sus ojos, el viejo sauce se agrietó, como si un rayo de tormenta le hubiera alcanzado en un segundo. El tronco fue partiéndose en pedazos con fuertes crujidos, dejando salir de allí al hombre, que esbozaba una cansada sonrisa.

—...Al fin. —pronunció, con una voz débil.

"¡NO ME DEJES!", quiso gritar, pero no tenía ya boca.

—Lo siento mucho —dijo el viejo, dando unos pasos errantes en dirección al pueblo, sin siquiera molestarse en mirarlo—, ya hace mucho que fui encerrado allí después de ayudar a tu bisabuela, que también me engañó. No es nada personal ¿eh? —al decir aquello último, agitó una mano distraída, como restándole importancia—. Para salir tendrás que llamar a tu madre, ya que no queda nadie más en la familia. Yo lo intenté por años y la ingrata jamás vino. Pero tú eres un buen niño, así que no creo que tarde en venir a cambiar lugares contigo.

Siempre vuelven

Aquel atardecer volvía Fausto a casa con una mueca nerviosa, atravesando el sendero que guiaba a los montes bajo la sombra del Corazón Roto. A su alrededor se alzaba toda suerte de árboles, como gigantes dormidos, que de cuando en cuando espiaran para seguirle con la mirada.

Al entrar en casa sacó el revólver que llevaba oculto en los pantalones, y lo dejó sobre la mesa de la cocina. Aún despedía un aroma a pólvora.

Fue a buscar una cerveza en el diminuto y viejo refrigerador, pero sólo encontró un vaso de jugo. Bebió con rapidez mientras se dejaba caer en una silla que rechinó alarmantemente bajo su peso.

—¿Qué pasó? —preguntó su madre al verlo. La mujer vestía un camisón y hablaba con ese matiz que conocen las madres, temerosas de saber la verdad—. Has usado esa cosa ¿verdad?

Fausto dejó escapar una exclamación. No esperaba que siguiera despierta a tales horas, pero había olvidado que ella siempre lo esperaba cuando salía a beber.

—Había alguien siguiéndome en los callejones —dijo al fin, dejando escapar un resoplido, no envalentonado, como acostumbraba, sino nervioso.

—¿Siguiéndote? —repitió la mujer—. ¿Cómo? ¿Era uno de los Narváez? Ya les dijo tu hermano que les pagaremos el mes siguiente...

—No, no eran los Narváez.

—¿Uno de los Alcázar, entonces? —insistió—. Ese Berto Alcázar no es más que un sucio delincuente de...

—No, no, no, ellos tampoco. —soltó, y le tiró una patada a la mesa.

La mujer le escrutaba con la mirada, quizá cayendo en cuenta de que las manos de su hijo temblaban.

—¿Quién entonces?

Al principio trató Fausto de que la voz no le temblase, pero fue en vano.

—No era... —balbuceó—, no era humano ¿está bien? Era... era otra cosa.

Dicho esto apuró el último trago de su vaso, deseando como nunca tener una cerveza en la mano.

La madre se cubrió la boca con las manos, como si poco le faltase para soltar un grito.

—¿Hablas...? ¿Hablas de...?

Fausto se limitó a asentir.

—Pero hijo, ellas no... —se interrumpió—. ¿Qué fue lo que hiciste?

Notó cómo el tono en la voz cambiaba de la duda al miedo.

—¡¿Qué hiciste?! —chilló.

—¡Les disparé! ¡Iban tras de mí! ¡Se reían entre ellas, acercándose! ¡Hice lo que tenía que hacer...!

La bofetada le sacudió el rostro.

—¿Tienes idea de lo que acabas de hacer? ¡Así es como murió tu padre, idiota!

—¡No! —exclamó, levantándose de la silla—. Papá trató de matarlas y falló, y por eso se lo llevaron. Yo no fallé. Muy por el contrario.

La expresión de la mujer se deformó en algo más que una mueca de horror.

—Fausto... hijo —sollozó, cubriéndose el rostro con las manos—. Dime que no mataste a ninguna. Necesito que me lo digas, por favor...

—¿Y qué si lo hice? A ver si así aprenden a no meterse con la familia...

La segunda bofetada estuvo a punto de derribarlo. Luego la mujer se echó de espaldas a un muro y lloró.

—¿Me quieres explicar qué te pasa? —le espetó, frotándose la mejilla enrojecida.

Pero el llanto de su madre no hizo sino acentuarse. Pegada de espaldas a la pared se dejó caer al suelo. Jamás le había visto llorar así.

"¿Qué le pasa ahora?", se preguntó. ¿Acaso no entendía? La había matado de verdad. Aquellas malnacidas criaturas iban a pensárselo mejor antes de volver a molestarlo.

Le habían estado siguiendo ya durante varias calles, con esa extraña forma de andar que parecía un baile; moviendo los cuerpos negros, como hechos de sombras y mirándole con esos ojos blancos y despreciables.

—Mamá —dijo, acercándose.

La mujer se abrazaba ahora las piernas mientras ahogaba un nuevo sollozo, igual a una niña.

—No llores, Má. Tranquila. Está bien muerta, la vi. Las demás dejaron de seguirme cuando la vieron caer al suelo. Se quedaron a su alrededor, llorándole mientras me iba.

Ella lo miró. El horror no había escapado de sus ojos.

—Siempre vuelven, hijo mío —musitó—, siempre vuelven. Siempre... siempre.

Una ligera punzada de miedo se hizo presente en sus entrañas. Todos en el pueblo sabían de buena tinta qué le había pasado al viejo Brosco, su padre; quien había visto a aquellas criaturas, a quienes llamaban *las norias*, rondando a su alrededor desde que se habían mudado al Corazón Roto. Su madre le había rogado que se mantuvieran lejos de ese bosque, pero él ya había comprado el terreno.

Según contaban algunos, el viejo Brosco había visto a dos de ellas soltando risitas entre sí junto a un árbol en el monte, cuando les pegó un tiro, haciendo volar un enorme trozo de corteza partida en dos. Todavía podía verse la marca.

Muchos en el pueblo comentaron que, al ver que ambas se le acercaban, su padre siguió disparándoles hasta que las tuvo encima y fue muy tarde. Otros, no menos pérfidos, aseguraban que el hombre, envalentonado, había intentado retarlas, obligándolas a seguirle hasta el estanque, donde se rumoraba que no se acercaban nunca.

Pero Fausto sabía la verdad. Él lo había visto.

Su padre no había sido ningún valiente. No importaba cómo había iniciado todo; le vio desde lejos, huyendo camino a casa y soltando aullidos y exclamaciones de terror, mientras detrás de él se movían las dos criaturas, bailando en pasos tan grotescos como macabros.

—¡¡Papá!! —había gritado el Fausto de diez años—. ¡Corre! ¡Corre!

Le vio tropezar antes de llegar al sendero de tierra. El par de norias le dio alcance y ambas empezaron a danzar a su alrededor, soltando risas que sonaban como carraspeos agudos.

Fausto había echado a correr fuera de la casa, escoba en mano. Listo para ayudarle. Pero cuando estuvo a unos metros de allí, su padre ya era uno de ellos.

Los tres se movían como si fuesen las marionetas de algún titiritero ebrio, doblando brazos y piernas como si estuvieran dotadas de varias articulaciones. La piel se le iba tornando negra como el carbón, y cuando los otros seres empezaron a bailar y a reír, también lo hizo él.

Fausto lloraba súplicas, pidiéndole que volviera, pero pronto no logró distinguir cuál de las tres criaturas era su padre. Y tal como habían aparecido, moviéndose rápidas y en pasos que imitaban un baile, se alejaron.

Las había odiado desde entonces, y ahora al fin había mandado a una de ellas al infierno.

—Mamá —le dijo ahora, ayudándola a ponerse en pie—. No será como entonces. Tranquila.

La mujer le estrechó en un abrazo.

—...Siempre vuelven —repetía—, no importa lo que hagas, no importa si ellas comenzaron. Siempre vuelven.

—Las vi dejar de seguirme en cuanto le disparé a aquella —insistió—. Andaban tras de mí de esa forma en que caminan, y seguro no se esperaban que les fuese a disparar.

—No lo entiendes —sentenció ella, apartándose—. Tienes que irte.

—¿Irme? Pero si...

—Basta —soltó ella—. Si llegas al estanque te dejarán tranquilo. *Las norias* nunca se acercan al agua.

Algo en la seriedad de sus palabras le hizo estremecer.

—¿Sólo pretendes que camine hacia el estanque y...?

—¡No! —lo sujetó de la camisa—. ¡Vas a tener que correr! Espera allí hasta que amanezca, y tu hermano y yo iremos a buscarte.

—Pero, mamá...

—¡Nunca salen de día! ¿Me oyes? ¡Tienes que irte! ¡Ya!

Estaba a punto de protestar, cuando la vio dirigirse a la entrada.

—Mamá, ¿qué haces...?

La mujer abrió la puerta. Desde allí se veía el claro entre las piedras, el monte y parte del bosque. Al menos veinte *norias* observaban desde distintos puntos, reuniéndose en torno a la casa que su padre se había empeñado tanto en comprar. Algunas estaban en los árboles, encima de las ramas, y otras cuantas en el suelo, cerrando el camino de tierra que volvía al pueblo. Pero todas ellas soltaban leves risas que parecían intercambiar instrucciones entre sí.

La mujer soltó un alarido de terror. Y Fausto, que hacía sólo instantes lo creía imposible, permaneció inmóvil, mirando perplejo cómo todos esos seres de piel negra abrían bien los ojos blancos para contemplarlo.

Hubo un instante de duda. Entonces vio a otro grupo de *norias* subir por el camino de tierra. Eran cuatro y cargaban sobre sus hombros el cuerpo de una más, que permanecía inmóvil y gris. Los ojos por fin cerrados.

"Aquél es el que maté", comprendió, sintiendo que un escalofrío trepaba por su columna al ver que acercaban el cadáver a su casa.

—¡No se acerquen más! —gritó, pero le falló la voz.

Su madre sollozaba, y las cuatro *norias* avanzaban a pasos largos, hasta hallarse a la entrada de la casa. Entonces depositaron el cuerpo sobre el pasto.

Allí vio Fausto el cadáver. Ya no parecía de sombra, sino que la piel gris se agrietaba como la carne al carbonizarse.

El silencio, apenas interrumpido por las risas que iban y venían, que subían y bajaban entre la multitud de *norias*, pareció de repente muy largo.

Entonces Fausto centró su atención en el rostro del cadáver. Algo en aquellas facciones desvanecidas y agrietadas le resultó terrible, horriblemente familiar.

Soltó un grito de cólera y entró de nuevo en la casa sólo para tomar el revólver otra vez.

—¡No, Fausto!

Salió a prisa con el arma en mano, y disparó a las primeras dos que tuvo cerca. La primera se desplomó al suelo, pero la segunda le esquivó de un salto. Tiró dos disparos más, pero todas fueron demasiado rápidas, y se lanzaron a su caza entre los matorrales que rodeaban la casa.

Los últimos disparos del revólver mataron a otra que se hallaba a unos metros, pero pronto se encontró tirando del gatillo sin que nada pasara.

Las criaturas cobraron velocidad.

—¡Vete, pronto! ¡Huye! —chilló su madre.

Arrojó el arma y echó a correr a toda prisa monte abajo, en dirección al estanque.

—¡¡Déjenlo en paz!! —gritaba la mujer, y su voz se perdió a lo lejos mientras Fausto se lanzaba a la carrera entre abrojos y espinos altos.

Las norias iban saltando entre los árboles, corriendo y danzando sin dejar de reír; y cada vez acercándose más.

Sintiendo que el corazón se le iba a salir del pecho, Fausto soltaba jadeos frenéticos y maldiciones por igual, corriendo cuanto sus piernas le permitían, y descendiendo por el monte entre los árboles.

En un instante, una de las criaturas dio un salto y se plantó ante él, pero alcanzó a tirarle un golpe a la cara, y ésta cayó al suelo, frágil como una muñeca.

Corrió sin detenerse, pero algo ardía en su mano. Al mirar sus dedos vio con horror cómo su piel se cubría con una película negra. Dio un grito ahogado y terminó tropezando unos metros más adelante, rodando monte abajo, donde le dieron alcance.

El estanque ya estaba a la vista; allá, a poco más de un tiro de piedra se hallaba. Se arrastró como pudo y se levantó para correr otra vez, pero ya le habían rodeado, y bailaban a su alrededor, riendo con voces fuertes que se convertían en carcajadas.

Fausto vio al resto de su brazo cubrirse con aquella sombra y cayó de rodillas al suelo. El círculo que las *norias* formaban en torno a él fue cerrándose poco a poco. Reían, siempre reían.

La sombra fue llenando su cuerpo, y aun arrodillado lanzó un golpe al suelo. Quiso llorar, o rezar, pero sólo se vio lleno de rabia. Alzó el rostro para maldecir a todo el mundo, pero se detuvo.

Algo le frenó.

Hubo un instante quedo; y al cabo de sólo unos instantes, se sintió más ligero. Tal como si pudiese flotar con sólo danzar unos pasos.

Y entonces, sin más, pudo ver lo que había detrás de esas risas. Lo comprendió, y le causó tanta gracia, tanta, que no pudo evitar echarse a reír junto a ellas.

Se dice que la clínica del pueblo fue edificada mucho antes de que Villarce estuviera aún maldito. Ésta nunca llegó a terminarse del todo, pero consiguió tener hasta ocho habitaciones, con dos enfermeras, un médico de turno completo, y la directora del pequeño edificio.

Para los últimos meses del recinto médico, antes de que se produjera el incendio, cuyo origen aún se desconoce, una enfermera pasante llegó allí a realizar su internado; según los registros, su nombre era Raquel Murquía.

Cuando se investigaban las causas del incendio, fue hallada una caja con cintas de grabadora, donde ésta documentó sus primeros días en la clínica. Éstos resultaron ser también los últimos de la misma.

Damián Lárte
Cuerpo de Bombero

Interludio II

"Antes del incendio"

Entre sonido de estática puede escucharse la voz de la enfermera Raquel Murquía durante el turno nocturno en la clínica. Otras voces se oyen en el fondo. No está sola.

Grabación I

—Al fondo, entre estática, se oye una cafetera funcionar—

No soy una persona supersticiosa. Nunca lo he sido. Por eso, cuando me dijeron que en este pueblo habían sucedido cosas que, a falta de palabras menos pérfidas, podríamos llamar paranormales, me dio lo mismo venir.

No sé bien por qué he retomado esto. Antes escribía en mi diario, pero la inundación en Puerto Gris se llevó casi todo consigo, y no hay mucho que pueda recordar, salvo que siempre quise ser enfermera.

No llegué a Villarce hace mucho, pero lo encuentro bonito. La gente me ha dicho que esa opinión cambiará con el tiempo, pero me atrevo a dudarlo.

Soy la única enfermera pasante en la Clínica, lo cual me convierte, por supuesto, en la esclava de todos aquí. Me han dejado el turno nocturno sin darme tiempo a protestar. Las otras dos enfermeras, que se han titulado ya, me hacen la vida imposible, pero Diana, la médico titular que dirige el lugar es buena conmigo.

He visto al doctor Ramsés un par de veces. Es amable, y cuando sonríe muestra una dentadura perfecta. Creo que tiene un romance con Sandra, la mayor de las enfermeras. Esto no tendría nada de malo, excepto porque ambos son casados ya.

A veces pienso que nunca debí salir de Puerto. Las cosas eran más sencillas allí. Pero cuando recuerdo que no escapo sólo de mis padres, sino también de la vieja yo, entiendo que no ha sido tan malo.

—Sonido de estática y pasos en el corredor—

Grabación II

Hoy atendí a mi primer paciente. Una mujer de bonito cabello pelirrojo y con ocho meses de embarazo. Está casada con un joven carpintero del pueblo, de quien ésta no para de hablar. Dice que cuando nazca el niño se irán a vivir a otro lugar. Dado que sólo venía a un chequeo de rutina, pude atenderla sin necesidad de molestar al Doctor Infiel.
 Las noches se pasan muy en silencio aquí. Comienzo mi turno a las siete de la noche, y termino a las cinco de la mañana, cuando las otras llegan, siempre preguntando '¿cómo estuvo la velada?'
 Creo que al menos disfruto de no verlas la mayor parte del tiempo. No me importa estar sola. Lo prefiero así.
 Supongo que podría centrarme en terminar mi internado y largarme de aquí. Será extraño volver a casa después de un año en un pueblo en el que no he conseguido entablar ningún tipo de relación con nadie.

Grabación III

Una niña se ha ahogado hoy en el estanque. Fue horrible. La trajeron sus padres para ver si podíamos hacer algo, pero ya estaba muerta. Preguntaron una y otra vez por el médico, pero éste acababa de retirarse; y cuando les dije que la pequeña no contaba ya con signos vitales, me miraron como si no supiera lo que hago.

    Nunca voy a olvidar el grito que dio la mujer. Todavía puedo oírlo. Cierro los ojos, y veo su cara deformada por el llanto, doblada de tristeza y un odio que, a falta de una persona a quien culpar, creo que me dirigía a mí.

    Donde quiera que te encuentres, pequeña, espero que seas feliz.

    Se supone que no debemos relacionarnos con los pacientes. Ser lo más fríos posible. Pero, ¿una niña pequeña...?

    —Entre estática, se escucha a la enfermera Raquel levantarse y caminar por el corredor—

...Debo estar cansada. Me he encontrado mirando el reloj varias veces antes de que la manecilla de los minutos avance siquiera. Creo que este turno está comenzando a afectarme.

    Quizá si hablo con la médico en jefe Diana, me tenga algo de clemencia. Daría lo que fuera por trabajar de día.

Grabación IV

'Haré lo que pueda', me ha dicho la médico en jefe. Pero dudo mucho que sea cierto.

    Ayer entró en terapia intensiva la mujer del carpintero. Su cabello pelirrojo lucía más oscuro y sin brillo; como si el embarazo le hubiese arrebatado algo de vida. Espero que no tenga complicaciones.

Aquí las cosas se mueven un poco mejor, pero a veces me pregunto cuánta gente vendrá durante la noche. Intento decirme que estoy aquí para que los pacientes tengan consuelo al encontrar a alguien en el lugar a medianoche, si lo necesitan. Creo que...

—Se oyen los pasos de alguien acercarse.
—Un ruido parece indicar que Raquel esconde la grabadora—
—Una voz masculina suena a lo lejos—

"Hola, Raquel, ¿todavía por aquí?"
"Recién comienzo turno, doctor. ¿Ya se va?"
"Pero claro, llevo aquí todo el día. ¿Se te ofrece algo?"
"No nada, todo bien."

—Los pasos se alejan—

'¿Todavía por aquí?' ¿Y a dónde se supone que vaya, si he de pasar aquí la madrugada entera?
Sólo llevo aquí dos semanas, y ya quiero ir a otro lugar.

Grabación V

—La estática impide escuchar gran cosa al principio—

Un hombre ha sido internado hoy, recién cuando llegaba a mi turno. Gracias a Dios no estaba sola. Lo han puesto en la habitación 2. Decía estar quemándose, pero no da muestras de ninguna herida o quemadura. El doctor le ha dado un sedante. Llamamos a Diana y ésta dijo que esperemos a ver si al despertar se ha calmado.

Puede que suene como una cobarde, pero espero que no despierte mientras me encuentro sola. Algo en él no me gusta.

—La estática interrumpe la cinta por varios minutos—

Aquí estoy, de nuevo. Aún me pregunto por qué vine aquí. Ayer, tras terminar mi turno fui a la posada y caí rendida. Dormí durante horas, luego me levanté para comer algo y volví a dormir. Cuando desperté nuevamente ya faltaban sólo dos horas para volver a clínica.

Esto no es fácil.

Me encontraba preparando mi uniforme cuando escuché un ruido afuera. Por algún motivo las lámparas del alumbrado público son color rojo en algunas partes del pueblo. Eché un vistazo fuera de mi ventana, y vi allí a una mujer que caminaba encorvada. Llevaba a un niño de la mano y éste tenía puesta una máscara que me hizo recordar una fiesta de disfraces. Parecían caminar sin saber a dónde iban,

Grabación VI

—Tras varios minutos de estática, puede escucharse la risa de una niña, hasta que otro ruido la hace callar—
—Cuando Raquel habla, los demás sonidos se han ido—

El hombre que ha sido internado se encuentra muy mal. No ha vuelto a despertar desde que lo sedaron, pero su ritmo cardiaco se

acelera en ocasiones sin motivo aparente. A veces respira con dificultad, y otras esboza muecas de dolor intenso, aunque no se ve en él una sola marca.
    Sandra se hizo cargo de revisar si tenía alguna lesión interna que no hubiésemos notado. Pero no hay nada. Ni fracturas, ni sangrado interno.
    Creo que podría tener alguna especie de esquizofrenia.
    Anoche pasé el turno completo sin ningún incidente o novedad, además de los quejidos constantes del hombre. Quisiera ayudarlo, pero algo en él me hace temer que despierte.

    —la risa de la niña vuelve escucharse al fondo—

    Recomendaré que le trasladen a una clínica psiquiátrica. Creo recordar que el hospital central de Puerto Gris cuenta con un ala de psiquiatría.
    No veo la hora de terminar este año de internado.
    A veces recuerdo los días de mi adolescencia. No fue una época difícil como describe la mayoría. Creo que fue mi mejor época en muchos sentidos. Creo que la...

    —El golpe fuerte de algo cayendo al suelo la hace detenerse—
    —Hay silencio por varios momentos, y la cinta se corta—

Grabación VII

    No sé qué me está pasando últimamente. He tratado de dormir durante el día para estar fresca en la noche, pero me cuesta mucho conciliar el sueño. Justo ahora son las… 3:22 de la mañana, y siento que muero de cansancio. Ya debería haberme acostumbrado para ahora.

    La noche anterior escuché algo caer junto al escritorio de recepción. Sonó fuerte, tal como una vasija de metal sobre piso de concreto. Pero no pude encontrar qué había sido. Dios, busqué por horas sólo para estar tranquila, y nunca di con lo que quiera que haya caído al suelo.

    En los últimos días he escuchado al hombre de la habitación 2 quejarse con más insistencia. No ha despertado, y le hemos estado alimentando vía intravenosa. ¿Cómo es posible que siga durmiendo?

Grabación VIII

    La gente tenía razón. Este lugar me va gustando cada vez menos. No quisiera pasar más tiempo aquí, pero sigo diciéndome que no ha pasado nada fuera de lo ordinario; que valdrá la pena; que si vuelvo habré desperdiciado las semanas que ya llevo en este lugar.

    En ocasiones pienso en algo que me dijo mi mamá, antes de venir. Ella quería que fuera…

    —El sonido de un golpe en un muro se oye a lo lejos—
    —Por espacio de unos segundos Raquel guarda silencio—

    Creo que el hombre ha despertado. Dios, ¿qué hago?
    —Se le oye levantarse y caminar por el pasillo—

Espero que esté bien...

—Una puerta se abre—

"¿Hola? ¿Se encuentra bien?"

—Puede escucharse al paciente respirar con fuerza—

"¿Cómo se siente? Está usted en la clínica de Villarce. ¿Puede hablar?"
"¿En dónde... dónde dice que estoy?"
"En la clínica de Villarce. Trate de estar quieto, voy a traerle..."
"No, no se vaya, no me deje..."
"Tranquilo. Está bien. ¿Puede decirme su nombre?"

—El paciente comienza a llorar—

"Tranquilo. Ya pasó. Está a salvo aquí. Permítame..."
"¡¡No me toque!!"
"Tranquilo, estoy para ayudarlo..."

—Raquel contiene un grito. Algo se escucha caer al suelo—
—la respiración del hombre se agita aún más—

"Por favor, le pido que..."

—La voz del paciente suena más grave, como si la grabación se distorsionase—

"No hay lugar donde no puedan verte"
"Por favor, no haga esto..."
"Este pueblo está condenado..."

"No, no te me acerques"
"Creyeron que valdría la pena... no creyeron que el Infierno fuera real... pero lo es, el Infierno es este lugar"

—La enfermera Raquel suelta un grito que se apaga al instante—
—Se escuchan pasos alejarse—
—Hay varios minutos de silencio—
—Entre estática se escucha un llanto—

"No llores, Raquel. Aquí estoy contigo."

—La voz pertenece a una niña—

"Ya, ya, no llores. No vas a estar sola."

—El llanto de Raquel se acentúa—

Está en el Aire

El horror, que ha durado más de lo que puedo soportar, arrancó de mí todo rastro de alegría que una vez tuve en vida. Para todo aquél o aquellos que encuentren estos escritos, deberán saber que no miento. Incluso si he enloquecido, hay algo maligno en este pueblo, y hablaré de cuanto pueda en estas páginas antes de marcharme al Infierno, o a dondequiera que vayan las personas como yo.

Mi nombre es Lanna, y puedo oler la Muerte.

La primera vez que sentí su hedor, fue en mi madre. Tenía nueve años y me percaté de que algo en el ambiente cambiaba; la peste se concentraba de tal manera que era imposible que fuese yo la única capaz de percibirla.

Jamás olvidaré el regusto que produce.

—Mami, hueles raro. —le dije.

—Pero si acabo de bañarme, hija. ¿Cómo *raro*?

"Ácido", pensé entonces. Ésa fue la palabra que me vino a la mente a esa edad, y el Cielo sabe que intenté expresarlo como mejor pude.

Ahora soy vieja ya, pero pronto me habré ido y no quedará de mí más que el recuerdo de una mujer a la que han llamado monstruo, demonio, y bruja.

Mi madre murió dos semanas después de haber despedido aquel aroma, y por supuesto, no tenía yo idea de que pude haberlo visto venir.

Vivíamos en una casa de teja en las afueras de Villarce, y no éramos muy queridos por el resto del pueblo, pero sí puedo decir que había alguien menos popular que nosotros, y ésa era Ángela. Todos decían que era una bruja, pues vivía en uno de los montes dentro del bosque al que llaman el Corazón Roto, donde se sabe que no es prudente explorar. Nunca tuvimos contacto con ella, hasta cierto día, casi un año antes de que mi madre muriese.

Mi padre y yo volvíamos del mercado y la vimos, bajando por el sendero de tierra que guía a ese pozo apartado que dicen que está maldito. La mujer cargaba un cubo de agua, vestía harapos y un velo gris que le llegaba hasta la cintura.

—Deja de mirarle, Lanna —me advirtió mi padre, tomándome de la mano y apretando el paso monte arriba—, esa mujer es malvada y nada tiene qué ver con nosotros.

En mi inocencia, o ignorancia, tal vez, tomé aquello de la peor manera, y en lugar de mostrar temor o precaución hacia la mujer, sentí un desprecio que no había estado allí hasta hacía sólo unos segundos.

Cuando nuestro camino se cruzó con el de la mujer, que bajaba del monte con dificultad, le tiré una patada a su cubo de agua, tirándolo monte abajo.

Debo repetir a quien lea esto, que era una niña. Sabía lo que estaba haciendo, pero no tenía idea de lo que provocaría.

Y no hay instante de mi vida en que no lamente ese momento.

—¡Lanna! —exclamó mi padre, soltándome una bofetada—. ¿Por qué hiciste eso? Discúlpela, por favor —añadió, dirigiéndose a la mujer—, a mi hija no le gustan los extraños y... puedo traerle más agua, si gusta.

A esto respondió la mujer con un silencio, mirándome a través del velo que le ocultaba el rostro, y sin moverse.

—¡Fue un accidente! —dijo mi padre, al ver que ella no parecía aceptar disculpas. Me tomó de la mano nuevamente y seguimos subiendo por el monte, a casa.

Esa estúpida y cien veces maldita decisión infantil fue la causante de todas mis desgracias.

Debía faltar cerca de un mes para la muerte de mi madre cuando, cierta noche, salí de casa para buscar a Lobo, nuestro perro, que se había extraviado dos noches atrás. Y sabía que de noche le gustaba ladrarle a los cuervajos de las arboledas fuera de casa. Con la esperanza de encontrarlo, salí a hurtadillas al ocultarse el sol.

Mi madre escuchaba el radio, y mi padre volvería hasta el amanecer, pues trabajaba como velador en la clínica del pueblo, de suerte que no me fue difícil salir sin vista.

Aún recuerdo la niebla de esa noche. Parecía más espesa y más viva; tal como si fuese vapor dotado de consciencia, arremolinándose entre los árboles y las pocas casas que habían sido construidas en el monte.

Cargaba yo con una lámpara de aceite, que en mis días era de lo más común, y tomé el sendero que subía hacia el pozo, donde las aves solían agruparse más.

A penas me había acercado a los árboles, cuando me topé de frente con Ángela, cuyo nombre sabía sólo de oídas entre los vecinos. Llevaba los mismos harapos que el día en que tiré su cubo de agua, pero esta vez se había retirado el velo del rostro, y pude ver bien sus facciones.

—Niña —dijo, sin apenas mostrar expresión alguna—, te has metido con quien no debías.

El miedo fue tal que empecé a temblar, pero las piernas me fallaron, y no pude correr. Me quedé mirándola, recordando precisamente que mi padre me había advertido no hacerlo.

—Sin embargo, tienes agallas —me dijo, acercándose—. Eso lo admito. Y las agallas vienen con talento.

—...Lo siento. —fue cuanto conseguí pronunciar.

—Nunca lo sientas. Todo acto trae consecuencias, y toda consecuencia tiene su motivo escogido por seres superiores —entonces me tomó de la muñeca con fuerza—. Te daré un don que te acercará más ellos.

Es justo decir que traté de soltarme con todas mis fuerzas, de echar a correr o pedir ayuda, pero me fue inútil.

La mujer tomó mi rostro con su otra mano y se me acercó tanto que creí que iba a besarme, pero lo que hizo fue susurrar en mi oído una serie de palabras cuyo significado no entendí entonces.

El rostro de Ángela no estaba desfigurado como pensaba la mayoría de nuestros vecinos, ni tampoco tenía colmillos o lengua de serpiente, como algunos niños comentaban. La verdad es que su rostro distaba mucho de ser feo, pero su piel tenía una extraña textura pálida que asemejaba a la corteza de un árbol blanco, y sus ojos eran de color desigual.

Cuando por fin me soltó, esbozó una sonrisa.

—Puedes venir a aprender de mí cuando gustes.

Nunca les dije aquello a mis padres, pero poco después, percibí el olor de la Muerte en mi madre. Ya he dicho que falleció semanas después. Le dio un colapso nervioso mientras desayunábamos y no volvió a despertar.

Después de eso sólo quedamos mi padre y yo; pero no fue hasta tiempo después, cuando volví a sentir el mismo olor en otra persona, que caí en cuenta de dónde partía todo.

Su nombre era Fermín, y tenía once años. Me gustaba, y él lo sabía, aunque nunca hablamos al respecto. Su madre nos visitaba a menudo y me cuidaba cuando mi papá no estaba. Siempre tuve esperanzas de que no terminase nunca.

—¿Puedes sentir ese olor? —le pregunté una tarde, mientras jugábamos cerca de casa.

—¿Olor? ¿Cuál?

—Ése —insistí—, huele ácido, como el sudor, pero es diferente, es húmedo y muy fuerte.

Por supuesto, él no pudo percibir el aroma que despedía esa tarde, y aunque yo recordé haber olido el mismo hedor en mi madre antes de su muerte, no fui capaz de relacionarlo, hasta que encontraron el cuerpo de Fermín, varios días después. Se había ahogado en el estanque del pueblo.

Fue ése el día en que supe lo que me había hecho la mujer, y que todos cuantos creían que ella era una bruja o un demonio, estaban en lo cierto.

Debo decir que intenté utilizarlo para el bien. Quise advertir a la gente en quien percibía el hedor, maldito sea, de que algo estaba por ocurrir; pero nadie me creyó.

Al menos no al principio.

—Hueles a *eso* —dije una vez a la esposa del panadero, cuando era todavía una niña—, significa que morirás si no tienes cuidado.

—Pero ¿cómo se atreve su hija a insultarme de ese modo? —exclamó la mujer, dirigiéndose a mi padre, que, la verdad sea dicha, el pobre no sabía cómo lidiar conmigo.

Casi un mes después, el panadero encontró a su mujer con uno de los pescadores en su propia cama. Mató a los dos y al día siguiente fue llevado a prisión.

La gente cuenta que la policía lo encontró sentado al lado de los cadáveres mutilados en el lecho, contemplándolos como si fuesen una especie de obra de arte macabro.

Hay quienes piensan que hay algo maligno en este pueblo. Decenas se marchan, o desaparecen cada año. Las casas quedan abandonadas y poco después llega más gente para ocupar esos espacios, como si el mismo Villarce, maldito sea su nombre, buscase ocupar los lugares faltantes.

Puedo decirte, si has llegado hasta esta página, que en este pueblo habita verdaderamente algo maligno, algo hórrido y terrible, y está en todos los que vivimos aquí; como si alguien hubiese decidido que, sencillamente, al ser parte de este lugar estás, pues, condenado a sufrir de alguna forma.

Durante aquello que duró mi niñez traté de advertir a todos en quienes llegaba a percibir el hedor. Ese maldito, nauseabundo y pútrido ácido regusto a Muerte.

Al principio fui creída loca, y la poca o nula reputación decente que le quedaba a mi padre fue reemplazada con un desprecio latente. Pero cuando todos cayeron en cuenta de que mis advertencias se volvían realidad, de uno u otro modo, el rechazo se convirtió en repudio, y más tarde, en temor.

Nunca estuve segura de cuánto tiempo tardaba una persona en morir tras haber percibido el hedor en ella, pero sí deduje algo: mientras más pestilente era su regusto, más terrible era la muerte.

Vivía con el temor de que mi padre me temiese también; que un día dejase de quererme y se marchase. Pero siguió a mi lado durante unos años, al menos hasta el día en que el hedor llegó con él, una mañana al volver del trabajo.

No era demasiado fuerte, ni tampoco demasiado ácido. Simplemente estaba allí, con él, a dondequiera que fuese, incapaz de percibirlo.

Intenté ir con él a todas partes y cuidarlo de todo mal. Le rogaba por acompañarlo a trabajar, y aunque nunca me lo permitió, le esperaba cada día, antes del amanecer, con el desayuno hecho y el abrazo más largo del que era capaz.

Se marchó una mañana, después de desayunar. Se sentó en el sillón donde solía escuchar el radio con mi madre, sonrió, y solamente se quedó dormido.

Si hay algo por lo que en esta vida haya estado agradecida, es por eso. Al menos sé que mis padres se marcharon de este mundo sin haber pertenecido a la serie de violentas muertes que parecen regir las leyes naturales de este maldito lugar.

Éstas son las últimas páginas. Estoy por terminar pero todavía hay un par de cosas que necesito contar.

Apenas fallecido mi padre, sólo unos días después, tomé un cuchillo de cocina que escondí entre mis faldas, y fui al Corazón Roto, en busca de la casa de Ángela.

Decían algunos que la mujer vivía en una caverna cuyos alrededores habían sido sembrados con los cadáveres de los niños que alguna vez desaparecieron en Villarce.

Ya he dicho que este pueblo está maldito. Y cuando has vivido aquí tanto tiempo como yo te das cuenta de que la desaparición de niños es el pan de cada día, y morir bajo circunstancias extrañas es casi una muerte natural.

Al dar con el hogar de Ángela resultó ser sólo una casa. Derruida por el paso del tiempo; apolillada y nada más.

—¿Qué quieres tú aquí? —me preguntó al verme, pues de principio no me había reconocido.

—Me dijiste que podría aprender de ti cuando gustase. —respondí, con seriedad, mirándola a los ojos desiguales.

Tras observarme con detenimiento, esbozó un remedo de sonrisa irónica y me permitió pasar.

Ángela no era demasiado vieja, como muchos pensaban, pero aquel día la piel de su rostro, como corteza de árbol blanco, parecía más antigua que antes. Agrietada.

Me invitó a tomar una taza de un té rojizo del cual no probé un sorbo, y tras sentarnos a la mesa, y escrutarme con la mirada de aquellos ojos extraños, dijo:

—Haz lo que has venido a hacer.

Aunque asombrada por esto, debo admitir que estaba tranquila. Acababa de perder a mi padre y algo en mis nervios se había fracturado dentro de mí.

La apuñalé hasta que dejó de moverse. Gritó mucho, pero jamás intentó detenerme.

Desde que me miró al abrir la puerta supe que en realidad iba a matarla, ya que el hedor a Muerte que despedía era terriblemente fuerte y penetrante.

Estoy segura de que la sonrisa irónica que mostró al reconocerme fue por caer en cuenta de cómo iba a morir.

Supongo que sí existe un orden natural en las cosas.

Ese día volví al pueblo sin molestarme en ocultar mis ropas, empapadas de sangre seca. El olor me era indiferente.

Ya he olido cosas peores.

Algunas mujeres exclamaban maldiciones y daban gritos al verme, pero ya era repudiada de todas formas, y nadie me cerró el paso o intentó detenerme.

Poco después conseguí un trabajo en la misma clínica donde trabajó mi padre como velador, unos cuantos años antes de que se incendiase y fuese abandonada.

El lugar entero apestaba a muerte día y noche, y puedo decir que, tras el fallecimiento de mis padres, fue la época más tranquila que he tenido. El hedor solía ser tal que nunca podía percibir de quién provenía, y a lo poco, me duele un poco decirlo, empecé a acostumbrarme a él.

Los años pasaron, y también las muertes. He llegado a advertir a algunos cuantos en el pueblo cuando percibo la peste en ellos, pero con el tiempo he sabido que no hay nada que uno pueda hacer para impedirlo.

Ángela lo sabía, y es por eso que no intentó detenerme cuando fui a visitarla. Muchos me han llamado bruja en estos últimos años, y puedo decir que han acertado.

Desde el día en que la maté, mi mirada empezó a cambiar. No sé decir si el color de uno de mis ojos se oscureció, o fue el otro el que adquirió un tono más claro, pero sin duda mi piel se ha ido endureciendo, como la corteza de árbol.

A lo poco pude ver y oír cosas que antes no percibía; pronto vino a mi memoria lo que Ángela me susurró al oído cuando era una niña, antes incomprensible, y ahora tan claro.

"Recibe el don de Nilabal", fueron sus palabras. Aquel nombre es lo único que ha permanecido todavía oculto para mí. Pero jamás he querido averiguar quién es.

Ahora, para terminar con esto, he de decir que vivo sola, aislada y sin un alma que me haga compañía.

Ya soy vieja, y he decidido escribir estas líneas el día de hoy, porque esta mañana, al despertar, pude sentir el olor de la muerte otra vez. Al principio pensé que era alguien cerca de mi casa, e intenté encontrarlo, pero a lo poco caí en cuenta de que el aroma viene de mí misma.

No es un olor fuerte, ni ácido. Es apagado y sólo un poco rancio. Al menos por eso puedo estar tranquila.

Y ahora, mientras recuerdo a mis padres, y a cuantos intenté advertir, me pregunto cuánto tiempo me quedará.

La mujer equivocada

No había contado con la luz de la luna, pero le gustaban los retos. El asesino esperó paciente en el rincón formado por los callejones que se encontraban a un tiro de piedra de la Plaza Rota. Allí se congregaban algunos todavía los domingos; habían adquirido la costumbre de reunirse a orar desde que la iglesia quedase vacía y clausurada.

"...Silencio en ese lugar."

Había quienes decían que la campana en la torre sonaba por las madrugadas, cuando la niebla se hacía más espesa. Pero no todos podían oírla. Otros comentaban que habían visto la silueta de un hombre en la cima del campanario, allí de donde se lanzó el sacristán años atrás.

Los que antes hubieran sido la grey del fraile, que se había marchado tan pronto como llegó a Villarce, se dispusieron a marcharse. Allí, entre la gente, pudo verla a ella; radiante y hermosa como el día en que la escogió.

"...La próxima."

Tan pura. Tan delicada. Ella.

Con un suspiro dejó que el escalofrío nervioso que lo recorría arrancase de sus seriedades una sonrisa.

La noche prometía.

Espió por instantes mientras veía a la chica deambular por la plaza. Algunos compraban un bocado nocturno, mientras otros paseaban. Había algunos niños jugando, mas no lejos de la vista de sus padres.

Ella pareció dejar que sus pasos la guiaran por el empedrado hacia la Calle Mayor, y el asesino le siguió a una prudente distancia, mientras sentía en el pecho vibrar un ansia por la sangre que sólo él podía comprender.

"¿Cómo si no comprendería alguien más?"

No era aún muy tarde, y la concurrencia en la plaza tardaría en disiparse al menos una hora más. Llevó sus pasos por la rambla, aunque manteniéndose lejos de la plaza, aguardando a que su víctima optase por una calle menos transitada.

Ya hacía tiempo que mataba, y su trabajo no había pasado inadvertido por la gente de Villarce. Sabía que le habían llamado el Poeta, pues las notas que dejaba junto a los cuerpos eran su marca personal. Y las palabras que dedicaba a cada una de sus víctimas eran escogidas no al azar, sino con la fina antelación y elocuencia que merecían.

La chica se detuvo unos pasos allá delante, junto a una anciana que vendía rosas en un cruce. Compró una, igual que cada domingo, y siguió su marcha por la calle hacia el camposanto del pueblo.

"...Una chica de rutinas."

Adoraba eso.

Llevaba un mes entero observándola, y cada último día de semana hacía exactamente lo mismo. Usaba un hueco en la verja del cementerio para entrar a hurtadillas, deambulaba un rato, y se arrodillaba ante una tumba al azar para luego dejar allí la rosa.

Quizá, se dijo, lloraba a cuantos perdían esporádicamente la vida en el pueblo. No era un secreto que cada cuando alguien desapareciese o relatase alguna experiencia extraña. Pero así eran los pueblos viejos, llenos de leyendas; y Villarce no estaba exento de ellas.

Lo único que desconocía el asesino era el rumbo que la chica tomaría una vez dentro del camposanto, pero poco afectaba eso la noche. No importando la tumba que la chica escogiese, sería justo allí donde la encontrarían, muerta al día siguiente.

La víctima, inconsciente de todo peligro, avanzó unos pasos más y torció en la calle del Trino, que bajaba hacia el punto donde la mayoría de las casas se hallaban construidas en piedra. De allí seguiría el estrecho camino que se abría entre arboledas, bordeando el camposanto, en búsqueda del hueco en la verja de hierro.

Ya se separaba de la concurrencia. A medida que la seguía en silencio, podía sentir que las palabras iban brotando de su mente, como tinta que se derramase bajo un cielo cenizo y de piedra. Éste sería un buen poema.

Sin perderla de vista, fue trazando en su mente las primeras palabras del poema, que debía ser perfecto antes de plasmarlo en el retazo de papel.

Silente sigo tus pasos
sobre calles de vapor,
hechizado sueño el aroma
de la piel que poseeré.

Sus sentidos iban cayendo a merced de la inspiración con cada palabra, dejándose ser presa de agradables cosquilleos que le iban llenando las entrañas.

El empedrado seguía a lo largo, y sus pasos eran tan silenciosos como quien se mueve con el ritmo de la experiencia.

Sonrió. Adoraba verla caminar, aunque fuera ésta la última vez. Su respiración comenzó a hacerse más fuerte.

"...Cada paso nos acerca más."

Estaba a punto de caminar con mayor rapidez, cuando una pareja joven se le plantó enfrente, saliendo del cruce entre dos casas de piedra.

—¡Oficial Alméyra! —le saludó la mujer, sorprendida de encontrárselo de frente—. Creí que la policía no se acercaba al pueblo después de anochecer.

—Es bueno verle por aquí. —añadió el hombre.

Sin el menor reparo o preocupación, el asesino esbozó una sonrisa perfecta y natural, y dijo:

—Ya me conocen, no estoy contento si no hago mi trabajo.

La pareja rio.

—Es usted un buen hombre, oficial —dijo él—. Es bueno saber que le tenemos en el pueblo, ya sabe, cuidándonos las espaldas.

Éste se encogió de hombros.

—Uno hace lo que puede —sonrió, y añadió:—. Vayan a casa con cuidado, son días peligrosos para andarse sin precaución.

Ambos le agradecieron, y siguieron su camino hacia la Plaza Rota. Pero el asesino les siguió con la mirada un instante, sin borrar de su máscara la sonrisa.

"...Ah, la ignorancia."

Se volvió sin preocupaciones hacia el frente una vez más. Su víctima aún estaba al alcance de la vista.

Sonrió de nuevo, esta vez con el rostro de asesino. Le habían visto. Su coartada no tendría el menor sentido ya si la chica moría esa noche.

"A menos que..."

El cuerpo estaría en el camposanto, pero podía esconderlo para que tardara más en ser hallado. Ya lo había hecho antes. Un día más en aparecer; con eso bastaba.

Apretó el paso. Su víctima había doblado ya en el camino de tierra que iba serpeando entre árboles antiguos que se alzaban a la par de la verja del cementerio.

Tuvo que andar más a prisa de lo que le gustaba, pero esto no hacía sino aumentar la emoción de la noche.

Dobló en el mismo camino. La abertura en la verja se hallaba a menos de un tiro de piedra de allí, pero la chica ya no estaba al alcance de su vista.

"No importa."

Conocía bien el terreno, y su víctima siempre optaba por la parte sur del camposanto, donde se hallaban las tumbas más nuevas. Sólo hacía falta ir rápido y en silencio para darle alcance. Además, el lugar era perfecto. Había entrado a la boca del lobo por su propio pie. De fallar y perderla tendría que esperar una semana entera para tener otra oportunidad.

Cuidó sus pasos. Lo más importante era permanecer fuera de su vista, pues sólo podía dejarse ver cuando ya no había marcha atrás.

"Vamos."

Dejó que la luz de luna iluminara el camino que mejor creyó, y tomó un camino entre un grupo de abedules torcidos. Bajó una loma tapizada de lápidas de piedra, y avistó una figura a sólo unos metros de allí, entre los matorrales.

"Allí estás." Se movió con cuidado. No quería delatarse aún. Volvió a sonreír.

La chica miraba la luna de soslayo, en lugar de ir directo hacia una tumba, como solía hacer siempre. Casi como si le estuviese esperando.

La distancia se acorta.
Tu aliento me guía,
entre árboles torcidos

te he de encontrar.

"Sólo estamos tú, yo, y los cadáveres."

Aguardó a que ésta decidiera guiar sus pasos cementerio adentro, y entonces volvió a seguirla, esta vez dejando cada vez menos distancia entre ambos.

Los árboles se alzaban como centinelas dormidos entre las lápidas silenciosas, y de cuando en cuando unas nubes cómplices oscurecían el entorno.

Había que tener cuidado, pero se permitió moverse con mayor soltura.

El momento estaba cerca. Sólo necesitaba verla detenerse ante una lápida para hincarse. Ése sería el momento.

La víctima se movió hasta un punto en que los matorrales formaban una cinta de espesura y ramas profusas. Y allí, escogiendo una lápida que lucía reciente, cayó de rodillas.

Oculto tras un roble torcido, el asesino deslizó su mano bajo la chaqueta, donde llevaba oculto el cuchillo limpio e impoluto con el que había arrancado tantas vidas. Sonrió, pues, mientras llegaban a su cabeza las últimas líneas del poema:

La luna no sonríe,
se oculta para no ver.
Hoy tu cuerpo diezmaré,
y entre tumbas permanecerá.

Ya sin preocuparse de permanecer en su escondite, dio un paso adelante, contemplando cuan bella era la mujer, de rodillas ante la tumba, y sollozando.

Adelanto un paso más. Desde allí pudo ver una parte de su rostro. En la mejilla tenía unos arañazos. Ya había prestado atención a ellos. No podía decir que le gustasen, pero pronto habría más heridas en su cuerpo.

El poeta caminó de frente a su víctima, cuchillo en mano, listo y lleno de un éxtasis que le embargaba por dentro hasta que...

Se detuvo en seco, perplejo. La mujer no sollozaba, como había creído, sino que reía.

¿Por qué se reía?

Alzó el cuchillo en su mano, preparado, pese a aquella sorpresa, para cumplir su tarea. Pero entonces le vio señalar la lápida.

Allí, grabado sobre la piedra en sendas letras recientes, se leía: ÁNGEL ALMÉYRA.

Con la sangre helándose en su pecho, se encontró titubeando ante la mujer, cuya risa se iba acentuando en tono y volumen, agravándose hasta asemejar la de una criatura que debía poseer un tamaño descomunal.

La mujer giró el rostro en su dirección, y sus miradas se encontraron por primera vez.

Algo había en aquellos ojos que le llenó de un temor imposible; un miedo que le obligó a sentirse como un niño indefenso.

El cuchillo cayó al suelo.

El asesino dio un paso atrás, musitando una plegaria que le sonó burlesca. Y para cuando la prudencia le ordenó alejarse, éste giró sobre sus pasos sólo para que su pie se enredase con una raíz sujeta al suelo. O eso creyó.

Cayó por tierra antes de entender del todo qué sucedía. Una raíz, dura como piedra, le afianzó por el cuello y le hizo chocar de bruces al suelo.

Con la boca llena de tierra dio un grito que sonó ridículo a la par de las risas de la mujer. Luchó por ponerse en pie, mientras cada raíz a su alrededor le aferraba una extremidad, como crueles manos que estuviesen dotadas de consciencia, vida y odio.

En un instante se vio sometido e inmovilizado al suelo con una fuerza tal que le hizo sentir terriblemente y frágil.

Se supo indefenso y desvalido. Se supo inerme y solo.

"No así... —rogó desde sus adentros—. Por piedad, así no."

Siguió luchando por moverse, pero más brazos vivos salieron a su encuentro desde la negrura, aferrándole, lacerantes, sin darle oportunidad a huir.

El Poeta abrió la boca para maldecir a viva voz, pero las raíces entraron también en su garganta.

Se sintió ser asfixiado mientras aquellas aberraciones le llenaban por dentro. Los terribles brazos que le retenían cada extremidad le afianzaban con semejante fuerza a la tierra, que sintió que empezaba a hundirse en ésta.

Y así fue.

Dio un grito frenético que no consiguió escucharse bajo la tierra. La risa de la mujer se fue apagando mientras se hundía más y más.

Pronto todo se llenó de un terrible silencio, interrumpido solamente por los sordos gemidos dementes que todavía era capaz de emitir.

Y allí se quedó. Sepultado e inmóvil. Sin ser capaz de mover un músculo; sólo entendiendo poco más que el pánico de encontrarse allí.

Abandonado.

Solo.

Esperando a morir de locura.

Lo que duerme en el Bosque

Todo fue idea de Rojo, como era costumbre. El chico, cuyos cabellos eran iguales a una llamarada rebelde, retó a los demás a adentrarse en el Corazón Roto, donde se decía que vivían las brujas.

Todos se acobardaron, por supuesto, pero André y Emil eran sus amigos, y no podían echarse para atrás, o al menos eso fue lo que pensaron cuando accedieron a seguirlo.

"¿En qué estaba pensando? —se reprendía André por quinta vez, camino a la plazoleta—. Como me pase algo le dará un ataque a Mamá."

Ya estaba allí Emil, encorvado como siempre, pero con una expresión distinta en el rostro.

"Tiene miedo —comprendió André—. Y claro que debería tenerlo."

—¿En dónde está? —le preguntó al verlo solo.
—Ni idea.
—Tal vez no va a venir —comentó, esperanzado—, quizá todo fue una broma, o una prueba para ver si le apoyábamos.

—...O tal vez quise llegar casualmente tarde —dijo la voz de Rojo a sus espaldas—, ¿pensaban acobardarse?

—Aquí estamos ¿o no? —André advirtió el pequeño bate de madera que éste llevaba en una mano—. ¿Para qué es eso?

—¿Para qué crees? Para matar a lo que se nos cruce en el camino —lanzó un golpe, abanicando el aire con fuerza—. Era de mi papá.

Los dos guardaron silencio. Todos sabían que el padre de Rojo había desaparecido un día. El carpintero Garrido fue a buscar agua al pozo que se hallaba más cerca del Corazón Roto, y jamás había vuelto. Hubo quien dijo escuchar ruidos naciendo de dentro del agujero de piedra, pero nadie había vuelto a sacar agua de allí. La madre del chico prefería pensar que el hombre se había escapado con alguna de sus queridas.

A unos pasos de donde estaban, vieron pasar a Ron el Manco. El cantinero les dedicó una mirada de sospecha, pero lo ignoraron.

—Nos vamos, pues. —anunció el niño líder, y partieron.

Más de uno les miró camino al bosque, pues nadie se acercaba a esos árboles a no ser que allí viviese, y aquellos desafortunados eran pocos y bien conocidos en Villarce. Tomaron el camino de tierra que les guiaba directamente hacia el sur del pueblo, donde hacía no mucho unos niños habían encontrado un cadáver. Allí iniciaron el ascenso por el monte cubierto de hierbajos.

—¿Cuánto tiempo nos quedaremos? —preguntó Emil, que golpeaba los abrojos con una rama que había recogido.

—El que haga falta —dijo Rojo—, al menos para demostrar que estuvimos allí, ¿quieren que el resto piense que somos unos cobardes?

Ambos sacudieron la cabeza.

Resultaba extraño que a medida que se acercaban al Corazón el silencio cobraba más fuerza. Villarce se caracterizaba por ser un pueblo silencioso, y uno esperaría en el bosque mil sonidos, pero todo fue callando gradualmente. Los árboles se alzaron a su encuentro como si les diesen la bienvenida, y allá entre la oscuridad natural que formaban se escuchó a un cuervajo graznar.

"Casi parece una advertencia", pensó André, sintiendo un escalofrío.

Las copas de los sauces eran tan espesas y tan altas, que los únicos indicios de luz eran aquellos rayos de sol que se atrevían a filtrarse entre las hojas, dando al lugar una atmósfera de sombra verduzca. Los más grandes árboles eran tan anchos que casi podrían construirse casas dentro, y sus cortezas iban revestidas de un musgo afelpado.

—Creo que esto no está tan mal. —comentó Emil, aunque André le veía mantenerse a una prudente distancia de todo pino, roble y abeto.

—Es sólo un bosque. —Rojo lanzó otro golpe al aire con el bate.

"Sí, sólo un bosque."

Deambularon entre los viejos árboles durante casi una hora, subiendo y bajando montecillos, trepando a rocas enormes y pateando la tierra. Pero siempre rodeados de silencio.

Seguían en todo momento hacia el sur para saber qué camino tomar de vuelta, y a André se le ocurrió marcar los árboles cada treinta pasos.

—¿De dónde la sacaste? —preguntó Rojo, señalando la navaja con la que éste hacía otra sencilla muesca en la corteza de un abedul.

—La encontré un día, cerca de la autopista —respondió, alzándola para que ambos la vieran—. Tiene unas iniciales, pero no se leen bien.

—No vamos a encontrar nada —soltó Emil, tirando un puntapié a un tronco podrido que yacía derribado sobre la tierra—. Hay que irnos.

—No nos vamos hasta que hayamos encontrado algo qué mostrar a los demás. —dictaminó Rojo, desafiante.

— ¿Y qué planeas llevar —inquirió André—, excremento de ardilla? Aquí no hay nada excepto silencio.

Hubo una pausa. Los tres parecieron considerar el regreso, pero fue que escucharon el potente graznido de un ave, lejos de allí, pero tan fuerte que parecía estar justo encima de ellos.

—¿Qué fue eso? —preguntó Emil—. ¿Otro cuervo?

—Algo más grande. —dijo Rojo.

—Un buitre —terció André, que los había oído antes—. Uno grande.

—¿Hay buitres en el Corazón? —Emil miraba boquiabierto al cielo, o a aquello que las inmensas copas de los árboles le permitían avistar.

—¿Y qué sabrás tú? —le preguntó Rojo.

—Sólo lo que mi abuelo me contaba —dijo—. Solía hablar sobre el Corazón Roto antes de los *Días Grises* y la Revolución. Decía que este bosque estaba lleno de brujas y buitres, y había un buitre por cada una de ellas. Se dedicaban a secuestrar niños, hechizándolos con canciones para atraerlos a sus guaridas y allí les drenaban la sangre.

—¿Por qué hacían eso? —preguntó Emil, con los ojos bien abiertos.

—Fertilizante, regaban la tierra con ella pues los árboles eran sus padres, y el bosque su dios, o algo así.

—¿Y qué hacían con los cuerpos?

—Mi abuelo siempre decía algo distinto —repuso—. Se hacían cayados con los huesos y capas con las pieles, y usaban la carne para alimentar a sus cuervajos.

Se hizo otro silencio. André cayó en cuenta de que a Emil le temblaban las manos, pero casi al instante Rojo soltó una carcajada.

—Así es —dijo—, y les cortaban las pelotas para jugar al ping pong.

Emil se llevó las manos a la entrepierna, con los ojos como platos.

—No que yo sepa —dijo André—, pero mi abuelo las vio a ellas y a las *norias*.

Rojo volvió a reír, esta vez con más fuerza.

—Las *norias* no existen, son otro invento para dormir a los niños idiotas igual que la *Huesa*.

Entonces Emil bajó la mirada. No le gustaba que mencionaran ese nombre; todos sabían que su hermanito había sufrido muerte de cuna, aunque muchos decían que la *Huesa* se lo había llevado.

—A callar, ya —soltó André—, no vamos a hallar nada que valga la pena aquí, sería mejor irnos.

—¿Y volver como cobardes? —inquirió Rojo, tirando un golpe con el pequeño bate al árbol caído—. ¿Cómo esperas si no que demostremos que estuvimos aquí?

—Es nuestra palabra contra la de ellos, y si alguien lo duda, que venga, pues, a ver las marcas que hice con la navaja. Mostrarán hasta donde llegamos y será una especie de reto.

—Sí, sí, es un buen plan —asintió Emil con energía—. Vámonos antes que oscurezca.

—Anden si gustan, gallinas —dijo Rojo—, yo pienso llevar pruebas reales y no cuentos.

André le puso una mano en el hombro.

—Si en verdad crees que hay algo digno de llevar como prueba, significa que hay algo real de lo que se cuenta en este bosque.

Pero el chico pelirrojo no se tragó la advertencia, y siguió caminando. Al ver que se separaban, Emil soltó un gemido.

—Detenlo. —pidió a André.

Pero éste se limitó a decirle:

—No te olvides de seguir las marcas en los árboles, los surcos indican hacia dónde caminar cada treinta o cuarenta pasos.

Rojo alzó una mano como respuesta, mientras caminaba, con el bate descansando sobre su hombro, y el paso decidido.

—No podemos dejarlo ir —soltó Emil—. ¿Te das cuenta de que podría perderse? ¿Y si no vuelve?

—Hay que ser idiota para no saber seguir mis marcas —dijo André, emprendiendo el camino de vuelta—. Además, es Rojo, ¿has conseguido persuadirlo alguna vez de algo?

Su amigo sacudió la cabeza.

No supo André si su amigo pensó lo mismo, pero él recordó cómo Rojo había pateado a la autopista el balón de trapo del pequeño Ronni, que tan feliz se había puesto cuando lo invitaron a jugar con ellos.

Nadie lo había visto después de eso, aunque rumores tan pérfidos como macabros rondaban en torno a la-mujer-que-llora.

"Lo que sea que le pasara —se dijo—, somos tan culpables como él."

Siguieron la marcha de vuelta al pueblo en silencio. André iba fijándose en los troncos señalados, y de cuando en cuando dejaba una nueva marca para Rojo, cuando consideraba que podía serle útil.

Pero pronto se vieron andando entre un grupo de árboles que parecían más altos y esbeltos, sobre una tierra que se veía más oscura.

—¿Qué pasa? —preguntó Emil.

—No recuerdo haber pasado por aquí. —musitó.

—¿Cómo? ¡Pero si estamos siguiendo tus marcas! Las mismas que hay que ser idiota para no saber cómo seguir.

—Silencio —ordenó—, ahí está una de ellas. Sin embargo no me parece haber visto esta parte del bosque antes, al entrar.

—Quizá no le prestaste atención, sólo sigamos el mismo rumbo.

André quiso confiar en su instinto, pero supo que lo más probable era que le hubiese fallado.

Terminó asintiendo y ambos continuaron el camino; pero más adelante volvió a desorientarse.

—Espera... —dijo, palpando las muescas sobre el tronco—, aquí hay una de mis marcas, pero allá alcanzo a ver otras dos.

—Yo pensé que las dejabas cada treinta pasos.

—Así lo hice. —articuló, sintiendo que se le revolvían las entrañas.

Se volvió hacia otra dirección. Allá a lo lejos vio otros tres árboles marcados del mismo modo.

"No es verdad..."

Avanzó aprisa hacia donde había visto la última marca que le parecía más familiar, intentando orientarse con el sol, aunque en esa negrura natural era casi imposible. La atmósfera a su alrededor iba tornándose de un extraño color gris, y el silencio, si es que eso era posible, se acentuaba, haciendo sonar sus pasos con más fuerza.

—Eh, espera. —le decía Emil, pisándole los talones.

André empezó a desesperarse. Todas las marcas le parecían iguales, y cada vez que creía encontrar una que le era más familiar, estaba ésta cerca de otros cuatro o cinco árboles señalados.

Alguien intentaba perderlos.

Caviló en principio que pudiera tratarse de Rojo, gastándoles una broma y partiéndose de risa a lo lejos. Pero no era posible haber hecho todas esas marcas en tan poco tiempo; mucho menos a tal distancia del lugar donde se habían separado.

Pronto llegó la tarde, y consigo el ocaso. Las tripas les rugían y cayeron en cuenta de que ninguno había llevado nada para comer. Cuando André echó un vistazo en redondo, notó que todos y cada uno de los árboles a su alrededor tenían marcas iguales a las que él había hecho, como parte de una burla macabra.

Desesperados echaron a correr, buscando dar con cualquier punto desde el cual ubicarse. Pero el silencio y la oscuridad se iban mezclando para deformar el bosque en un lugar muy diferente, y al cabo de poco se detuvieron, cayendo exhaustos al suelo y resoplando.

—...Estamos perdidos —dijo Emil con horror, ahogando la voz y repitiendo—. Estamos perdidos... estamos perdidos... perdidos...

—Cállate, vamos a estar bien —le aseguró—. Los demás saben que vinimos aquí. Habrá alguien que nos busque, ya verás.

No creyó ni en la mitad de sus propias palabras. Su madre debería estar enloqueciendo justo ahora.

Decidieron seguir avanzando, aunque ya no eran capaces de correr. Su alrededor comenzó a llenarse de sonidos extraños que parecían pisadas ligeras y susurros. Y entonces llegó la niebla.

—No te separes —le dijo a Emil, que miraba en todas direcciones de modo frenético—. Tenemos que dar con un lugar que sea fácil de hallar.

Pero el camino siguió más de lo que hubieran esperado, bajando en escarpadas pendientes, y sólo la luna llegó a iluminar un poco de cuanto había a su alrededor: árboles y árboles cubiertos de arriba abajo con marcas falsas y burlescas, rodeándolos y separándose más entre sí a medida que avanzaban.

No supieron cuánto pasó. Todo se tornaba más gris, de suerte que el entorno parecía salido de un cuento de horror; pero pronto Emil avistó algo.

—¡Eh, mira allí! —dijo, señalando adelante—. Se ve una luz.

André, que no gozaba de tan buena vista, tuvo que entornar la mirada para distinguir la lucecilla que se dibujaba tenue entre la neblina, a un tiro de piedra delante de ellos.

—La veo. Andando.

—¿Crees que sea una casa? —preguntó su amigo, esperanzado.

—Eso creo... aunque... —se interrumpió. Aguzó la mirada cuanto pudo. La luz titilaba a lo lejos, pero parecía moverse, oscilando como si fuese una linterna en las manos de alguien.

—No es una casa —dijo en voz baja—, es una persona... lleva una lámpara consigo.

—Da igual, nos salvamos —repuso Emil—, quienquiera que sea sabrá cómo salir de aquí. Tal vez tenga comida.

Aquella última opción hizo nacer en André una sonrisa, pero algo le impidió acercarse. Emil levantó los brazos para hacer una seña a la persona, pero éste le sujetó al instante.

—¿Qué estás hacien...?

—¡Shhh! —soltó, y se acuclilló, tirándole de la chaqueta para que se agachase también—. Hay que esperar a que se acerque, veremos cómo es y entonces le pediremos ayuda.

Emil pareció tomar aquello como la idea más ridícula del mundo en un principio, pero luego de mirarle a los ojos coincidió con él.

La figura que se movía en la niebla no caminaba hacia ellos, sino que deambulaba en una dirección y luego en otra, como buscando algo.

"Espero que quienquiera que sea no esté tan perdido como nosotros." En aquello pensaba, mientras volvía a cavilar que se tratase de Rojo, quien al menos tendría consigo una linterna. Seguramente se había perdido también y ahora estarían por encontrarse.

Se acercaron en silencio, pisando con cuidado para hacer el menor ruido posible. Fueron moviéndose entre los árboles hasta que tuvieron una buena idea de cómo lucía aquella figura. Iba encorvada, dando pasos cortos como si arrastrase una pierna, y un brazo erguido hacia el frente para sostener la lámpara, cuya luz era demasiado tenue para ser una linterna ordinaria, y demasiado fuerte para una simple vela.

Desde donde podían avistarla, resolvieron que se trataba de una mujer, y decidieron aproximarse, hasta que ésta dirigió la luz de la lámpara hacia donde estaban, y se movió en esa dirección.

Sin pensarlo se echaron tras un grupo de árboles. La figura se movió con paso lento pero resuelto hacia ellos, sacudiendo en su mano la lámpara y haciendo oscilar la luz. Fue sólo cuando ésta se acercó unos pasos más, que pudieron observarla en verdad.

La piel de la mujer era pálida, con cabello negro igual a sombras; vestía largas telas y tejidos que la envolvían casi por completo, y llevaba en el rostro una expresión absorta, agitando la lámpara en su mano.

André la vio detenerse a unos pasos de donde estaban, y se aventuró a espiar por un costado del árbol que los ocultaba. Apenas prestó atención suficiente, estuvo a punto de lanzar un grito. Su corazón de aceleró de golpe.

La figura sostenía por los cabellos una cabeza humana de cuya boca, nariz y cuencas vacías salían haces de luz, como si dentro llevase una vela de mecha enorme. El rostro permanecía fijo en una eterna mueca de agonía, y la melena pelirroja iba enrollada varias veces en la muñeca de la mujer, o lo que aquello fuese.

André quiso vomitar, quiso gritar y salir corriendo, pero se obligó a taparse la boca y se ocultó de nuevo. En el pecho sentía a su corazón latir con tanta fuerza que temió que la mujer pudiese escucharlo.

Sobre la tierra vio a la luz moverse en diferentes direcciones.

"¿Dónde están? —dijo una voz dentro de su cabeza, tan fuerte y tan clara como si les hablase al oído—. *Tengo a su amigo. Chilló durante horas antes de dejar de moverse."*

Emil soltó un gemido, y André pudo ver a la luz de la lámpara fijarse sobre el árbol que los ocultaba.

Era todo, estaban perdidos.

"Ahí están —dijo la voz en su cabeza—, *no tiene sentido esconderse."*

Sin más, como poseído, Emil se levantó y salió al encuentro de la mujer, que soltó una exclamación al verlo.

—Aquí estamos... —pronunció Emil.

"¡¡Idiota!!"

La mujer soltó una risa. André se puso en pie en el acto y echó a correr en dirección opuesta. Le pareció escuchar un grito a sus espaldas, y en la oscuridad que lo rodeaba, sin ver bien a dónde se dirigía, estuvo a punto de estrellarse contra un árbol, pero siguió moviéndose tan rápido como le permitieron las piernas.

Soltó un gemido de horror involuntario mientras corría, viendo todavía en su mente la cabeza de Rojo en un grito silencioso. Casi podía escuchar a la gente del pueblo, interrogándole por sus dos amigos. ¿Qué iba a decir? ¿Que no querían quedar como cobardes?

"¡Idiota! ¡Idiota! ¡Y cien veces idiota!"

La niebla se concentraba como si fuese un muro de negrura, y lo único que podía ver eran contornos de árboles torcidos naciendo entre sombras que se alzaban a su alrededor.

De repente el camino empezó a descender, y se encontró bajando a la carrera. Trató de frenarse pero su pie se atascó en lo que creyó una raíz y sintió al suelo alzarse para encontrarlo. El golpe en la cara fue sólo el comienzo de su caída, rodando y precipitándose sobre piedras hasta que chocó de frente con un árbol joven que lo detuvo en seco.

Escupió sangre entre toses, sintiendo que le reventaba el estómago debido al golpe, pero sólo quedarse tendido allí le llenó de terror. Como pudo se afianzó al árbol mismo que le había frenado de seguir cayendo, y se inclinó de espaldas para descender con menos torpeza.

Allá abajo, la luna iluminaba un valle donde el descenso terminaba, y los árboles se mantenían a una respetuosa distancia, abriéndose en un claro cubierto de hojarasca. Al centro había una vivienda hecha con troncos y piezas de madera cortada de un modo casi primitivo, y de una chimenea cónica de piedra se elevaba una columna de humo; mas la única luz que se veía dentro era la misma que insinuaba el fuego de la chimenea.

André se agazapó entre el resguardo que brindaban los árboles muertos y la ladera del monte. Jadeaba al punto de sentir que iba a desmayarse. La imagen de la cabeza de Rojo, y pensar que Emil estaba ahora con esa mujer le hicieron marearse nuevamente.

Pensó por momentos permanecer allí, y aguardar hasta el amanecer, pero a lo poco volvió a escuchar ruidos cerca de él, arriba de la pendiente por la que había caído.

Eran pasos, y se acercaban con rapidez.

Se puso en pie al momento y echó a correr hacia el claro. Sin saber bien a dónde dirigirse, fue hacia la casa y empujó la puerta, que chilló al abrirse y le dejó paso dentro.

Se volvió a cerrar la puerta y echó el cerrojo, quedando una vez más en silencio, sólo interrumpido por su respiración frenética. Al darse la vuelta comprobó que, en efecto, la única luz en la pequeña vivienda provenía de la chimenea, donde los leños ardientes dejaban escapar esquirlas que flotaban como pétalos de fuego.

Del techo colgaban ristros de hierbas, plumas, y extrañas figuras hechas con cuerda y ramas de árbol. Sin caer en cuenta de dónde se había metido, dirigió su atención a una esquina de la estancia, donde en un caballete de madera descansaba la pintura de un violinista. Sin embargo, tanto el cuadro como su soporte flotaban suspendidos a varios palmos del suelo, sosteniéndose en el aire a la par de botellas de cristal, libros y otros objetos; tal como si la gravedad fuese una mentira en ese rincón de la estancia.

Como presa de algún conjuro, André avanzó hacia el recodo de la vivienda, hechizado bajo la visión del cuadro flotante, caminando entre los muebles viejos que olían a humedad y secretos.

El hombre en la pintura llevaba andrajosas prendas que en otros tiempos habrían sido elegantes; el viejo violín que tocaba lucía podrido y apolillado, y en su rostro blanco ensanchaba una sonrisa que parecía esconder un secreto que por dentro lo partía de risa.

Una vez se halló ante la pintura flotante, su vista se clavó en los ojos del violinista, que le observaron con fijeza, provocándole la sensación de estar tan vivo como él.

No. Aquel hombre en la pintura estaba aún más vivo, y el chico no pudo apartar la mirada, hasta que oyó un breve susurro cerca de él.

Al volverse vio lo que parecía la entrada a otra habitación de la vivienda. No tenía puerta alguna, pero estaba cubierta a medias por varias tablas de madera que impedían su acceso, dejando éstas alargados huecos de negrura entre sí.

¿Había venido de allí el susurro?

Se acercó para ver si conseguía mirar qué había al otro lado, espiando entre los agujeros rectangulares que dejaban las tablas.

No había nada allí. O eso creyó.

Una mano le aferró la muñeca desde el interior de la habitación, obligándole a soltar un gemido de horror. Al otro lado de las tablas que cubrían a medias el umbral, se vio a sí mismo, pálido y sonriendo, con los ojos bien abiertos y observándolo fijamente.

André gritó con más fuerza, sacudiendo la mano para liberarse, y viendo cómo su otro yo se sacudía a la par, a través de las tablas, sin apartar de él su mirada o la enferma sonrisa que esbozaba.

Se tiró al suelo, apoyando los pies en las tablas para liberarse del agarre de aquella cosa, pero ésta sacó la otra mano de entre las maderas y le aferró una pierna también. Se sacudió, intentando zafarse, pero la criatura idéntica a él fue tirando con más fuerza, acercándolo hacia la habitación.

Ya había conseguido meter su pierna, y con una fuerza extraordinaria le levantó de la muñeca para aferrarlo contra las tablas.

André tiró de su propio cuerpo cuanto fue capaz, hasta que la mano que tenía libre aferró algo en el suelo. Lo asió y golpeó el brazo con que la criatura seguía aferrándolo. Lo abatió una y otra vez, sin que su horrible doble diera muestras de dolor, sonriendo, siempre sonriendo.

Al final logró liberarse, y la criatura desapareció nuevamente en la oscuridad más allá de las tablas de madera.

Dando un gemido de horror enloquecido, se puso de pie como pudo, aferrando en sus manos el pequeño bate de madera que Rojo había llevado ese día. Quitó el cerrojo de la puerta y echó a correr fuera, regresando a la oscuridad que tanto había temido entre los árboles hacía unos momentos, y que tan segura parecía ahora.

Apenas se halló entre un grupo de pinos torcidos se echó al suelo, abrazándose las rodillas y sintiendo a las lágrimas surcarle el rostro.

Se quedó allí tendido, temblando de miedo con violencia. Se abofeteó el rostro una vez, y otra, y otra más, tratando de despertar de aquella pesadilla, hundiendo el rostro entre las piernas y dándose un bofetón nuevamente.

No fue hasta que escuchó el horrible graznido que se convenció de que estaba despierto.

La luna proyectó sobre el claro una amplia sombra alada, que chillaba como si se tratase del canto de alguna deidad macabra. André se agazapó cuanto pudo, y vio allí al terrible buitre, que más allá de las copas de los árboles descendía en círculos hacia el espacio que cedía el bosque.

El ave extendió las alas para planear, y la luz pálida de la luna arrancó destellos plateados de su plumaje color noche. Una vez sus patas tocaron el suelo, volvió a elevar un graznido que sonó casi humano, y empezó a agitarse hasta sufrir bruscas convulsiones.

Con horror, André se sintió incapaz de volver la vista hacia otro lugar, y tuvo la tentación de taparse los ojos, hasta que el animal, que se sacudía como si estuviese muriendo, empezó a transformarse.

Las plumas cayeron al suelo junto con sangre, astillas de huesos y pedazos de piel, levantando enormes nubes de vapor que silbaban con fuerza al disiparse en contacto con el aire. Y lo que André vio salir de debajo de la criatura que parecía disolverse, fue a una esbelta y joven mujer.

La chica no llevaba prenda alguna encima, su piel era blanca y tersa, y su rostro tan bello y tan perfecto, que al instante tuvo André deseos de salir a su encuentro y acercarse a ella. Quiso conocerla, hablarle, besarla.

Sus cabellos eran negros y llegaban hasta el suelo, y cuando ésta dedicó un vistazo a su alrededor, detuvo su mirada en un conjunto de árboles, muy cerca de donde André se hallaba. Allí apareció la misma mujer que habían visto en el bosque, llevando todavía la enferma lámpara humana colgando por los cabellos rojos en su mano. Y detrás de ella, iba Emil.

André se cubrió la boca para evitar gritar.

Emil parecía yacer en el aire, suspendido a casi un metro del suelo, mas no se hallaba erguido ni acostado, sino que parecía colgar de hilos invisibles que lo sacudían de cuando en cuando, como si un titiritero inmenso y demoniaco jugase con él desde arriba. La expresión del chico permanecía tiesa en un rictus de horror, con la boca abierta de un modo imposible.

Ante sus ojos, la hermosa mujer que antes había sido el buitre, ahora envejecía en segundos, encorvándose su espalda y deformándose sus huesos. Entonces vio a las dos hablar, y sus voces fueron ásperas y profundas, casi obscenas a sus oídos.

—¿Dónde está el otro? —preguntó la que había envejecido.

—Echó a correr —respondió la otra—, pero no hay modo de que encuentre el camino de vuelta.

Dicho esto agitó con una sonrisa la cabeza de Rojo, que se sacudió en aquella eterna expresión de lamento, haciendo bailar la luz sobre la casa, más allá.

—Así sea, pues. —dijo la que había sido buitre.

Ambas se dispusieron a entrar en la casa, con el cuerpo de Emil flotando y sacudiéndose tras ellas, lanzando gritos inaudibles. Pero antes de entrar, la que llevaba la lámpara hizo una seña a la otra para detenerse. Acto seguido levantó la cabeza muerta de Rojo e iluminó los árboles a su alrededor, buscando entre la negrura y la niebla.

André volvió a echarse tras los troncos, rogando que aquella pesadilla terminase.

"*¿...Dónde estás?*", escuchó una vez más en su cabeza. La bruja sabía que se hallaba ahí.

Les oyó caminar hacia donde estaba, y se vio temblando por el horror.

"*¡¿Dónde estás?!*", gritó la voz dentro de sí.

André se hizo un ovillo en el suelo, cerrando los ojos para suplicar, pero no le salió la voz, mientras escuchaba los gritos en su cabeza, cada vez más fuertes, que decían:

"*¿Dónde estás? ¿Dónde estás? ¡¿DÓNDE?! ¡¿DÓNDE?!*"

El juego de la puerta

CÓMO JUGAR:

Asegúrate de estar solo al anochecer.
Enciérrate en una habitación sin más indicio de luz que una vela.
Usa tu sangre para convocar a la entidad a la que piensas pedir ayuda.
Repite las palabras escogidas para llamarle hasta que se haga presente.
No respondas ningún llamado ni abras la puerta bajo ningún concepto.
Al aparecer, la entidad hará varias preguntas.
Nunca digas tu nombre.
No hables con nadie más que la entidad.
Una vez hecha tu petición, se te planteará un precio a pagar.
No importa lo que escuches, terminado el juego deberás mantener la puerta cerrada y las luces apagadas hasta que amanezca.

Nana leyó las instrucciones una docena de veces antes de decidirse a hacerlo. Estaba sola en su habitación, y afuera anochecía. Si pensaba acobardarse aquél era el momento, y no más tarde.

Echó un vistazo por la ventana. Esa noche no habría luna, y la oscuridad se tragaría al pueblo sin asomos de piedad o de duda. Allá abajo, su atención se desvió hacia el jardín. La pala seguía allí, encajada sobre el montículo de tierra fresca.

Soltó un suspiro.

—Más vale que seas real —dijo a la hoja de papel, leyendo por última vez cada punto.

El hombre que le había dictado las instrucciones llevaba el cabello desordenado y un pulcro traje de color rojo, pero parecía inofensivo; al menos se había ofrecido a ayudarle cuando Nana le dijo que deseaba contactar con un muerto.

Dejó la hoja sobre la cama y bajó a la primera planta. Se sirvió una cena rápida, y mientras terminaba de lavar los platos, evitó a toda costa dirigir su mirada hacia el jardín trasero.

A la mañana siguiente tendría que hacer algo al respecto.

"Algo más discreto."

—Ahora o nunca. —dijo en voz alta, tomando un cuchillo de cocina y corriendo las cortinas.

Fue apagando todas las luces, subiendo por la escalera y al final encerrándose en su habitación, completamente a oscuras.

Soltó un resoplido nervioso, y cayó en cuenta de que un leve escalofrío la hacía temblar de modo involuntario. Todavía estaba a tiempo de retractarse, pero aquello, por desgracia, no era una opción.

Primero encendió la vela, y ante la pobre luz que emitía, usó el cuchillo para abrirse un tajo en la palma de la mano. El dolor fue más agudo de lo que había esperado, pero sentía mucho más por dentro.

Con la vela a unos pasos de distancia, se sentó ante la puerta y pasó la mano herida sobre la superficie, dejando rastro amorfo con la sangre. Acto seguido golpeó dos veces con el puño, suspirando y diciendo en voz alta:

—Me someto a la criatura que esté dispuesta a ayudarme. Que traspase el plano que la separa de esta dimensión y acceda a este mundo para asistirme a cambio de un favor.

Dicho esto guardó silencio, sintiéndose un poco ridícula al principio, pero sonriendo para sí ante las palabras que había escogido. Pasados unos segundos, volvió a repetirlas.

De comienzo duplicó la misma salmodia, una y otra vez hasta perder la cuenta tras las primeras veinte ocasiones. Luego modificó las palabras, añadiendo unas más y quitando otras cuantas.

Nada pasó.

La vela se consumía en silencio, y afuera era noche cerrada. A pesar de que el nerviosismo le abrazaba por la espalda, se preguntó de repente qué hacía allí, creyéndole a un charlatán de traje ridículo.

Después de todo, era sólo un juego.

Se levantó del suelo y quitó el cerrojo de la puerta, lista para abrir, cuando ésta retumbó con dos golpes violentos, que venían del otro lado.

Soltó un grito y cayó sentada al suelo. Se apresuró a poner el cerrojo nuevamente, y se quedó quieta, de rodillas ante la puerta. Allí, a la pobre luz que permitía la vela, se atrevió incluso a preguntarse si había imaginado aquello.

Como una respuesta, los dos golpes se repitieron, uno y otro, sacudiendo la puerta con tal fuerza, como si aquello que llamaba al otro lado tuviese un tamaño descomunal.

"No contestes —se dijo, pendiente de recordar cada punto en la lista—, no contestes ni abras la puerta."

El par de golpes sacudieron la puerta por tercera vez, y Nana cayó en cuenta de que le temblaban las manos.

Entonces llegó el silencio.

Sintiendo a los escalofríos recorrerle el cuerpo, situó la mano sana sobre la puerta y pegó el oído, para ver si conseguía escuchar algo al otro lado. Esperaba que los golpes volvieran a repetirse, pero lo que escuchó al otro lado fueron dos voces que susurraban entre sí, iniciando una conversación.

Aguzó el oído cuanto pudo, pegándose de lleno a la puerta para ver si conseguía entender lo que decían, pero sólo le llegaron sílabas cortas y ásperas que parecían venir de una lengua incomprensible.

La charla en susurros se prolongaba, y Nana permaneció allí, con el oído pegado a la puerta, tratando de descifrar qué clase de idioma era aquél, hasta que notó un tercer sonido en el ambiente. Venía justo de fuera de la habitación, y era ésta una respiración.

Por instantes se quedó helada, sabiéndose vulnerable, pues alguien más parecía estar pegado al otro lado de la puerta, escuchándole también.

Cuando escuchó la voz, sintió a sus entrañas contraerse.

—...*Yaváth es mi nombre, ¿cuál es el tuyo?*

Las palabras eran también un susurro, pero era éste tan alto que de haber gritado esta criatura sin duda derrumbaría el pueblo entero.

Sobrecogida por el miedo, Nana estuvo a punto de olvidar uno de los puntos principales, pero se contuvo de responder.

Debieron pasar sólo segundos hasta que la voz pronunció:

— *¿Quién me llama?*

—Una que pide tu ayuda en esta dimensión. —se atrevió a decir.

Hubo un silencio. Las criaturas que susurraban más allá callaron.

— *¿Cuál es tu petición?* —dijo entonces la voz.

La sola pregunta le hizo helar la sangre.

—Quiero... —empezó—, quiero hablar con mi hermana. Su nombre es Nelly; ella... ella murió ahogada en el estanque del pueblo. Fue a pescar con mi padre y...

— *¿Qué ofreces a cambio?*

Nana tragó saliva.

—P... puedes decirme lo que desees —balbuceó—, y lo aceptaré. Tengo que hablar con ella.

El silencio volvió a repetirse, pero entonces las voces que susurraban volvieron, como si discutiesen entre sí, quizá debatiendo cuál habría de ser el precio a pagar.

Junto a Nana, la pequeña flama de la vela bailaba como si estuviese dotada de vida.

La voz más dijo, sin más:

—*Quiero una puerta.*

— ¿Una... puerta? —inquirió.

—*A este mundo.*

Un escalofrío le sacudió la espalda.

— ¿...Cómo he de hacerlo?

—*Tu sangre, en uno de mis santuarios.*

— ¿Santuarios? —repitió ella.

—*Mis seguidores han dispuesto tres en este lugar. El pozo seco, la estatua de la-mujer-que-llora, la mansión sobre el monte de piedra.*

Nana repitió aquello en su mente.

—...Has dicho *mi sangre* en uno de tus santuarios —musitó—, ¿cuánta he de verter allí?

—*Toda.*

Se hizo un silencio. Trató de digerir aquello, pero supo que cualquier interpretación de ese mensaje guiaría al mismo punto final.

"...Entonces hay que morir", pensó, soltando un suspiro largo. Al final respiró con más tranquilidad al saberlo, permitiéndose incluso una mueca de ironía.

—Haré como pides.
—*Júralo.*
—Lo juro.
—*Con tu sangre.* —añadió.

A la tenue luz de la vela, Nana miró la palma de su mano, surcada por el tajo del cuchillo de cocina. Todavía dolía. La alzó ante su vista para volver apoyarla en la superficie de la puerta y dejar...

—*No* —dijo la voz, fría—, *la otra mano.*

La chica soltó un gemido. ¿Acaso podía verla a través de la puerta?

"Ya no hay vuelta atrás", se dijo. Y tomando de nuevo el cuchillo se hizo un tajo similar en la palma de la otra mano, haciendo una mueca al sentir cómo el filo volvía a abrir su carne.

—Ya está —dijo ella, apoyando la palma abierta y dejando una nueva marca sobre la puerta—. Ya lo he hecho. Ya está.

No hubo respuesta. Tan sólo un silencio absoluto.

— ¿Eso es todo? —preguntó—. ¿Cuándo hablaré con mi hermana...?

Casi al instante, como si de una invocación se tratase, le llegó un leve sonido a un costado de donde estaba. Al volverse vio a Nelly, que se sentaba de rodillas ante ella, dejando la vela entre ambas.

El susto le obligó a dar un grito y apartarse hasta que su espalda encontró el muro de su habitación.

— ¿...Nelly? —pronunció, con un hilo de voz.

Ante ella, su muerta hermanita menor permanecía sentada sobre la alfombra del cuarto, contemplando, como endiosada, la luz de la vela. Su vestido era el mismo que llevaba al salir de pesca con su padre, y su piel, pálida e hinchada, iba cubierta de venillas azules aquí y allá; tal como la encontraron días después, flotando bocabajo en el estanque.

Nana tragó saliva. El trato había sido hecho.

— ¿Nelly? —repitió, intentando controlar un escalofrío para acercarse nuevamente.

La niña continuó inmóvil, con la mirada perdida en la llama danzante y la boca entreabierta, absorta de todo.

Nana repitió su nombre y se aproximó un poco más, estirando una mano temblorosa para tocar la mejilla de la pequeña niña muerta. El tacto con su piel era helado y rígido.

Nelly levantó entonces la mirada. Sus ojos encontraron los de Nana, pero no reflejaron vida alguna.

—Soy yo —sollozó—, soy Nana. ¿Me recuerdas?

La expresión aislada de Nelly se contrajo, confundida entre la duda y la indiferencia.

— ¡Nelly! —soltó—. ¡Soy yo! ¡Mírame! ¡Reconóceme!

—*Na... na...* —pronunció la pequeña, mas su voz fue grave y profunda, como la de un espectro monstruoso.

La chica dejó escapar un llanto ahogado. A pesar de que aquella voz era terrible, le echó los brazos al cuello en un abrazo. La pequeña permaneció inmóvil. Olía a descomposición.

—No sé cuánto tiempo tenemos —le dijo. Nelly se mantenía rígida mientras la abrazaba—, he hecho un trato para hablar contigo, pero necesito que recuerdes algo por mí, ¿lo harías?

Se apartó para escucharle, pero la pequeña volvió su mirada, ausente de toda vida, hacia la vela, que se consumía en silencio.

—Nelly... —la llamó—. Nelly, mírame... ¡mírame!

Su hermanita muerta levantó la vista una vez más.

—Necesito que recuerdes el día que te ahogaste, ¿puedes hacerlo?

Esta vez, la niña le sostuvo la mirada.

—Recuérdalo —insistió—, necesito saber cómo fue.

El gesto de confusión en que Nelly fruncía el rostro muerto se relajó. Cuando habló, volvió a hacerlo con esa voz grave y áspera que más parecería venir de un anciano adulto que de una pequeña.

—No... hay... luz... donde... vivo...

Fue esto lo que dijo, y al bajar la mirada, Nana advirtió que la pequeña tenía un dedo puesto encima de la llama de la vela, señalándola, aunque sin sentir el calor.

Le apartó la mano de golpe, echándose a llorar y volviendo a abrazarla.

—La habrá —le dijo, llorando y estrechándola más y más fuerte—. Hablé con un hombre... ¿sabes...? Él... él me dijo cómo hablar contigo... y que tu alma no descansaba por una razón.

Se apartó de ella una vez más para mirarla. La pequeña ladeó la cabeza, sin comprender.

—Él dijo que no podrías descansar hasta... —se interrumpió—, bueno, hasta entender qué pasó.

La luz de la vela titiló, bailando la llama, y por un segundo creyó que Nelly desaparecía.

—Nelly —dijo—, ¿...fue papá, verdad?

Hubo un silencio.

—Él te mató, ¿verdad?

Entonces Nelly abrió la boca para hablar una vez más.

— ¿*Pa... pá...?* —soltó con dificultad.

—Tranquila.

—*Él me... sujetó... de... baaa... jo...* —su voz ahogada se cortaba en ásperas sílabas incompletas—, *deba... joooh...*

— ¿Debajo del agua? —completó Nana.

La pequeña asintió con lentitud, y su hermana soltó un largo suspiro, dejando que el llanto volviera otra vez, aunque ahora fue tranquilo.

—Lo sabía —le dijo—. Lo supe desde que lo vi volver ese día sin ti, tranquilo, como si no le importase. Dijo que habías desaparecido.

Nelly permaneció quieta un instante, luego preguntó:

— ¿*...Tú? ¿Ma... tast... tee...?*

—Lo maté —dijo—, tranquila. Ya está muerto.

La pequeña hermanita muerta esbozó entonces una sonrisa, y Nana volvió a abrazarla, permaneciendo las dos en silencio.

Para cuando la vela se consumió, se encontró sola nuevamente.

El doctor Garquéz

EXTRACTO DEL DIARIO PERSONAL DEL DR. ELIÁR GARQUÉZ, ENCONTRADO JUNTO A SU CADÁVER.

Desde el pueblo de Villarce.

Estos escritos están destinados a ser hallados eventualmente, cuando la oscuridad haya caído sobre mí, y yo ya no sea yo. Relataré como mejor pueda o alcance cuantos horrores viví hasta mi último día.

Llegué a este lugar, envenenado de niebla y silencio un día de mucho viento y miradas esquivas. Fui enviado aquí por mi mentor, el Dr. Liam Hernán, quien fuera jefe de medicina en el Sanatorio Mental Vizcarra, para desahuciados y esquizofrénicos. Me dijo que aquí encontraría respuestas.

Desde muy joven sufro de violentas pesadillas; sueños que arrancan de mí gritos a las más altas horas de la madrugada, obligándome a caer de la cama, e incluso mojarla cual niño pequeño.

Se me diagnosticó un desorden congénito del sueño, que junto a mi constante nerviosismo, debería haber sido suficiente para desatar en mí la locura; pero mi padre decidió darme refugio en los libros. En los de medicina, para ser precisos.

"Si mantienes a tu mente ocupada, no caerás en los bajos vicios —solía decirme—, ahora tráeme otra cerveza."

Fue durante mi pasantía estudiantil que conocí al Dr. Liam; me visitaba por las noches para aconsejarme sobre mi condición médica, además de darme tratamiento. Estoy seguro de que ni mi padre ni el hospital habrían aprobado semejante trato preferencial, pero ya he dicho que el hombre era el médico en jefe del lugar.

Los síntomas fueron empeorando, y pronto empecé a tener visiones también. Fue entonces cuando creí que enloquecería. El doctor me dijo que mi desorden del sueño había desarrollado un trastorno de alucinosis orgánico que iría evolucionando, y que todo paciente antes diagnosticado con este mal terminaba optando por el suicidio.

Las visiones no eran del todo reales en un principio: sombras en los muros, pinturas que parecían seguirme con la mirada, insectos en lugares donde no podía haberlos, y otros etcéteras.

Continué mis estudios para apartar aquello de mi mente, pero llegó el día en que una de las alucinaciones me atacó físicamente.

¿Cómo fue eso posible?

La más recurrente alucinación era la de una mujer con la piel terriblemente blanca y un sinnúmero de ojos en el rostro. Me seguía allí a donde fuera, y abría la boca para emitir un tétrico chasquido rasposo que me helaba la sangre.

En ocasiones, cuando creía dormir más profundamente, los horribles chasquidos viscosos que la mujer producía me despertaban de súbito, y al encender la luz allí estaba, en un rincón de la habitación, mirándome desde sus múltiples ojos.

Fue esta criatura la misma que me atacó.

Según los testimonios de mis compañeros, me vieron ser arrojado contra un muro durante la hora de la comida. Todos en la cafetería se asustaron, pero yo no puedo decir que recuerde mucho.

Entonces el Dr. Liam me citó para hablar. Solíamos reunirnos de noche en los corredores o fuera del edificio de psiquiatría, donde no llamábamos *demasiado la atención, aunque sí recuerdo a algunos dirigirnos miradas incómodas.*

Argumentó que mis alucinaciones habían alcanzado un nivel de riesgo, además de recordarle ciertos casos que vio durante su pasantía en un pueblo al sur de la ciudad. Me preguntó si las pesadillas estaban relacionadas de algún modo con las visiones, así que le hablé de lo que me perseguía, y también de lo que veía en sueños.

"Veo un pueblo entre la niebla —dije—, rodeado por montes grises y un bosque."

"Villarce", pronunció él, y el nombre sonó a una especie de conjuro.

Ojalá jamás hubiese sabido de él.

El doctor me explicó que allí se habían suscitado eventos que rayaban en el oscurantismo y lo paranormal, pero principalmente en lo macabro. Nunca he sido creyente de esto, mas debo admitir que confié en él ciegamente. En sus propias palabras, aquí podría descubrir algo de lo que me estaba pasando. No supe de dónde me salieron las fuerzas para aceptar la invitación, aunque quizá pensaba que valía la pena obtener respuestas.

Respuestas alentadoras, pensé.

Pero qué equivocado estaba.

Desde el pueblo de Villarce.

Apenas me gradué, presenté una solicitud al consejo estudiantil y a la Secretaría Médica para ser enviado aquí a realizar mi internado. El Dr. Liam me aseguró que apelaría a mi favor para no tener ningún problema.

La respuesta fue casi inmediata. Al parecer no muchos médicos —especialmente no por voluntad propia— eran enviados a este lugar, que contaba con una pequeña caseta médica en las afueras, ya que la primera clínica allí construida había sido abandonada tras un incendio.

Llegué un atardecer nublado en que los árboles torcidos parecían centinelas silenciosos. Me encontré con que no mucha gente se movía por los caminos ya entrada la noche, y recorrí las ramblas solitarias donde pares de ojos desconfiados me observaban desde las ventanas, y donde un gato gris moteado de negro me seguía los pasos.

Noté que al final de uno de los empedrados se alzaba la clínica que se me había mencionado. El edificio se erguía como un gigante dormido que en otros tiempos habría estado perfectamente equipado. Ahora la pintura se caía a pedazos, igual a la piel de un leproso, y las ventanas, rotas en su mayoría, no mostraban sino oscuridad dentro.

Sin duda tenía algo de macabro.

No pasó mucho mientras contemplaba el deshabitado lugar hasta que creyera ser presa de otra alucinación. Pero ahora sé que no fue así, y que realmente vi a alguien espiándome desde una de las ventanas. Alguien cuya sonrisa alcanzaba un punto demente.

Alquilé una habitación en una casa de huéspedes llamada la Estrella Nevada, a tan sólo siete calles de la caseta médica, y al entrar pregunté a la encargada por el abandono de la clínica, a lo que me respondió que nadie había atinado a saber las causas del incendio, y que no pocos rumores de aparecidos rondaban el lugar.

Supe que había llegado al lugar indicado.

La caseta médica se hallaba en lo alto de un pronunciado monte al que se llegaba por un sendero entre robles muertos. El lugar no era más que un pequeño consultorio formado por dos reducidas habitaciones, un penoso baño, y un enorme patio que *descendía sobre una pendiente de forma irregular y que estaba lleno de enormes escombros. Allí el concreto y las paredes estaban destrozados por horribles grietas que serpenteaban por la superficie, cruzándose entre sí y juntándose en lo que era una enorme fisura oscura, justo en el rincón más apartado.*

Cuando intenté levantar un pedazo de escombro para ver si avistaba algo allí dentro, una docena de diminutas arañas translúcidas y blancas me saltaron a la mano, con lo que decidí abandonar mis esperanzas.

Tardé unos días en dejar las habitaciones presentables, y pasé los primeros dos meses atendiendo casos perfectamente normales, como resfríos, fiebres y un par de accidentes de poca seriedad. Puedo jurar que, cuando me quedaba muy tarde escuchaba sonidos extraños viniendo de debajo de los escombros en el patio, como si aquella enorme grieta en el rincón fuese el hogar de varios habitantes que susurrasen entre sí.

Uno de los pobladores me habló acerca de un insólito temblor que había tenido lugar en el pueblo un par de años atrás, y que había sido el responsable de dejar el patio en ese estado.

—Lo inusual no fue la magnitud del temblor ¿sabe? —dijo el hombre, quien luego se presentó como Garrido—. Lo extraño es que nadie fuera del pueblo recuerda haberlo sentido; ni siquiera en los pueblos vecinos, que se encuentran a medio kilómetro de aquí. Sólo tembló en este lugar.

Era claro para mí que aquí se encerraba algo.

Cada noche, al volver a la casa de huéspedes, los continuos sonidos de los otros inquilinos me mantenían despierto hasta bien entrada la noche. Debo decir que eran semanas difíciles, hasta que logré adaptarme; si algo se le puede atribuir a este pueblo es que la gente tarda en crear confianza con los forasteros como yo, pero al final terminan por recibirte como uno de ellos.

Todo avanzó con una normalidad relativa, hasta que llegó a mí el primer caso que me obligó a plantearme qué estaba haciendo aquí.

En la caseta médica no contaba siquiera con una enfermera, por lo que era yo mismo quien atendía la entrada de todos los pacientes, así que pude ver al par de hombres desde que subían por el sendero, cargando con el cadáver de un niño.

—Lo hemos hallado en el estanque. —dijo uno de ellos, tras ponerlo en la mesa metálica.

A simple vista, por la palidez azulada en su piel era evidente que se había ahogado. Les pregunté qué podía hacer yo si ya estaba muerto.

—Bueno... es que... —balbuceó el hombre, intentando dar una explicación. En ese momento vi los dedos del niño cerrarse en un puño—. Se sigue moviendo...

—A un lado. —solté, y empecé a practicarle respiración artificial, golpeando su pecho una y otra vez para reanimarlo.

Nada sucedió. Le tomé el pulso, pero no había tal. Estaba muerto.

O eso creí.

Apenas retiré la mano de su cuello, el cadáver volvió a moverse; esta vez el brazo completo, como en un espasmo.

Solté una palabrota y el par de hombres retrocedieron en el acto.

— ¿...Doctor? —preguntó uno de ellos.

—Debe ser un reflejo —les dije—, acumulación de gases, músculos tensos por el momento de la muerte. Es más natural de lo que se cree.

Natural..., sí, por supuesto.

Ninguno sabía el nombre del niño, así que resolví quedarme hasta tarde en el consultorio, en caso de que sus padres aparecieran.
Dejamos al pequeño sobre la mesa, cubierto por nada más que una sábana. Me encontraba de espaldas a éste, sentado ante el escritorio, redactando el reporte de su muerte, cuando escuché que la sábana que lo envolvía caía al suelo.
Me volví de golpe, casi resbalando de mi silla a causa del espanto.
Allí estaba, inmóvil sobre la mesa de metal. Me puse de pie y me acerqué a él.
Vaya imbécil que fui.
"La ciencia puede explicarlo todo", eso me decía antes de ser atacado por mis propias alucinaciones, e incluso continué pensándolo después de que el cadáver del niño me sujetase del brazo y hablara.
Continuaba diciéndome a mí mismo aquello porque deseaba creer con todas mis fuerzas que así era.

Desde el pueblo de Villarce.

Cabe destacar en estas líneas que tardé en darme cuenta de que mis alucinaciones y pesadillas terminaron el día en que llegué a este pueblo. Intentaba convencerme de que era lo contrario, que habían empeorado y el niño ahogado era sólo otro truco maldito de mi mente.

Pero esta vez había tenido testigos, y cuando al día siguiente dije a los hombres lo que había visto, pese a las caras de horror que pusieron, terminaron por encogerse de hombros, como si dijeran: "Usted se lo buscó al venir aquí."

Esa noche, tras ser tomado del brazo por el niño, o demonio, o lo que diablos fuere, grité como jamás lo he hecho. Pero mi horror no podría compararse al momento en que éste me dijo:

—Mi mamá se va a enojar conmigo, me dijo que no fuera al estanque.

Quise creer que aquello sería lo primero y lo último que vería en Villarce, maldito sea su nombre, y por eso decidí quedarme. Ahora, cuando ya no hay marcha atrás ni salvación para mí, entiendo que nunca debí venir en primer lugar.

Ése fue el primer horror que pasé aquí, pero sin duda estuvo lejos de ser el último. Tal vez ha llegado el momento de hablar de la habitación en la que me hospedaba.

Ya he mencionado aquí que una mujer estaba encargada de la recepción, pero además de ella sólo llegué a ver a su esposo. Ambos llevaban la administración de las trece habitaciones destinadas a los huéspedes, y en un principio me pregunté cómo podían lograrlo ellos solos, hasta que se me ocurrió preguntar por los otros inquilinos, a quienes no había visto todavía, pero sí escuchado.

La mujer me respondió entonces que no había tales huéspedes, y que era yo el primero y único que tenían en mucho tiempo.

Aquello me hizo estremecer, pues puedo jurar que a los lados y encima de mi habitación oía pasos, muebles al moverse e incluso voces.

A raíz de eso fui presa de distintos momentos de inquietud. Los pobladores con quienes empezaba a charlar mencionaban a menudo una época a la que denominaban los Días Grises, pero de los cuales hablaban poco, haciendo alusión solamente a lo que entendí como una ola de suicidios que acabó con casi una tercera parte de Villarce. Se rumoreaba que muchos habían tenido lugar en la casa de huéspedes, luego de que éstos fuesen testigos de sucesos tan pérfidos como innombrables.

Poco después fue mi turno.

Llovía, y terminaba una jornada de diez horas ininterrumpidas de trabajo cuando llegué a la Estrella Nevada. Sin cenar o siquiera desvestirme, caí rendido en cama, sumiéndome en uno de esos sueños que llegan con facilidad. Mi cansancio era tal que nada debería haberme despertado; no esa noche. Al menos hasta que oí los pasos.

Al principio fueron quedos, casi lejanos. Me extrañó que el eco que dejaban fuese tan claro como si se produjese en mi misma habitación.

Pero no, comprendí; venían de arriba.

Me dije que aquellos pasos —sin lugar a dudas los de una mujer— venía de alguien que acababa de alquilar la habitación encima de la mía. Los tacones resonaban fuertes, marchando desde encima del corredor de afuera hasta mi habitación.

Parecía buscar algo.

A lo poco empezaron a dirigirse con lentitud al lugar donde yacía yo en cama. Quise decirme lo normal que era aquello, pero el sudor helado que me recorrió la espalda estaba lejos de ser ordinario; y el silencio... ¡Dios! Ese silencio que había en la atmósfera más allá de los pasos lentos y vehementes era perpetuo.

El golpeteo de los tacones avanzó, uno a uno, con un eco extraño que se repetía y acentuaba, moviéndose hacia el punto exacto donde yo me encontraba. Fue tan claro el sonido que estuve seguro del instante en que se detuvieron, justamente encima de mi cabeza.

Después hubo silencio, y percibí el aroma de un delicado perfume femenino. Cuán grande fue mi sorpresa al sentir tan fuerte aroma, que me volví hacia la ventana para comprobar si la había dejado abierta; pero ésta, además de estar cerrada tenía las cortinas echadas.

Respiraba con fuerza, sentado en mi cama y con la mirada nerviosa clavada en el techo. Aquella fragancia era de tan fina calidad que de inmediato pensé en una gran dama, de ésas a menudo vistas en los cuentos e historias de época.

Por momentos mi respiración se relajó. No había más sonidos inquietantes; sólo el aroma. Pensé en volver a dormir, pero ahora, arrancado de mi sueño, tuve hambre.

En este punto he de decir que, si alguien encuentra estas líneas y llega hasta aquí, confieso que lo siguiente me llevó al punto del horror, pues al salir de la cama y dar un par de zancadas hacia la cocineta, los pasos en el techo se repitieron, esta vez con más rapidez y fuerza.

Aturdido, como sólo podía estarlo en ese momento, corrí hasta otro rincón, escuchando sobre mi cabeza los pasos, cada vez más sonoros y más veloces, como si la mujer que llevaba los tacones corriese de una forma imposible. Y no importaba a dónde me moviese, iban encima de mí.

Me dispuse a salir de la habitación, pero el miedo mismo me mantuvo dentro, obligándome a pensar en qué pasaría si me encontraba con algo peor allá afuera en el corredor.

Terminé por echarme a la cama nuevamente, temblando y jadeando, con el corazón latiendo doloroso en mi pecho. Los pasos se detuvieron, y a los pocos segundos volví a sentir el perfume a mi alrededor, tan fuerte como si aquella mujer estuviese justo al lado mío.

Crecí en una familia religiosa, y puedo decir que encontré consuelo en las plegarias. Había dejado las luces encendidas y permanecía hecho un ovillo en la cama de la habitación, rezando cuanto era capaz de recordar del Padre Nuestro y cerrando con fuerza los ojos.

Me quedé rezando por momentos interminables hasta notar un cambio en el ambiente. El perfume, antes delicioso se tornaba ácido y rancio, recordando en mí el característico olor que los cadáveres despiden tras días de pudrirse al sol.

Entonces, como por fuerza de la curiosidad, abrí los ojos.

Ante mis ojos, las luces de mi habitación se apagaron. Las cortinas de mi ventana estaban abiertas, y allá fuera una mujer me observaba, pegando sus manos y su rostro al cristal con una sonrisa en los labios.

Soltando un gemido volví a cerrar los ojos y recé cuanto la razón me permitió recordar, temblando con violencia en mi cama.

Las palabras se trababan en mi boca, y sin estar seguro de recitarlas en el orden correcto, llegué al final de la plegaria para decir:

—...y líbranos del mal...

Cuando otra voz susurró en mi oído:

—...Amén.

Desde el pueblo de Villarce.

Es curioso cómo el miedo puede hacernos olvidar algunas cosas y, por el contrario, permitirnos recordar otras con un detalle excepcional. Abordo esto porque la imagen de esa mujer se ha quedado impresa en mi memoria como si fuese una cicatriz mental. Sus ojos, enteramente blancos sangraban, y su piel oscura estaba agrietada como si hubiese salido de un lienzo podrido.

Cada detalle está en mi cabeza, y sin embargo, lo que ciertamente recuerdo es el instante en que salí de la habitación, corriendo por el pasillo con la *velocidad de un demente y bajando las escaleras hasta casi precipitarme y romperme el cuello.*

Al llegar al vestíbulo vi a dos hombres y una mujer hablando acaloradamente con la encargada de la casa de huéspedes.

Resultó que estaban allí buscándome, pues al parecer se había suscitado un accidente en la autopista que daba al pueblo, y un auto yacía volcado de cabeza bajo la lluvia.

Recuerdo que se me preguntó si me encontraba bien, y por qué bajaba de tal modo las escaleras. Necesité de mucho esfuerzo y respiros fuertes para ponerme de pie y seguirlos fuera de allí, donde apenas me encontré bajo la lluvia caí de rodillas y vomité bilis en el asfalto.

Algo supe en ese momento, y fue que jamás pasaría otra noche en la misma habitación.

Cuando fui capaz de recuperarme, las personas que habían ido a buscarme me llevaron en auto hasta la autopista, donde ya se veían una ambulancia y un auto de policía. Allí estaban el oficial Alméyra y el granjero Pott, pero cuando me acerqué a los paramédicos, me di cuenta de que no había cuerpos allí.

Ni heridos, ni muertos.

—¿En dónde están los cuerpos? —dije, intentando disimular que estaba al punto del desmayo.

—No los hay. —contestó uno de ellos.

—Parece que se arrastraron fuera del auto —comentó Alméyra tras de mí—, hay rastros de sangre por aquí, pero ni un cuerpo.

Recuerdo haber visto dos caminos de sangre, uno fuera del asiento del conductor, y otro, más pequeño, a unos metros del automóvil.

—Es extraño —añadió el oficial—. Es probable que se arrastrasen para pedir ayuda y se perdieran colina abajo, entre los matorrales, pero para este punto ya habríamos dado con algo.

Examiné con detenimiento ambos rastros, que eran apenas notables a causa del asfalto húmedo y encharcado.

—Imposible —dije—, estos rastros van intermitentes, no constantes, como debería ser si se hubiesen arrastrado.

—¿Y eso qué quiere decir? —preguntó Pott.

—No puedo estar seguro —resolví—, pero más parece que alguien más los arrastrase a que se moviesen por sí mismos.

Recuerdo haber producido una pausa silenciosa en todos, pero ¿qué puedo decir? Fue sólo una suposición.

El oficial Alméyra dirigió una búsqueda por toda la zona, hacia los prados e incluso unos metros adentro del Corazón Roto, pero los cuerpos no fueron hallados. Lo único con que se dio fue una fotografía dentro del auto, donde se veía a una pareja joven con un niño pequeño.

Aquella noche volví al consultorio, donde permanecí despierto las pocas horas que faltaban para el amanecer. Al volver a la casa de huéspedes anuncié a la encargada que me marchaba, e inventé un desperfecto en el cuarto para que me acompañase a recoger mis cosas.

He de decir que no me sorprendí cuando la mujer me dijo que seguía yo siendo el único inquilino allí, cosa que la hizo mostrarse triste, pero no había forma de que permaneciera más tiempo allí; por tanto, apenas tuve mis cosas volví al consultorio y redacté una carta al Dr. Liam, expresándole mis deseos de volver.

Pasé las siguientes dos semanas atendiendo casos que variaban entre lo cotidiano y lo extraño, aunque nada digno de mencionar. Opté por vivir en la caseta médica, que era incómoda e inconveniente por añadidura, pero mejor que otra cosa. Por su parte, la gente de Villarce estaba alegre de encontrarme allí a cualquier hora, pero aun escuchaba sonidos tímidos viniendo de la profunda grieta entre los escombros del patio trasero, y esta vez parecían más fuertes.

Contrario a lo que yo esperaba, la respuesta del doctor no llegó, ni siquiera a la tercera semana. Llamé, pues, al hospital, reprochándome a mí mismo por no haber hecho eso en primer lugar, y cuando atendieron mi llamada y pedí hablar urgentemente con el doctor, la enfermera al otro lado de la línea me dijo, sencillamente, que no existía nadie en el hospital con ese nombre.

Desde el pueblo de Villarce.

Pasé dos noches en vela, dando vueltas a lo que la mujer al teléfono me había dicho. Llamé en repetidas ocasiones y en distintos horarios, argumentando a cuantos me atendían que aquello era imposible.

—Su nombre es Liam Hernán —decía yo, desesperándome—. Con H. Sí, es correcto... ¿perdón? ¿...Cómo que a quién me refiero? Es el médico en jefe del hospital, ¿no es ése el sanatorio Vizcarra...? Bien, pues entonces haga el favor de comunicarme con su médico en jefe...

Al final terminaban siempre por cortar mi llamada. Resultó ser que el actual médico en jefe era en realidad una mujer de nombre Ádriah Córdova, y que llevaba ejerciendo su cargo tantos años que estaba a punto de jubilarse. La última vez que llamé, me atendió un joven interno en cuya voz reconocí a un antiguo compañero. Pero el resultado fue mucho peor de lo que esperaba.

—Tú me conoces, Abel —le dije—, solíamos estudiar juntos.

—No sé qué quieres que te diga —respondió—, incluso he buscado en los expedientes de los pacientes con traumas psicóticos, pero ese tal Hernán no existe.

—¡Yo hablaba con él casi a diario! —estallé—. ¡Me visitaba por las noches y...!

Como por fuerza de la naturaleza recordé las miradas que solían dirigirnos al hablar en los pasillos y fuera del edificio de psiquiatría.

Eran miradas de extrañeza.

¿Acaso me miraban hablando solo?

Abel dijo algo más pero colgué el teléfono.

Si el doctor no existía, ¿había sido todo una alucinación más?

Imposible.

¿Cómo supe entonces de este lugar?

A mi cabeza llegaban los recuerdos del niño ahogado, la mujer en mi ventana, los cadáveres desaparecidos en el accidente. Y allá fuera, en el patio, los sonidos en la profundidad de la hendidura en el concreto se acentuaban.

Me estaba volviendo loco. Así pues decidí marcharme de este lugar a la mañana siguiente. Tanto ignoraba el nivel pérfido que los sucesos extraños podían alcanzar en este lugar, que no me fui esa misma noche.

Lamento aquello como sólo puede lamentarse un hombre que está tan cerca de morir. Estas páginas serán encontradas un día por alguien, y sabrá que en efecto nunca me fui, pues más tarde me fue imposible; y el horror, si es que era posible, sólo aumentó.

Dejé mis cosas para el viaje junto a mi escritorio, cerré con llave la entrada y me envolví en las únicas dos cobijas que tenía para acostarme sobre la incómoda cama metálica, deseando que esa noche —la que esperaba fuera mi última en este lugar—, llegase tranquila.

En algún punto de la madrugada tuve un sueño. O eso parecía.

En éste me levantaba de la cama de metal, por la mañana, y caminaba sin reparo hacia el patio trasero del consultorio, donde los extraños sonidos se repetían de tal modo que me era posible entenderlos. El sonido se transformaba en palabras, y venía de la grieta entre los escombros, transformándose en una voz muy familiar. Ésta era, por supuesto, la del doctor Liam, llamándome.

—¡Ayúdame! —decía a gritos, aunque sonaban éstos muy lejanos—. ¡No puedo salir!

En medio de mi sueño, pesadilla o alucinación, me acerqué más allí, sintiendo el frío tacto del suelo en mis pies descalzos a medida que me aproximaba hacia el agujero en el derruido patio. El sol brillaba en lo alto, pero no era su luz capaz de iluminar allí donde la grieta se abría, como alguna clase de boca sonriente.

—¡¿En dónde está?! —lo llamé, casi a gritos.

—¡En el infierno!

Me costaba tanto escuchar su voz.

—¡Tranquilo, doctor! —grité—. ¡Dígame qué es lo que ve!

—¡...Veo ojos! —gritó—. ¡Son ojos a mi alrededor! ¡¡Me miran!!

—¡¿Puede ver algo más?!

—¡Son... son parte de mí! ¡Puedo verlo todo!

Por algún motivo, fue ése el momento en que desperté, mas no lo hice acostado en la mesa de metal, todavía envuelto en mis cobijas, sino allí mismo. Todo se oscureció en un instante. No era más de día sino plena medianoche, y me hallaba allí de pie, apenas vestido delante del agujero que se abría como un ojo de noche.

Tardé en darme cuenta de lo evidente: había estado caminando dormido, soñando, y en medio de este raro sonambulismo salí.

Me ardía la garganta. ¿Acaso había estado gritando realmente?

Por instantes me sentí estúpido allí parado, solo en medio de la noche, gritando incoherencias como tantos pacientes que había visto alguna vez en el hospital, delirando.

Recuerdo haber dado un resoplido cansado. Me di la vuelta para volver a dormir, cuando escuché algo. Algo real, viniendo de la grieta.

La luna iluminaba el patio destrozado, pero al igual que el sol en mi sueño, no era capaz de alcanzar con su luz ese lugar, sin embargo sentí que aquellos sonidos me eran familiares. No eran voces humanas, sino siseos húmedos que se repetían con rapidez, igual a chasquidos.

Chasquidos iguales a los que producía la mujer de mis visiones.

Algo dentro de la grieta empezó a moverse, avanzando hacia afuera.

Las palabras resultarán mediocres para describir lo que vi esa noche; lo que sigo viendo cada vez que cierro los ojos, y que terminará persiguiéndome hasta el día de mi perdición. Para cuando alguien haya encontrado estas páginas y lea estas líneas será muy tarde.

Lo primero que vi salir de la grieta fue una mano, blanca y nudosa, aferrándose a los escombros para ayudarse a subir. Tras ésta salieron dos manos más, y luego tres, todas buscando un lugar fijo del cual asirse; y cuando aquello que aún se mantenía a la sombra se impulsó para salir, contemplé con horror que todos aquellos brazos blancos eran en realidad las gigantescas patas de una enorme araña pálida.

La luna arrancó de su piel un destello. El terror que me sacudió fue tan grande que no fui capaz de moverme, viendo cómo la criatura se debatía por pasar a través de la brecha que formaba la entrada a su guarida, moviendo las ocho patas blancas y gigantescas que terminaban en manos humanas, aferrándose al suelo para salir.

Caí de espaldas, y estoy seguro de haber elevado un grito digno de un cuento de terror, mas no fui capaz de oír mi propia voz.

La siniestra y hórrida criatura blanca debía ser más alta que un hombre adulto, y una vez logró salir de la fisura en el suelo, vi que en todo su cuerpo, así como en cada una de sus ocho extremidades tenía diferentes surcos y tajos de tamaños distintos que le cubrían la piel.

El monstruo dio una sacudida que hizo volar una polvareda de tierra, y estirando las enormes patas blancas y los dedos de las manos humanas produjo el crujir de un centenar de huesos dentro de aquel cuerpo de pesadilla. En ese instante los surcos y líneas que le cruzaban por docenas las patas y el resto del cuerpo se abrieron.

Eran ojos. Ojos humanos. Y cada uno de ellos me miraba.

Quizá fuera el horror, o el deseo de vivir, pero algo luchaba en mi interior por alejarse de allí, aunque me sentía incapaz. La bestia me miraba a través de aquellos cincuenta párpados que me escrutaban como si deseasen conocerme.

Dando un alarido de pavor me arrastré de vuelta al consultorio, sintiendo en mi pecho un estallido de dolor que sólo puedo atribuir como un ataque al corazón. Me puse en pie, aunque las piernas me fallaban; eché a correr hacia la puerta, pero en un instante escuché el caminar de la criatura, veloz, movilizándose hacia mí.

Dos pares de manos humanas me sujetaron de una pierna y un brazo. Me sacudí cuanto pude, lanzando patadas y alaridos sin control, hasta que fui atraído a su boca. Todos los ojos me miraban bien abiertos, ansiosos, y le vi abrir un agujero donde emergía un solo colmillo prominente que se encajó en mi pierna derecha.

La punzada de dolor me recorrió como una descarga eléctrica, mientras veía mi sangre correr por la herida, y sentía cómo todo el mundo se sacudía a mi alrededor, mientras el monstruo me levantaba una vez más con aquellas manos horribles, mirándome, siempre mirándome.

Entonces, justo cuando creí que volvería a morderme, me dejó caer.

Lo último que recuerdo, después de estrellarme contra el suelo, es haber visto a la araña volver a su madriguera, como si algo la hubiese asustado, pensé.

Pero no. Ahora sé que la criatura había cumplido ya su objetivo.

Desde algún lugar.

Para cuando recobré el conocimiento, me encontraba tendido entre los escombros del patio derruido. Mi pierna tenía una horrible úlcera negra y circular que palpitaba y supuraba pus rosado. Una fiebre poco común y un intenso dolor de cabeza eran todo cuanto pude entender.

Aún sintiéndome en estado de shock, sin poder pensar de forma lógica, me arrastré con lentitud de vuelta al consultorio. El dolor de la llaga iba y venía con extrañas pulsaciones, y cuando por fin pude revisarla, me di cuenta con incredulidad de que la herida no sangraba más, pues una extraña película de piel transparente se había formado encima de ella, evitando toda hemorragia.

Sin poder dar crédito a aquello, suponiendo que sería el efecto de algún tipo de veneno extraño, me atendí como mejor pude con lo que tenía a mano. Me inyecté para desinfectar cuanto fuera capaz, me apliqué una compresa, vendas, y volví a desmayarme.

Una duda inquietante me asaltaba. Si aquella criatura infernal había sido otra visión, ¿cómo podía yo tener estragos físicos de ella?

Sin sentirme capaz de contar a nadie lo que había pasado, entendí con cólera y cierta ironía que no sería capaz de marcharme hasta empezar a sanar, pues la pierna inutilizada me impedía moverme, y el dolor que me producía al hacerlo parecía venir desde el mismo hueso.

Cerré las cortinas del consultorio, cojeando y dando alaridos de dolor. Ignoré todo llamado de la gente durante tres días enteros, y no salí, comiendo lo poco que yo mismo había dejado en una pequeña despensa con la que el consultorio contaba.

Recibía llamados de diferentes personas allá afuera, algunos preocupados, otros molestos. Había una mujer que me rogaba ir a su casa, pues su hijo había sido presa de una extraña fiebre fría que lo mantenía en cama.

De cualquier manera, pensé entonces, no planeaba avisar a nadie allí sobre mi partida.

Debí cambiarme los vendajes dos veces, viendo a la extraña llaga endurecerse en una capa de piel amoratada que palpitaba débilmente. Pero fue al cuarto día, tras haber tenido sueños largos e intranquilos, que desperté para averiguar que el dolor y la fiebre habían disminuido.

Solté un largo y prolongado suspiro de alivio, dando aquella herida por sanada, aunque sudaba a mares, la jaqueca persistía y sentía a mi vista *raramente impedida. Sin arriesgarme a levantarme aun de la cama metálica, me hice con un escalpelo y levanté mi pantalón para retirar los vendajes. Fui cortando una por una las vendas, hasta dejar la herida visible.*

Allí estaba. Ya no era más una úlcera palpitante ni una costra seca y enorme. En su lugar había sólo un extraño surco sobre un abultamiento que pareció moverse un poco cuando le miré bien.

Ante mí, incrédulo, el surco se abrió, igual a un párpado humano, y el ojo que se formaba en mi pierna me miró, vivo.

Mi mano tiembla al recordarlo. Jamás creí contemplar tanto horror en mi vida, pero ahora lo sé; siempre puede haber algo peor.

Y lo hubo.

Sin pensar, sin detenerme, usé el escalpelo en mi mano para apuñalar el hórrido ojo humano que se abría en mi pierna, y el dolor, tal como sólo podía experimentar al acuchillarme a mí mismo, me hizo lanzar un grito ahogado.

Desde algún lugar.

No espero que la persona que encuentre estos escritos crea una sola palabra de lo que aquí he dejado, como tampoco espero que entienda por qué hice lo que hice. No merezco ser juzgado por ningún hombre, cuando los horrores que he vivido sobrepasan lo humano.

Resolví quedarme hasta ser capaz de entender la naturaleza de lo que me había sucedido.

Naturaleza...

Cuando lo llamo así suena tan absurdo.

La herida en mi pierna, infligida por mí mismo ante aquella cosa dolía endemoniadamente, incluso más que la mordida de la bestia.

Sé que debí irme. Lo sé. Pero algo en mi ser me detuvo. Tenía que estar seguro de que nada en mi cuerpo sufriría más cambios.

Las extrañas sudoraciones y jaquecas continuaron, pero eran controlables, y mientras mi pierna sanaba, intenté dedicarme a los pobladores que pedían mi ayuda, comenzando por aquella mujer cuyo hijo sufría de fiebres heladas. La familia vivía en una casa tan húmeda que le aconsejé mantener al pequeño al sol con regularidad.

Debí decirle que salieran de aquí cuanto antes pudieran. Debí advertirle a todo el mundo.

Todos me dijeron que cada año personas desaparecen o se mudan y las casas quedan abandonadas, pero siempre hay más que vuelven.

¿Por qué? ¿Por qué venir a un sitio como éste?

El doctor Liam, si es que alguna vez existió, me dijo que aquí encontraría respuestas, y todo lo que he obtenido ha sido terror.

Este pueblo está maldito, y todo lo inhumano que habita en él tiene necesidad de beber sangre y causar dolor.

La gente fue notando mi estado; preguntaban por qué cojeaba o si me encontraba enfermo. La verdad es que sólo me sostenía en pie de milagro.

Una mañana, sólo días después, descubrí una extraña hinchazón en mi antebrazo izquierdo. Al tocarlo, el bulto se movió, y sentí un dolor extrañamente familiar. Estaba convirtiéndose en un nuevo ojo, que pronto se abriría y miraría ansioso en todas direcciones; pero incapaz de enfrentarme a ello otra vez, lo acuchillé también, haciendo un esfuerzo por ignorar el dolor.

Arranqué el párpado y el globo ocular formado a medias, vomitando durante el proceso, y me vendé el brazo, doblado de dolor y llanto, y lanzando un grito agudo.

Cuando pienso en el final que me aguarda, casi puedo echarme a reír, no siendo capaz de imaginar un horror mayor.

Dos abultaciones más aparecieron en mi espalda tiempo después, y tuve que repetir el proceso, diciéndome a mí mismo que no me convertiría en un monstruo. Pero una semana más tarde, mientras soñaba con la misma mujer blanca, desperté en medio de la noche, sudando sin parar y sintiendo a mis extremidades ser presas de un terrible hormigueo.

Me paré frente al espejo y desnudé mi torso. Toda mi piel estaba cubierta de pequeños bultos que se sacudían, como ojos que se moviesen frenéticamente con los párpados cerrados.

Grité, y los ojos se abrieron al mismo tiempo, mirando en todas direcciones para al final concentrarse en mi propia imagen, y me di cuenta de que era capaz de ver a través de todos ellos.

Desde el infierno...
Nota final.

He dejado de comer, esperando que el hambre me mate. He intentado cortarme el cuello, pero mis brazos han dejado de responderme. Puedo ver a través de cada uno de los ojos que llenan mi cuerpo; veo todo rincón de la habitación al mismo tiempo, detrás de mí, arriba y abajo, sin tener la necesidad de moverme; y cuando me miro al espejo y todas esas pupilas se abren más, me causo horror, siento arcadas y repulsión.

Alguien más controla mis movimientos. He tratado de apuñalar los ojos nuevamente, ansiando morir desangrado en el proceso, pero sólo logré alcanzar dos, antes de que los músculos de mi brazo se frenasen, como si estuviese intentando salvarme de mí mismo.

Yo mismo. Yo... soy ese ente que mira con decenas de ojos desde el espejo.

Yo.

Sigo esperando despertar de esta pesadilla. Me es imposible creer que sigo siendo un solo ser cuando en mí hay tantas miradas. Si fuere mi vida un cuento de terror, ahora estaría, sin duda, cerca de llegar al final.

La mano me tiembla mientras escribo, intentando controlar los espasmos violentos que me sacuden como si mis huesos tuviesen voluntad propia. He tratado de suicidarme, pero cada vez que un acto me conduce al peligro, mis músculos se atenazan y me detienen.

Sólo consigo escribir...

Si estás leyendo esto, quienquiera que seas, vete de este lugar maldito de monstruos y dolor. Vete mientras eres libre y lleva a cuantos puedas contigo.

Cada vez me... cuesta más... escribir...

Quiero... morir, y ruego por ese momento cada instante... de mi vida.

No quiero ser un monstruo...

No... quiero dejar de ser humano...

No quiero saber en qué me convertiré...

No quiero seguir temiendo...

No quiero que mi vid...

Un preludio al **final**...

El cielo sangra al anochecer

El cielo parece de sangre al atardecer, y al pueblo llega un hombre cuyas ropas otrora pertenecieron al traje de gala de un gran señor. Su rostro es pálido como el hueso, ensombrecido por un desgastado sombrero de copa; y es alto, muy alto.

Su andar es constante y resuelto. Se mueve con la gracia de quienes conocen secretos. Al final se detiene en un monte. Echa un vistazo al suelo, y luego deja allí un viejo estuche de violín.

Los que le ven prefieren desviar la mirada. En su rostro se perfila una sonrisa astuta, como el semblante de quien sabe demasiado.

Entonces toma en sus manos lívidas el instrumento, y con un arco lleno de muescas arranca las primeras notas de un chasquido discordante. Notas inconexas y desafinadas son lo que se percibe. Sus manos marfileñas no se detienen, y poco a poco, cada fragmento del ruido se va convirtiendo en una melodía entendible. Algo en ella necesita ser comprendido para escucharse.

Ahora, los que han oído el comienzo de su música se ocultan en casa. Cierran puertas y ventanas, lanzando besos al cielo, como si acabasen de escuchar una maldición.

La melodía va cobrando forma y textura. Es enérgica. Corta sin aviso notas largas, para luego dar paso a armonías más rápidas y sutiles.

"¿Quién es él?", se preguntan algunos.

"Es una aparición", juran los supersticiosos.

Lo cierto es que ninguno está seguro.

A lo lejos repica la campana de la iglesia, y esto sume al pueblo en un estremecimiento, tal como si el cielo mismo contuviera la respiración. Todos saben que la iglesia lleva mucho abandonada, y aquella campana no ha sonado en años, desde que el sacristán se lanzara desde el campanario y se partiera el cráneo contra el empedrado.

La melodía ha tomado un ritmo lúgubre. Y las notas que el hombre va ejecutando con maestría arrancan ecos de los montes; ecos que traen tristeza, nostalgia y la noche.

Cuantos le escuchan comprenden que ésta no se trata de una música humana. Algunos se cubren los oídos. Otros escuchan con una cierta fascinación, aunque inquietos.

Algo en esa melodía no ha acabado de ser comprendido por todos. Pero poco a poco, nota a nota, se hace entender. Se escuchan rezos y maldiciones por igual. El violinista sonríe mientras sus manos pálidas digitan con destreza acordes demasiado complejos para soñarse.

En este punto, la gente del pueblo, indefensa en cierta forma, va comprendiendo lo que aquella canción quiere decir, aun sin letra ni voz. No lo comentan entre sí, mas el terrible peso en el estómago que provoca la sensación de certeza, se va haciendo presente en todos ellos.

De algún modo están seguros. El hombre y su canción bajo el cielo, de un rojo más rojo que cualquiera que hayan visto, sólo pueden significar el presagio de algo más grande.

"Sin duda —piensan—, sin duda algo horrible está por suceder."

Último relato

Cuentos para dormir

—Entonces —dice el cantinero—, busca usted un cuento para dormir.
Me permito esbozar una sonrisa, pues encuentro esto muy divertido. Doy un trago a mi cerveza en la barra y hago una mueca. Lo mío no son las bebidas fermentadas, pero en un sitio como éste podrían otorgarme un porte de tipo duro.
—Creo que un cuento *para no dormir* es más correcto —le explico—, verá usted, soy escritor, y me encuentro trabajando en un libro de relatos de horror. Me dijeron que en este pueblo se han suscitado hechos que son..., bueno, extraños.
El robusto hombre manco me mira con detenimiento, rascándose la barbilla con el muñón en que termina su brazo derecho.
—Yo no llamaría *extraño* a lo que sucede en este lugar —dice—, pero puedo asegurarle, amigo, que sin duda han pasado muchas cosas que merecerían ser contadas.
—Magnífico. —sonrío yo nuevamente, ajustándome las gafas.
El cantinero tuerce una mueca.
—Bueno, no esperará que hable así como así; quizá muchos de los que se han visto envueltos en no estarían de acuerdo si sus historias llegan a saberse por... bueno, un escritor forastero.
—Entiendo —le digo—, ¿qué quiere a cambio? Normalmente suelo mencionar en mis libros a quienes me han ayudado a nutrir mis historias, en este caso, el pueblo mismo.
El cantinero suelta una risa.

—Eh, Sam —exclama, llamando a alguien en la cocina—, ¿has oído eso? Vamos a ser famosos.

—Ya lo creo, Ron. —ríe a alguien allá atrás.

—Mire, amigo —me dice—, las cosas que pasan aquí no son un juego para nosotros. La gente ha sufrido. Hay quienes dicen que este lugar está maldito, y no soy alguien que cuestionaría eso. No todos aquí la han librado con vida, ¿me explico?

—Completamente —me llevo el tarro de cerveza a los labios, pero es inútil, soy incapaz de fingir el gusto por ella—. Respeto mucho eso, Ron.

El cantinero frunce el ceño. No sé si le ha molestado que lo llame por su nombre de pila, o es algo más. Me aventuro a indagar un poco:

—Alguien me dijo que aquí puedo encontrar la inspiración que busco, ¿es el lugar indicado?

—Bueno, comencemos por usted —me dice, cruzándose de brazos. El hombre tiene todo el aspecto de tipo duro que yo jamás llegaré a poseer; incluso con la falta de la mano—, dígame, ¿por qué escribe cuentos de horror, es que busca espantar a alguien?

Escucho una risita detrás de mí. Al volverme descubro a una chica joven sentada al otro lado, junto a la ventana. En su mejilla tiene un par de feos arañazos; no había reparado en ella, pero es evidente que lleva aquí un rato.

—Me gusta provocar emociones en las personas —digo, dejando escapar lo que pienso—, usted da un salto si el final de un libro le sorprende, sin embargo, el autor no le conoce, ni le ha visto jamás, pero eso no le impide imprimirle una emoción que antes no tenía.

—Supongo que es una buena respuesta, pero ¿por qué horror? ¿Por qué no ficción, o drama, o romance, o acción?

Esa pregunta me agrada.

—Porque soy malo para todos ellos, y el horror se me da bien.

—Entiendo —asiente, como declarando que acepta mi respuesta—. ¿Y es usted famoso?

—Más de lo que esperaba, y menos de lo que sigo soñando.

Entonces, como rindiéndose, toma un trapo y se pone a fregar la barra, como el típico tabernero de una buena película.

—Muy bien, ¿qué es lo que nuestro escritor quiere saber?

De mi portafolios extraigo una grabadora pequeña y una libreta, agradecido de poder usarlas.

—Bueno —carraspeo—, principalmente me encantaría saber si ha tenido usted alguna experiencia qué contar, o si sabe de historias que han ocurrido con la demás gente; con alguno de sus clientes, tal vez. Cualquier cosa que pueda contarme será excelente para empezar.

—Todos aquí hemos pasado por más de lo que nos gustaría —dice—, sólo tiene que preguntar un y verá que muchos desearían vivir en otro sitio.

Me mira con cierta dureza. Caray, necesito un personaje como él en mi próximo libro.

—Bueno y ¿por qué no lo hacen? —le pregunto.

—No es tan simple como parece. Este pueblo es pequeño y silencioso, sin embargo se mantiene siempre en movimiento. Cada año se marchan muchos y llegan otros tantos más. Hay quienes han pasado aquí la mitad de sus vidas y no conocen otra cosa; algunos llegaron adquiriendo viviendas en venta asombrosamente baratas. Si usted quisiera podría tener una, mañana mismo, el lugar está plagado de casas abandonadas.

—Interesante —comento. Acto seguido dispongo la grabadora sobre la barra—. ¿Puedo?

El hombre asiente.

—Muy bien —digo, encendiendo el aparato—, ¿sería usted tan amable de contarme alguna de sus propias experiencias?
— ¿Por dónde quiere que comience? —me dice, empezando a disfrutar con el protagonismo—. Puedo hablarle de la Huesa, o el Pozo Maldito, como algunos lo llamamos, aunque quizá sería conveniente empezar con Tomás Arconte.
—Le escucho con atención —digo, apuntando con rapidez todo aquello en mi libreta de mano—. Comience por donde usted crea mejor.
—Bueno, no soy un narrador como usted, pero sí creo que una historia debe armarse por el principio, y Tom Arconte fue el fundador de Villarce. Las leyendas y mitos suelen variar de boca en boca, pero no hay en este lugar persona que desconozca la tragedia de aquel hombre.
No digo más, espero a que continúe, sintiendo el cosquilleo de una nueva historia en mis entrañas.
—El hombre llegó aquí casi diez años antes de la Revolución —empieza—, cuando Villarce no era más que un inmenso erial de tierra y montes junto al estanque y el Corazón Roto. Llegó aquí con su esposa y su hija pequeña. Si puede darse crédito a las historias, adquirió este sitio gastando todos los ahorros de su vida, que se acreditaban a una vieja herencia familiar.
La puerta se abre, ambos nos volvemos para ver. Es un pueblerino de avanzada edad, con aspecto campesino y mirada agotada.
—¿Te sirvo algo, Pott? —pregunta el cantinero.
Éste niega con la cabeza, y sin decir palabra se sienta a mi lado con los codos sobre la barra, como si esperase a escuchar la historia.
—En fin —continúa Ron—; el tipo era un banquero hábil, según se dice, y los linajes de su apellido se remontaban hasta la edad media, pero

hacía mucho ya que éste había ido decayendo, y luego de comprar estas tierras no había gran fortuna de la cual disponer. Por tanto empezó a arrendar espacios para campesinos y trabajadores, pero al cabo de poco se dijo que las personas sufrían sucesos extraños.

—¿Qué clase de sucesos? —pido saber.

El cantinero se encoje de hombros.

—Ya he dicho que esto se remonta a años antes de la Revolución; sólo sé lo que se cuenta, y esto es que muchos murieron en circunstancias improbables: cuerpos aparecían flotando en el estanque cuando sus puestos de trabajo estaban al otro lado del pueblo, resbalones simples que terminaban con un cuello roto, y resfríos inofensivos que mataban a tres o cuatro en una noche. A lo poco, las personas que habían perdido la vida eran vistas nuevamente, caminando entre los maizales o espiando desde la casa de los Arconte.

—...Vaya.

—No se sabe con detalle cuántas personas fallecieron, pero el viejo Tomás construyó una casa de huéspedes, donde los campesinos que trabajaban estas tierras podían alojarse sin pagar demasiado.

Continúo escuchando. Mi instinto me dice que algo bueno se acerca.

—A lo poco —dice—, un par de años antes de la Revolución, todos cuantos se hospedaban en este lugar comenzaron a suicidarse. Uno tras otro, colgándose siempre de vigas en el techo de las habitaciones que ocupaban.

—*Los Días Grises.* —dice el campesino a mi lado, como un conjuro.

—¿Los Días Grises? —repito, esperando una aclaración.

Ron suelta un suspiro.

—Es el nombre con que se conoció a la época de los suicidios. Algo en esos días fue desquiciando al viejo Arconte, pero se sabe que su hija tuvo algo que ver en ello.

—¿Se suicidó también? —pregunto.

El hombre sacude la cabeza.

—La chiquilla tenía una rara enfermedad —dice—; la llamaban *la Comehuesos*, pues se cree que no podía comer nada más, y tanto su padre como su madre le conseguían huesos para que devorase hasta que... bueno, la encerraron por algún motivo.

"Fascinante", pienso.

—¿Sabe de dónde conseguían los huesos? —me animo a preguntar.

Es el hombre a mi lado quien responde:

—Se dice que eran animales, aunque éstos nunca han abundado en el pueblo.

—Sea como fuere —añade Ron—, se cuenta que dejaron de alimentarla, mas no murió de hambre, sino desangrada, pues terminó comiéndose a sí misma.

—...Dios. —pronuncio, imaginando aquello.

—Tras caer en cuenta de lo que había hecho, el viejo Tomás Arconte empezó a perder la cordura.

—Cuéntale del árbol —musita la mujer joven sentada al fondo—, dile qué fue de Arconte y su mujer.

—Hay que ir en orden —dice Ron, pidiendo calma con su única mano, adquiriendo con esto la apariencia de todo buen narrador—. La esposa de Tomás estaba encinta, pero antes de que el bebé naciera, ésta se quitó la vida. A juzgar por lo que los abuelos de mi padre contaban, usó la escopeta de su marido, y éste, al encontrarla le abrió el vientre para rescatar a su hijo.

Aquello me hiela la sangre. Intento disimular una sonrisa. Sin duda he venido al lugar indicado.

—¿Y pudo salvarlo? —pido saber.

El cantinero sacude la cabeza.

—Hay muchos que dicen haber visto a la mujer ¿sabe? Le llaman la Huesa. Lleva el rostro destrozado por el arma oculto bajo un velo, se mueve sin que sus pies toquen el suelo, y antes de aparecer puede escucharse a su bebé llorar.

Se hace una pausa. Por momentos el silencio parece otro invitado a la charla, igual a un personaje en una historia de terror.

—La Huesa mató a una familia entera —dice el campesino en la barra—. Los padres, un niño y una niña. Sencillamente dejaron de respirar; fui yo quien les encontró, pues el hombre era mi primo. Estaban tiesos y con la mirada perdida.

—Se dice que Tomás Arconte pasó días encerrado en su habitación —dice Ron, retomando la palabra—. Lo encontraron abrazando el feto de su hijo en estado de descomposición, cantándole una canción de cuna, y entonces...

Hay un silencio.

—Se ahorcó —completa a mis espaldas la mujer de los arañazos en la mejilla—, aunque no todos creen que haya sido un suicidio.

—¿Por qué no? —pregunto.

—Porque el árbol del que se colgó lo suspendía a casi dos metros del suelo —responde ella—. Pudo haber trepado hasta la rama, pero ya era viejo para hacer eso, y además, ¿con qué propósito?

El silencio vuelve, pero esta vez parece un intruso. Me quedo perplejo por momentos. Pensaba que ese tipo de desgracias masivas sucedían sólo en mis cuentos. Esto es digno de un libro entero.

Suelto un suspiro.

—¿Así terminaron los Días Grises?

—Con la muerte del fundador del pueblo —asiente Ron—. Hay quienes dicen haber visto un cuerpo colgando de ese árbol, mi hijo entre ellos. Me juró que el cuerpo sonreía y lo señalaba, ¡Dios! Tardó semanas en dormir después de aquello.
—Hay algo en los árboles de este lugar. —dice otra voz.
Al volverme veo a un hombre joven con un bebé en brazos. Luce pálido y cansado. Se sienta en una mesa y esboza una sonrisa triste. Está tan pálido que parece que hubiese asesinado a alguien.
—Hola, Anton —saluda el cantinero—. Creí que te habrías ido ya para estas fechas. Este tipo es escritor, igual que tú.
Le miro entonces con mayor atención.
—¿Es cierto? ¿Qué clase de escritor?
—Frustrado —responde con sequedad—. Ya no hay más en mi cabeza —luego se dirige a Ron—. Nos vamos mañana. La gente de la mudanza dijo que no volverán aquí, así que tomaré lo que entre en mi camioneta. ¿Contaban una historia?
—Le hablamos a este hombre sobre lo que hay en el pueblo. —dice la mujer de los arañazos.
—¿Qué hay con los árboles? —digo, pero el hombre con el bebé en brazos no dice nada.
Es el buen Ron quien responde:
—Se cuenta mucho y se ha visto mucho. No podemos dar crédito a todo lo que se oye, pero hace poco vivió aquí un chico que nos ponía los pelos de punta. Se llamaba... —medita por instantes.
—...Jonathan. —apunta el campesino.
—Eso es. Jonathan. Bien, el chico amaba los caballos, pero un día mientras monta no ve una piedra suelta en el camino y su caballo se para en seco. El pobre Jon cae de frente al suelo y se abre el cráneo. Lo encontró el hijo de la Viuda Bernal.
De repente le veo tornarse sombrío.

—El chico duró días en coma. Le cosieron la herida y le alimentaron vía intravenosa, pero cuentan que su expresión era de eterna agonía, como si hubiese quedado congelado al instante en que veía una aparición. Entonces, cuando despertó, lo primero que hizo fue gritar a todo pulmón; ni una palabra, sólo gemidos ahogados que no eran de dolor o miedo, sino de una horrible tristeza.

—Yo lo escuché cada día y noche —dice el campesino—. No dejaba dormir a mis hijas.

—El doctor Garquéz le administró calmantes. —añade la mujer.

Ron asiente.

—Durmió lo suficiente para relajar aquella expresión de horror en su rostro, pero apenas pasaba el efecto del medicamento volvía a gritar y chillar como si hubiese contemplado el peor de los horrores. Y... bueno, podría tratarse de eso.

Aquello en definitiva captura mi atención.

—¿A qué se refiere? —pregunto.

—Bueno, comenzaron a mantener al chico sedado día y noche, tratándolo como a un vegetal nuevamente. Y cada vez que el efecto pasaba, volvían los gritos; hasta que el doctor Garquéz decidió administrarle una dosis diferente, de suerte que consiguiese calmarse sin perder el conocimiento, y así preguntarle qué veía o escuchaba.

Guarda silencio, y puedo ver que se eriza su piel. El campesino dice:

—Lo que el chico contó se difundió por el pueblo en menos de lo que cae la noche. Él dijo que el golpe lo mató por instantes, y que se encontró a sí mismo en un bosque... un bosque nevado.

—Un bosque donde siempre nevaba —especifica Ron—. Si podemos dar crédito a lo que se dice, Jonathan vio un estanque de sangre en ese bosque, y en éste a muchas personas. También dijo que los árboles tenían decenas de rostros que lo miraban y le daban la bienvenida. Cuando él les preguntó si había llegado al infierno, éstos rieron y le dijeron que ese lugar era el paraíso.

Esta vez soy yo quien se estremece, y a pesar del regusto amargo que produce, doy un largo trago a mi cerveza. Por momentos pienso en decir algo, lo que sea, pero no sé bien qué. Entonces descubro a otro personaje en la cantina, que me observa desde una repisa tras la barra.

—Qué lindo gato. —murmuro, intentando abrir de nuevo la charla.

Ron se vuelve a ver al felino gris con motas negras que descansa en silencio, observándonos.

—Se llama Valium, o al menos es lo que decía su placa cuando lo encontré. La familia que le cuidaba murió de forma extraña y se encontró solo. Estaba desnutrido y vagaba por las calles pero volvía siempre al mismo lugar; supongo que esperaba encontrar a sus dueños de nuevo.

—¿A qué se refiere con morir de forma extraña?

—Bueno, sólo sé lo que se cuenta, pero el oficial Alméyra dijo que estaban sonriendo. No con una sonrisa tranquila ¿sabe? Sino el tipo de expresión que haría que a uno se le erizara el pellejo.

—Comprendo —le digo—. ¿Vive el oficial Alméyra en el pueblo?

El cantinero sacude la cabeza.

—Vivía cerca de aquí —explica—. Hacía rondas en éste y los pueblos vecinos, pero lleva semanas desaparecido.

—Un buen hombre. —comenta el campesino, asintiendo para sí.

—Excepcional —secunda la mujer, y se rasca distraídamente los arañazos en el rostro—, al igual que el doctor Garquéz.

Les veo asentir a todos.

—¿Qué pasó con el doctor? —pregunto, sorprendido de que también se le considere muerto.

Ella responde:

—De todas las muertes extrañas que ha habido aquí, la suya se lleva el primer lugar.

—Los forenses no dejaron ver nada a la gente —dice Ron—, pero los que lo hallaron dijeron que su piel tenía agujeros, y... bueno... era sólo su piel.

—¿Sólo su piel? —repito, perplejo.

—Tal como he dicho —asiente—. Sin huesos, sin vísceras ni órganos, nada. Sólo la piel y numerosos agujeros en ella.

El silencio parece respirar en mi nuca, sonriendo. La pausa se prolonga tanto que me veo forzado a tragar saliva. ¿Es posible que todas estas personas inventen las historias?

Quiero dudarlo.

—He escuchado algo mientras venía camino aquí —comento—. Algo sobre un asesino al que llaman *poeta*.

La chica me mira y se encoje de hombros.

—Ya no está más con nosotros —dice—, aunque tampoco diría que está muerto.

Estoy por preguntar de qué va eso, cuando me percato de que hay un niño con una sudadera roja espiando desde la ventana.

—Vi un camposanto cuando llegaba al pueblo —digo, sin darle más vueltas—, en todo pueblo hay leyendas y la mayoría de éstas caen en torno a los cementerios. ¿Hay algo acerca del suyo?

Ron guarda silencio, al igual que la chica. Cuando me percato, el hombre con el bebé se ha puesto de pie y sale de la cantina. El niño en la ventana ha desaparecido también.

—Solíamos tener un sepulturero —dice el viejo campesino—, aunque ya nadie ha querido tomar

ese puesto, y cada vez que muere alguien debemos reunirnos para darle entierro.
Me termino de un trago la cerveza.
—¿Qué ocurrió con el primer sepulturero?
El viejo me mira y se encoge de hombros.
—El bosque que ha visto usted alzarse tras el camposanto lleva el nombre de Corazón Roto —dice, y yo asiento—, allí se dice que viven brujas, aunque en otros tiempos las había por abundancia. Tomaban formas animalescas y mataban niños por placer; pero una de ellas fue la más odiada por todos en el pueblo.
—¿Qué fue lo que hizo? —digo, y me doy cuenta de que el cantinero Ron ha ido a la parte trasera de la tienda. Llevo ya buen rato sin tomar nota alguna de lo que escucho, pero compruebo que la grabadora sigue funcionando en la barra.
—No se sabe con exactitud —responde el viejo—, pero mi padre, que entonces era un niño, me dijo que la acusaron de las desapariciones de al menos doce niños en Villarce. Cuando se le interrogó al respecto, ella lo admitió como si dijera: "¿acaso sospechaban de alguien más?" No se llamó a la policía, sino que los padres de los niños desaparecidos la llevaron al mismo árbol donde el viejo Arconte se había colgado, y antes de ahorcarla le preguntaron dónde estaban los cuerpos, a lo que ésta respondió: "sirven de abono a la tierra."
—...Dios.
—Según me dijo mi padre —añade el viejo—, cuando ahorcaron a la mujer, ésta mostró tal sonrisa que era imposible verla sin temblar de miedo; y aún muerta, colgando del árbol, parecía mirar a los presentes sin borrar la expresión de su rostro. La enterraron en una tumba sin nombre, pero muchos dijeron escuchar sus risas desde el ataúd, perdiéndose el sonido a medida que lo cubrían de tierra. Lo

que nunca olvidaré es el rostro que ponía mi padre cada vez que hablaba de aquel día, ¡y cómo se arrepentía! Se arrepentía día y noche de haber asistido al ahorcamiento de la bruja, pues decía soñar con ella cada vez.

Hace una pausa para estirarse. Me doy cuenta de que la mujer de los arañazos en la mejilla me observa con atención.

—A partir de ese día —añade el hombre— empezaron a buscarse los cuerpos de los niños desaparecidos por todo el pueblo. No sé decirle de dónde nació la creencia, pero muchos dijeron que cuando el último de ellos fuese encontrado, el pueblo entero de Villarce podría descansar, y todo lo que le rodea dormiría para siempre.

—Pero ¿encontraron a algunos de los niños?

—Mi padre era todavía pequeño cuando todo esto sucedió, tal como le he relatado; pero también me permito decir que entonces estaba enamorado de una de las niñas desaparecidas. Su nombre era Cristina, y sus padres eran amigos cercanos de mis abuelos; incluso éstos decían a menudo que la niña y mi padre habrían de casarse al ser adultos. Ya ve, pues, la pena que anegaba a mi padre.

Asiento, sin perderme un detalle.

—Así pues, un día, mientras éste caminaba cerca del estanque, descubrió el nombre de Cristina escrito en la tierra; simple, como si hubiese sido trazado con el dedo; sólo que estaba al revés.

—¿Al revés? —repito.

—Tal como si hubiese sido escrito desde debajo de la tierra, y no desde encima. Mi padre dio aviso a mi abuelo, y aunque aquello podía significarlo todo o no significar nada, fue ése el punto donde encontraron los restos de la niña muerta, enterrados a casi un metro debajo.

—Disculpe, pero ¿qué tiene que ver esto con el camposanto?

El viejo sonríe con cierto matiz astuto.

—Justo estaba por llegar a esa parte, mi señor escritor —dice—. A partir de ese día el pueblo entero buscó por todas partes indicios de los niños en la tierra, esperanzados de poder darles un entierro digno. Pero sobra decir que la pequeña Cristina fue la única en ser encontrada, como si hubiese dejado esa señal para mi padre ¿sabe?

Asiento.

—Le he mencionado antes que ya nadie toma el empleo de sepulturero. Pues esto se debe al cómo terminaron las cosas para el último de ellos. Era un hombre joven y fuerte, cuya familia había vivido aquí por generaciones; ahora no hace mucho de esto, sin embargo todos conocen la historia de la pequeña Cristina y su nombre dibujado sobre la tierra. Según se sabe, el enterrador se hallaba recubriendo agujeros en el camposanto un día en que trabajó hasta entrada la noche. Llevaba consigo su pala y una lámpara de mano que dejaba sujeta de los árboles cercanos, y estaba ya por terminar su labor cuando vio un nombre escrito sobre la tierra. También al revés.

—¡Espere, por favor! —pido, dándome cuenta de que la cinta de la grabadora se ha terminado—. Sólo tomará un segundo.

Una vez la he cambiado, le pido que prosiga.

—Bueno —dice—, sólo de haber vivido unos meses en este lugar llegas a familiarizarte con todas sus leyendas y maldiciones ¿sabe? Y este hombre llevaba toda su vida aquí, ya lo he dicho. Así que empezó a cavar, dominado por la esperanza de encontrar los restos de uno de los niños perdidos, y comunicarlo al pueblo. Entonces dio con algo que no esperaba.

—¿Qué fue? —le pido—. Vamos, hombre, que me mata el suspenso.

El campesino entorna la mirada y dice:

—Al principio encontró el brazo de una niña; luego desenterró el rostro y su torso. Pero algo malo pasaba allí, pues ésta no parecía estar en estado de descomposición; parecía sencillamente dormida. Con años de suciedad encima y todavía enterrada de la cintura para abajo, el sepulturero quedó pasmado, pues ésta incluso parecía respirar.

—Imposible. —digo, casi sin darme cuenta.

—Ahora —continúa—, sin poder creer lo que veía, el sepulturero se acercó a la pequeña, que al instante abrió los ojos y le devolvió la mirada. El hombre cayó de espaldas y recordó entonces dónde había escuchado el nombre escrito en la tierra.

—No lo entiendo —digo—, ¿cuál era su nombre?

Sin más, pronuncia el campesino:

—Elýsia.

—¿Elýsia?

—Sólo ha habido una en toda la historia de Villarce, y era ésta la hija del viejo Tomás Arconte; la misma niña enferma que siempre estaba hambrienta pero sólo podía comer huesos.

—¿Qué pasó entonces? —insistí.

—El sepulturero vio a la niña arrastrarse para salir del agujero de tierra. Debajo de la cintura sólo arrastraba tendones, jirones de piel y trozos de hueso de su cadera, pero se movía con una velocidad imposible y terrible. El hombre intentó echar a correr, pero la criatura se aferró a sus piernas, tirándole mordidas con dientes que eran como gruesas y largas espinas.

Advierto entonces que Ron vuelve de la parte trasera de la estancia y nos observa, cruzándose de brazos. Mi vista se clava por puro instinto en el muñón en que termina su muñeca derecha.

—Es interesante —dice el cantinero, aunque su semblante parece ahora mucho más sombrío—; si pudiese pedir algo en esta vida no sería recuperar lo que he perdido —añade esto alzando el brazo donde solía estar su mano—. Pediría olvidar el rostro de esa niña.

Me he quedado perplejo, sin decir palabra. El silencio es ahora una bestia que observa y respira.

—Bien —añade Ron—, ¿no va a preguntar como hui de allí?

—Lo... lo lamento —digo torpemente—, yo... no quisiera que...

—Descuide —dice, cruzándose de brazos nuevamente—, ya estoy acostumbrado. No me ofendo. Lo que sí puedo decirle es que escapé con vida, y por eso estoy agradecido. Sin embargo hay horrores que nunca se van.

—Entiendo.

—No, francamente no creo que lo haga —responde—, y no se ofenda, pero no es usted quien vive aquí. Mi padre, que era sepulturero antes de mí, solía decir que todos somos personajes vivos en la mente de algún escritor retorcido, y que cada línea en sus páginas va trazando nuestra vida.

Sin más, me encuentro tragando saliva.

—Discúlpeme —digo—, no soy capaz de entender por lo que han pasado en este lugar.

Ron el cantinero me mira por momentos.

—¿Ha escuchado de los miembros fantasma?

Asiento.

—Aun cuando he perdido mi mano puedo sentirla todavía ¿sabe? Tal como si nunca se hubiese ido. Extrañamente he llegado a despertar por las noches, sintiendo que unos dientes la mastican.

Aquello me hace estremecer. Me encontré aquí con más historias de las que esperaba, y mi cabeza trabajaba a toda marcha.

—Les agradezco mucho su tiempo —les digo, poniéndome de pie—, me encantaría volver mañana, de ser posible. Ya es muy tarde.

—¿Quiere un consejo, señor escritor? —pregunta el hombre.

—Por supuesto. —digo, guardando mis cosas.

—No pase aquí más tiempo del que deba —me dice—. Si puede marcharse esta misma noche, hágalo. Nunca se sabe cuándo ha fijado su atención en ti lo que quiera que habite entre nosotros.

Decido tomar su consejo. Dejo el dinero sobre la barra y me dispongo a marcharme. Antes de salir compruebo mi aspecto en un espejo colgado junto a la puerta. Luzco demasiado pálido, pero mi traje rojo está impecable aún.

Salgo de allí y lanzo un suspiro, sopesando las posibilidades de un nuevo libro de relatos de horror. Me encamino por el empedrado hacia la casa de huéspedes donde me alojo, esperando con toda mi fe no encontrarme con nada esta noche.

Mis pasos no son del todo firmes. La cantidad de información y el peso que ésta conlleva me han dejado aturdido. Me fallan las piernas.

Allá delante veo a un niño junto al camino; está solo a pesar de lo tarde que es. Está dibujando en el suelo de tierra, y parece ser que traza el diseño de una bella mariposa.

Me encojo de hombros y sigo mi camino, dejando atrás una viejísima casa de piedra que está cubierta por musgos altos. El mismo aire parece enfriarse al estar cerca de allí.

¿Por qué diantres estará tan lejos la casa de huéspedes de la cantina?

Continúo mi camino. A lo lejos creo escuchar música, y ésta aumenta conforme avanzan mis pasos. Justo donde se alza un montecillo y el camino se bifurca en dos empedrados, veo a un hombre con un violín; lleva un sombrero de copa y un traje que en otros tiempos debió ser elegante, mas ahora se cae en harapos.

Al pasar junto a éste, me devuelve la mirada, esbozando una amplia sonrisa de dientes mugrientos.

—¿Alguna canción? —dice, soltando una risita.

—Gracias, pero no.

Me apresuro a seguir mi camino. El bosque se va alzando a mi derecha. Estoy casi seguro de haber visto una sombra oscura bailar entre los árboles, y al fijar mi atención en otra casa me detengo de golpe.

—¿Pero qué...? —musitó.

Desde una de las ventanas alguien me observa, retirando la cortina; parece ser un niño, pero está oscuro y sus ojos son tremendamente azules.

Aprieto el paso a medida que el miedo en mi pecho va creciendo, arrastrándose como una serpiente de sangre en mis venas.

Casi me encuentro corriendo, subiendo por el empedrado hacia el último camino que ha de guiarme a la casa de huéspedes. Pero una vez me encuentro allí, mi atención se centra a lo lejos en un antiguo pozo de piedra. Allí veo a una niña, una adolescente quizás.

Me parece familiar...

Sé que no debo detenerme. Debería seguir andando, pero la miro con cierta atención hechizada.

La chica camina dando pasos lentos hacia el pozo de piedra. No hay nada de macabro en ella, sin embargo lleva en sus manos lo que parece un cuchillo de cocina.

—¡Eh! —la llamo, desde lejos—. ¿Estás bien?

No parece escucharme, así que me acerco unos pasos. Hay algo familiar en ella. La veo desfilar con lentitud hasta situarse delante del pozo.

—¡Ten cuidado! —le digo, aproximándome.

Entonces alza un pie y se para encima del borde de piedra.

—¡¿Qué haces?! —grito—. ¡Bájate de ahí...!

Sin que sirva de nada cuanto grito, todavía hallándome a un tiro de piedra de donde ella está, alza el cuchillo en un solo movimiento, rápido y decidido y se surca el cuello con él, abriéndose un tajo de oreja a oreja.

Ya no soy capaz de gritar más. Me detengo en seco. Ante mí, la veo caer como una muñeca de trapo al interior del pozo, golpeándose la cabeza antes de desaparecer dentro del agujero.

Las piernas me fallan y caigo de rodillas.

¿Por qué? ¿Por qué haría eso?

Como por fuerza de un hechizo, sin saber bien el motivo, dirijo mi vista al cielo nocturno. Un grupo de nubes se arremolinan sobre mí, sobre todo el pueblo. Van adquiriendo forma.

¿Por qué aquí? ¿por qué ahora?

Quiero pararme y huir, pero no tengo fuerzas. Ni siquiera puedo apartar la mirada del cielo. De reojo puedo ver a más personas salir de casa para observar las mismas nubes que yo veo.

Se juntan, se arremolinan y cambian, igual a un dibujo que fuera pintado sobre el techo del mundo. Parece tomar forma. Podría ser algo... puede serlo todo y puede no ser nada.

Nube a nube, la figura adquiere el contorno de un vil y pérfido párpado gigantesco, que se abre y observa todo y a todos con atención.

Ya no son más nubes en el cielo. El cielo mismo ha abierto un ojo colosal y terrible, y ahora, quien quiera que esté allí arriba, mira este mundo como si fuese su propia historia.

Quiero gritar por el horror, pero no tengo voz. Lo cierto es que ni siquiera puedo apartar la mirada.

Muchos intentan huir del pueblo; otros se arrodillan para rezar. Pero algunos se dicen que quizá éste es el momento. Quizá éste es el día en que los horrores habrán de terminar por fin.

En medio de esa idea, consiguen encontrar algo de paz.

Lo que se sabe...

Cuentan que Villarce quedó abandonado un día. Sus calles y sus plazas languidecen bajo una aura de soledad que arrastra consigo un extraño silencio. Los que han visitado el pueblo luego de que quedase desierto, aseguran haber avistado, casi siempre de reojo, y con semblante dudoso, que vieron una silueta aquí o allá; apenas el atisbo de una figura contra un callejón, o a lo largo de las ramblas. Ahora nuevas historias giran en torno al lugar; que si todos huyeron tras contemplar algo terrible; que si fueron obligados a marcharse. Otros, no menos pérfidos, aseguran que todos los habitantes de Villarce siguen ahí, pero ya no pueden ser vistos.

Los que tenemos una vaga idea de lo que ahí sucedía, preferimos pensar que todo descansa algún día. Quizá aquello que se encontraba en el pueblo, por fin quedó satisfecho.

Partitura para Olvidar

Concierto Dm

"Las pesadillas nunca se van, nunca se marchan.
Pero todo monstruo puede ser vencido si se le conoce.
Es sólo a través de enfrentar el miedo
que nos convertimos en valientes."
Magdália Lizarte.

Estimado y bien parecido lector:

Sean cuales sean sus pesadillas, si usted ha disfrutado en medida alguna con este montón de páginas, he conseguido asustarle un poquito, o por el contrario, me ha aborrecido usted hasta el hartazgo, nada me haría más feliz que conocer su opinión.

partitura_para_olvidar@outlook.com

Agradecimientos

Todo escritor comienza a arrojar tinta sobre el papel por la inquietud de tener algo que contar. Lo que yo quiero contar es mucho, y mi vida muy corta para lograrlo, pero haré cuanto pueda mientras respire.

Éste es mi propio Frankestein, formado a partir de las costuras que unen todos los fragmentos y partes de historias que alguna vez nacieron de pesadillas propias, y algunas anécdotas ajenas. Para darle vid a mi querido monstruo necesité de mucha ayuda.

Me gustaría agradecer a mi esposa, Moselin. Por ser mi compañera de vida y mi musa, por inspirarme y animarme a escribir día con día, aun cuando mis cuentos llegaron a provocarte pesadillas. Tu amor y apoyo son tales, que ni la tinta ni el papel podrán hacerles justicia.

A mis padres, Carlos y Helen, que tenían razón, y sí podía lograr todo lo que me propusiera. Ustedes me hablaron de Dios y lo perdido que estaría de no confiar en Él, o en mí mismo. Todo ser humano debería tener padres como ustedes.

A mi mejor amigo, mi hermano Sam, Tú encarnaste al verdadero violinista, y te diste el tiempo de formar parte de esta partitura, incluso cuando estás por casarte este año.

A mi hermano de letras, León Martínez, por entregarle a estas páginas el estilo que quise ver desde un comienzo, a pesar de que un par de cosas en él te arrancaron frustraciones.

Un infinito gracias a Nadia Arce. Por todas las historias que nacieron en el Tintero Guadalajara, y las incansables revisiones, donde me ayudaste a explotar las mejores líneas de mis cuentos, pero también me advertiste cuando cometía errores de proporciones terroríficas.

Desde mis coloridas entrañas, un gran GRACIAS a Elira Ibarra, por la mejor portada que este libro podía haber tenido. A Abrajam V. S. por las ilustraciones que acompañan esta historia. Y a Ana Patricia Vargas, por llevar a cabo el diseño editorial, soportando mis cambios de ideas.

Y finalmente, una mención especial a la mujer gritona del autobús, cuyos alaridos sobre aceptar los errores cometidos, mientras yo escuchaba esa pieza de violín en mi reproductor, fueron el detonante del cuento más importante de este libro.

Otros muchos me han leído, apoyado, y sacado de abismos tan oscuros como tétricos; a todos ellos los recuerdo en cada gota de tinta.

Made in the USA
Columbia, SC
20 November 2024